GABRIELLE ZEVIN

Das erstaunliche Leben des A. J. Fikry

Weiterer Titel der Autorin:

Morgen, morgen und wieder morgen

GABRIELLE ZEVIN

DAS ERSTAUNLICHE LEBEN DES A.J. FIKRY

ROMAN

Übersetzung aus dem Englischen
von Renate Orth-Guttmann

eichborn

NACHHALTIG PRODUZIERT

Die Bastei Lübbe AG verfolgt eine nachhaltige Buchproduktion. Wir verwenden Papiere aus nachhaltiger Forstwirtschaft und verzichten darauf, Bücher einzeln in Folie zu verpacken. Wir stellen unsere Bücher in Deutschland und Europa (EU) her und arbeiten mit den Druckereien kontinuierlich an einer positiven Ökobilanz.

MIX
Papier | Fördert gute Waldnutzung
FSC® C014496
FSC www.fsc.org

Eichborn Verlag

Titel der amerikanischen Originalausgabe:
»The Storied Life of A.J. Fikry«

Neuauflage der 2016 im Diana Verlag erschienenen Fassung:
Gabrielle Zevin, »Die Widerspenstigkeit des Glücks«
(neu: »Das erstaunliche Leben des A.J. Fikry« = Titel des Lizenznehmers)
Die Rechte an der deutschen Übersetzung von Renate Orth-Guttman liegen beim Diana Verlag, München, in der Penguin Random House Verlagsgruppe GmbH

Bei Fragen zur Produktsicherheit wenden Sie sich bitte an:
produktsicherheit@bastei-luebbe.de

Umschlaggestaltung: www.buerosued.de unter Verwendung eines eigenen Motivs
Satz: hanseatenSatz-bremen, Bremen
Gesetzt aus der Adobe Caslon Pro
Druck und Verarbeitung: GGP Media GmbH, Pößneck

Printed in Germany
ISBN 978-3-8479-0226-3

5 4 3 2 1

Sie finden uns im Internet unter eichborn.de

Für meine Eltern, die meine prägenden Lebensjahre mit Büchern versehen haben, und für den Jungen, der mir vor so vielen Wintern die »Gesammelten Erzählungen von Vladimir Nabokov« schenkte

Komm, mein Liebstes,
lass uns einander bewundern,
ehe von dir und mir
nichts mehr bleibt.

RUMI

Inhalt

TEIL I

TEIL II

TEIL I

Lammkeule

1953 von Roald Dahl

Frau ermordet Ehemann mit gefrorener Lammkeule, entsorgt dann die »Waffe«, indem sie den Braten den Cops vorsetzt. Durchaus brauchbare Idee von Dahl, allerdings fragte sich Lambiase, ob eine fachkundige Hausfrau die Lammkeule wirklich auf die beschriebene Art zubereiten würde, nämlich ohne sie aufzutauen, zu würzen oder zu marinieren. Wäre dann das Fleisch nicht zäh und ungleichmäßig durch? Ich verstehe zwar nichts vom Kochen (oder von Straftaten), aber wenn man dieses Detail infrage stellt, gerät die ganze Geschichte aus den Fugen. Trotz dieses Vorbehalts schafft sie es auf meine Empfehlungsliste, wegen eines Mädchens, das ich kenne und das sich – lang, lang ist's her – für »James und der Riesenpfirsich« begeistert hat.

A. J. F.

Auf der Fähre von Hyannis nach Alice Island lackiert Amelia Loman ihre Nägel gelb, und während sie darauf wartet, dass der Lack trocknet, überfliegt sie die Notizen ihres Vorgängers. »Island Books, Jahresumsatz ca. 350.000 Dollar, hauptsächlich in den Sommermonaten durch Urlauber«, berichtet Harvey Rhodes. »Fünfundfünfzig Quadratmeter Verkaufsfläche. Keine Vollzeitmitarbeiter. Sehr kleine Kinderbuchabteilung. Äußerst dürftige Onlinepräsenz. Kaum Werbung. Gewicht liegt auf gehobener Literatur, was gut für uns ist, aber Fikry hat einen sehr speziellen Geschmack, und ohne Nic würde er so gut wie nichts verkaufen. Zu seinem Glück ist Island Books die einzige Buchhandlung in der Stadt.«

Amelia gähnt – sie kämpft mit einem leichten Kater – und überlegt, ob sich für einen armseligen kleinen Buchladen eine so lange Reise lohnt. Bis der Lack ausgehärtet ist, hat sich schon ihr gnadenlos optimistisches zweites Ich gemeldet: Natürlich lohnt sie sich! Ihre Spezialität sind armselige kleine Buchläden und die besondere Sorte Mensch, die sie betreibt. Zu ihren Talenten gehören auch Multitasking, die Wahl des passenden Weins zum Essen (und die damit zusammenhängende Fertigkeit, Freunde zu umsorgen, die zu viel getrunken haben), ein Händchen für Zimmerpflanzen, streunende Hunde und andere hoffnungslose Fälle.

Als sie von Bord geht, klingelt ihr Handy. Sie kennt die Nummer nicht, hat aber nichts gegen etwas Ablenkung einzuwenden. Im Übrigen möchte sie auch nicht zu den Menschen zählen, die sich gute Nachrichten nur von Anrufen erwarten, mit denen sie schon gerechnet haben, und von Anrufern, die sie schon kennen. Wie sich herausstellt, ist der Anrufer Boyd Flanagan, ihr dritter gescheiterter Versuch in Sachen Onlinedating, der sie vor einem halben Jahr in den Zirkus eingeladen hatte.

»Ich habe dir vor ein paar Wochen eine Nachricht geschickt«, sagt er. »Hast du die nicht bekommen?«

Sie sagt ihm, dass sie kürzlich den Job gewechselt hat und vorübergehend nicht unter ihrer alten Nummer erreichbar war. »Außerdem hab ich mir die Sache mit dem Onlinedating noch mal überlegt. Ob das wirklich was für mich ist.«

Den zweiten Satz scheint Boyd nicht gehört zu haben. »Würdest du noch mal mit mir ausgehen?«, fragt er.

Ja, dieses Date … Zunächst hatte das Neuartige eines Zirkusbesuchs sie davon abgelenkt, dass sie keinerlei Gemeinsamkeiten hatten. Bis sie mit dem Essen fertig waren, lag ihrer beider Unvereinbarkeit klar zutage. Vielleicht hätte sie schon etwas merken müssen, als sie sich nicht über die Vorspeise hatten einigen können oder er beim Hauptgang gestanden hatte, dass er »alles, was alt ist« – Antiquitäten, Häuser, Hunde, Menschen –, nicht mochte. Trotzdem war sich Amelia ihrer Sache erst beim Dessert sicher gewesen, bei ihrer Frage nach dem Buch, das ihn in seinem Leben am stärksten beeindruckt hatte, und seiner Antwort: *Grundlagen der Buchhaltung, Teil II*.

Nein, sagt sie milde, sie möchte lieber nicht noch mal mit ihm ausgehen.

Sie hört Boyds Atem, flatterig und unregelmäßig. Weint er etwa? »Alles in Ordnung?«, fragt sie.

»Tu bloß nicht so herablassend.«

Amelia weiß, dass sie eigentlich das Gespräch beenden müsste, aber irgendwie will sie nun doch wissen, wie es weitergeht. Wozu sind unerfreuliche Treffen gut, wenn nicht für die eine oder andere lustige Anekdote für ihre Freunde? »Wie bitte?«

»Dir wird aufgefallen sein, dass ich dich nicht sofort angerufen habe, Amelia«, sagt er. »Ich habe dich nicht angerufen, weil ich jemand Besseren kennengelernt hatte, und als das dann nicht geklappt hat, hab ich dir eine zweite Chance geben wollen. Also bilde dir bloß nicht ein, dass du was Besonderes bist. Du hast ein nettes Lächeln, zugegeben, aber deine Zähne sind zu groß, dein Hintern genauso, und du bist nicht mehr fünfundzwanzig, auch wenn du so trinkst, als wärst du es. Du solltest einem geschenkten Gaul nicht ins Maul schauen.« Der geschenkte Gaul fängt an zu flennen. »Tut mir leid. Tut mir wirklich leid.«

»Ist schon gut, Boyd.«

»Was hast du gegen mich? War's nicht nett im Zirkus? Und ich bin doch auch nicht so übel.«

»Du warst toll. Das mit dem Zirkus war sehr kreativ.«

»Aber es muss doch einen Grund geben, warum du mich nicht magst. Sei ehrlich.«

Genau genommen gibt es viele Gründe, ihn nicht zu mögen. Sie greift einen heraus. »Erinnerst du dich, wie ich dir erzählt habe, dass ich für einen Verlag arbeite, und du gesagt hast, dass du nicht viel liest?«

»Du bist ein Snob«, schlussfolgert er.

»In mancher Beziehung schon. Hör zu, Boyd, ich bin geschäftlich unterwegs und muss jetzt los.« Amelia legt auf. Sie ist nicht eitel, und sie pfeift auf die Meinung eines Boyd Flanagan, dem es ja sowieso nicht wirklich um sie geht. Für ihn ist sie nur seine neueste Enttäuschung. Sie hat auch Enttäuschungen erlebt.

Sie ist einunddreißig und findet, dass sie mittlerweile eigentlich jemanden hätte finden müssen.

Und doch …

Amelia, die Optimistin, glaubt, dass es besser ist, allein zu bleiben, als sich mit jemandem zusammenzutun, der ihre Empfindungen und Interessen nicht teilt. (Oder etwa nicht?)

Ihre Mutter sagt immer, dass Romane ihre Tochter für die reale Männerwelt verdorben haben. Diese Bemerkung kränkt Amelia, weil sie ihr unterstellt, dass sie nur Bücher mit klassisch romantischen Helden liest. Sie hat nichts dagegen, hin und wieder einen Roman mit einem romantischen Helden zu lesen, aber ihre Lektüre ist weitaus vielseitiger. Außerdem schwärmt sie für Humbert Humbert als literarische Figur, hat sich aber mit der Tatsache abgefunden, dass sie ihn sich nicht wirklich als Partner fürs Leben, Freund oder auch nur flüchtigen Bekannten wünschen würde. Das Gleiche gilt für Holden Caulfield und die Herren Rochester und Darcy.

Das Schild über der Veranda des lilafarbenen viktorianischen Häuschens ist verblasst, und Amelia wäre fast daran vorbeigegangen.

ISLAND BOOKS

Alice Islands alleiniger Anbieter ausgesuchter Literatur

Bestehend seit 1999

Kein Mensch ist eine Insel – jedes Buch ist eine Welt.

Im Haus bewacht ein junges Mädchen die Kasse und liest dabei die neuen Kurzgeschichten von Alice Munro.

»Wie sind sie?«, fragt Amelia. Sie liebt Munro, hat aber außer im Urlaub selten Zeit, Bücher zu lesen, die nicht auf der Liste stehen.

»Es ist für die Schule«, gibt der Teenager zurück, als sei damit alles gesagt.

Amelia stellt sich als Verlagsvertreterin von Knightley Press vor, und das Mädchen deutet, ohne von ihrem Buch aufzusehen, unbestimmt nach hinten. »A.J. ist in seinem Büro.«

Schwankende Bücherstapel säumen den Gang, und in Amelia regt sich wie immer leise Verzweiflung. In der Tasche, deren Träger ihr in die Schulter schneiden, stecken neue Bausteine für A.J.s Türme und ein Vorschaukatalog mit weiteren Büchern, die sie anpreisen soll. Sie schwindelt nie, wenn es um die Bücher auf ihrer Liste geht. Sie sagt nie, dass sie ein Buch liebt, wenn es nicht stimmt. Meist schafft sie es, etwas Positives über das Buch zu sagen oder zumindest über das Cover oder den Autor oder die Website des Autors. *Genau dafür zahlen sie mir ja das große Geld,* witzelt Amelia manchmal. Sie verdient 37.000 Dollar im Jahr, dazu kommt die Aussicht auf Boni, obgleich in ihrer Branche schon sehr lange niemand mehr einen Bonus gesehen hat.

Die Tür zu A.J.s Büro ist zu. Auf halbem Wege bleibt Amelia mit dem Pulloverärmel an einem der Stapel hängen, sodass hundert Bücher oder mehr mit peinlichem Getöse auf den Boden krachen. Die Tür geht auf, und A.J. Fikry sieht von dem Trümmerhaufen zu der dunkelblonden Riesin, die hektisch versucht, die Bücher wieder aufzustapeln. »Wer zum Teufel sind Sie?«

»Amelia Loman.« Sie stapelt weiter, und die Hälfte der Bücher fällt wieder herunter.

»Lassen Sie das«, befiehlt A.J. »Die haben alle ihre Ordnung. Sie sind mir dabei keine Hilfe. Bitte gehen Sie.«

Amelia bleibt stehen. Sie ist mindestens zehn Zentimeter größer als A.J. »Aber wir haben einen Termin.«

»Wir haben keinen Termin«, sagt A.J.

»Doch«, beharrt Amelia. »Ich habe Ihnen letzte Woche eine E-Mail wegen des Winterprogramms geschickt. Sie haben geantwortet, ich könne entweder am Donnerstag- oder Freitagnachmittag kommen. Ich habe Ihnen geschrieben, dass ich am Donnerstag kommen würde.«

Der E-Mail-Austausch war nur kurz, aber sie weiß, dass sie ihn nicht erfunden hat.

»Sie sind Vertreterin?«

Amelia nickt erleichtert.

»Bei welchem Verlag?«

»Knightley.«

»Knightley Press macht Harvey Rhodes. Als Sie mir letzte Woche die E-Mail geschickt haben, dachte ich, Sie wären vielleicht seine Assistentin.«

»Ich bin Harveys Nachfolgerin.«

A.J. seufzt tief. »Zu welchem Verlag ist Harvey noch mal gegangen?«

Harvey ist tot, und für einige Sekunden ist Amelia versucht, das Jenseits als eine Art Verlag und Harvey als einen seiner Mitarbeiter darzustellen – ein schlechter Witz, ganz klar. »Er ist gestorben«, sagt sie rundheraus. »Ich dachte, das wüssten Sie.« Die meisten ihrer Kunden hatten es schon erfahren. Harvey war eine Legende gewesen, soweit man das von einem Verlagsvertreter sagen kann. »Im ABA Newsletter war ein Nachruf, und vielleicht auch in *Publishers Weekly*«, bringt sie als Entschuldigung vor.

»Ich kümmere mich nicht groß um das, was sich im Verlagswesen tut«, sagt A.J. Er nimmt die dicke schwarze Brille ab und hat dann lange damit zu tun, die Gläser zu putzen.

»Es tut mir sehr leid, wenn das ein Schock für Sie ist.« Amelia legt A.J. eine Hand auf den Arm, die er abschüttelt.

»Was soll's? Ich habe den Mann kaum gekannt, habe ihn dreimal im Jahr gesehen. Nicht oft genug, um ihn als Freund zu bezeichnen. Und jedes Mal, wenn er kam, hat er versucht, mir was zu verkaufen. Freundschaft ist was anderes.«

Amelia merkt, dass A.J. nicht in der Stimmung ist, sich die Wintertitel anpreisen zu lassen. Sie sollte ihm anbieten, ein andermal wiederzukommen. Aber dann denkt sie an die zweistündige Fahrt nach Hyannis und die achtzig Minuten mit der Fähre nach Alice und den Fahrplan, der ab Oktober so unregelmäßig ist. »Hätten Sie etwas dagegen«, sagt sie, »wenn wir die neuen Bücher von Knightley durchgehen, wo ich schon mal hier bin?«

A.J.s Büro ist ein begehbarer Schrank. Es hat keine Fenster, keine Bilder an der Wand, es gibt keine Familienfotos, keinen Schnickschnack, keinen Notausgang. Das Büro beherbergt Bücher, billige Metallregale, wie man sie in Werkstätten findet, einen Aktenschrank und einen uralten Computer, vielleicht noch aus dem 20. Jahrhundert. A.J. bietet ihr nichts zu trinken an, und obgleich Amelia Durst hat, bittet sie nicht darum. Sie räumt Bücher von einem Stuhl und setzt sich.

Dann nimmt sie sich die Winterliste vor. Es ist die kleinste Liste des Jahres, sowohl vom Umfang als auch von den Erwartungen her. Ein paar wichtige (oder zumindest vielversprechende) Erstlingswerke, ansonsten hat der Verlag all die Bücher hineingepackt, für die er die geringsten kommerziellen Hoffnungen hegt. Trotzdem mag Amelia oft gerade die Wintertitel besonders gern. Das sind die Underdogs, die Geheimtipps, die eher aussichtslosen Fälle. (Und es ist nicht zu weit hergeholt, darauf hinzuweisen, dass sie sich selbst auch zu dieser Kategorie zählt.) Zum Schluss kommt sie zu ihrem Lieblingsbuch, den Memoiren eines achtzigjährigen lebenslangen Junggesellen, der mit achtundsiebzig doch noch geheiratet hat. Seine Frau starb zwei Jahre nach der Hochzeit, mit dreiundachtzig. Krebs. Aus seiner Biografie geht hervor, dass der Verfasser als Wissenschaftsreporter für verschiedene Zeitungen im Mittleren Westen gearbeitet hat. Der Stil ist präzise, humorvoll, ganz und gar nicht weinerlich. Amelia hat im Zug von New York nach Providence geheult wie ein Schlosshund. Sie weiß, dass *Späte Blüte* ein kleines Buch ist und der Inhalt arg nach Klischee klingt, aber sie ist überzeugt davon, dass auch andere Leute es mögen werden, wenn sie ihm eine Chance geben. Nach Amelias Erfahrung wären die meisten Probleme lösbar, wenn die Leute öfter mal Chancen zulassen würden.

Amelia ist mit der Beschreibung von *Späte Blüte* zur Hälfte durch, als A. J. laut aufseufzt und den Kopf auf den Schreibtisch legt.

»Ist was?«, fragt Amelia.

»Das ist nichts für mich«, sagt A. J.

»Probieren Sie's einfach mal mit dem ersten Kapitel.« Amelia schiebt das Leseexemplar zu ihm hinüber. »Das Thema kann furchtbar kitschig sein, ich weiß, aber wenn Sie sehen, wie es geschrieb…«

Er fällt ihr ins Wort. »Das ist nichts für mich.«

»Okay, dann stelle ich Ihnen noch was anderes vor …«

A. J. seufzt wieder. »Sie machen einen sympathischen Eindruck, junge Frau, aber Ihr Vorgänger … Die Sache ist die: Harvey wusste, was ich mag. Wir hatten den gleichen Geschmack.«

»Geben Sie mir eine Chance, Ihren Geschmack kennenzulernen«, sagt sie und kommt sich ein bisschen vor wie eine Darstellerin in einem Porno.

Er murmelt etwas, es hört sich an wie »Wozu das Ganze«, aber sie ist sich nicht sicher.

Amelia klappt die Knightley-Vorschau zu. »Bitte sagen Sie mir einfach, was Sie mögen, Mr. Fikry.«

»Mögen?«, wiederholt er angewidert. »Ich kann Ihnen sagen, was ich nicht mag: Postmodernismus, postapokalyptische Schauplätze, Post-mortem-Erzähler, magischen Realismus. Vorgeblich clevere formale Stilmittel, unterschiedliche Schriftarten, Bilder an Stellen, wo sie nicht hingehören, im Grunde jede Art von technischem Schnickschnack – all das spricht mich nicht an … Fiktionales über den Holocaust oder andere große Tragödien der Welt finde ich abstoßend, das gehört ins Sachbuch. Was ich außerdem nicht mag, ist Vermanschtes wie literarische Krimis oder literarische Fantasy. Literarisch sollte literarisch und Unterhaltung Unterhaltung bleiben, bei Kreuzungen kommt selten etwas Vernünftiges heraus. Ich mag auch keine Kinderbücher, zumal solche mit Waisen, und ich habe keine Lust, meine Regale mit Young-Adult-Kram vollzustopfen. Ich mag nichts, was über vierhundert oder unter hundertfünfzig Seiten hat. Mich schaudert bei Romanen, die Ghostwriter für Reality-Sternchen produzieren, bei Prominentenbildbänden, Sportmemoiren, Büchern zu Kinofilmen, Neuheiten und – das dürfte selbsterklärend sein – Vampiren. Ich führe selten Debüts, dämliche *RomComs*, Lyrik oder Übersetzungen. Ich würde am liebsten keine Serien anbieten, aber der Zustand meines Kontos zwingt mich dazu. Sie brauchen mir von der ›nächsten großen Serie‹ erst zu erzählen, wenn sie auf der Bestsellerliste der *New York Times* gelandet ist. Und absolut unerträglich, Ms. Loman, finde ich dünne literarische Memoiren über unbedeutende alte Männer, deren unbedeutende alte Frauen an Krebs gestorben sind. Egal, wie gut sie nach Meinung der Verlagsvertreterin auch sein mögen. Egal, wie viele Exemplare davon ich Ihrer Ansicht nach am Muttertag verkaufen kann.«

Amelia wird rot, allerdings mehr aus Wut als aus Verlegenheit. Manchem, was A.J. gesagt hat, kann sie zustimmen, sein Gehabe aber findet sie unnötig kränkend. Die Art von Büchern, die er aufgezählt hat, macht sowieso höchstens die Hälfte des Programms von Knightley aus. Sie mustert ihn. Er ist älter als sie, aber nicht sehr viel älter, ein Unterschied von zehn Jahren vielleicht. Er ist zu jung, um so weniges zu mögen. »Was mögen Sie denn?«, fragt sie.

»Alles andere«, sagt er. »Ich gebe auch gern zu, dass ich hin und wieder eine Schwäche für Kurzgeschichtensammlungen habe. Die kaufen meine Kunden aber nicht.«

Amelia hat nur einen Kurzgeschichtenband auf ihrer Liste, ein Erstlingswerk, das sie nicht ganz gelesen hat und aus Zeitmangel wohl auch nicht zu Ende lesen wird, aber die erste Story hat ihr gefallen. Eine Gruppe amerikanischer und eine Gruppe indischer Sechstklässler nehmen an einem internationalen Brieffreundschaftsprojekt teil. Die Erzählerin ist eine Inderin aus der amerikanischen Gruppe, die den Amerikanern ständig skurrile Desinformationen über die indische Kultur unterjubelt. Amelia räuspert sich, denn sie hat immer noch einen schrecklich trockenen Hals. »*Das Jahr, in dem Bombay zu Mumbai wurde*. Interessieren würde das besonders …«

»Nein«, sagt er.

»Ich habe Ihnen doch noch gar nicht erzählt, wovon es handelt.«

»Nein. Ich bleib dabei.«

»Aber warum?«

»Wenn Sie ehrlich sich selbst gegenüber sind, müssen Sie zugeben, dass Sie mir davon nur erzählen, weil ich indische Wurzeln habe und Sie denken, dass mir das Thema besonders am Herzen liegt. Stimmt's?«

Amelia malt sich aus, wie sie den Uralt-Computer auf seinem Kopf zertrümmert. »Ich erzähle Ihnen davon, weil Sie gesagt haben, dass Sie Short Storys mögen. Und es ist die einzige Kurzgeschichtensammlung auf meiner Liste. Und damit das klar ist«, schwindelt sie, »das Buch ist einfach toll, von Anfang bis Ende. Auch wenn es ein Debüt ist. Und soll ich Ihnen noch was sagen? Ich liebe Debüts. Ich finde es wunderbar, etwas Neues zu entdecken. Unter anderem auch deshalb mache ich diesen Job.« Amelia steht auf. Ihr Kopf dröhnt. Vielleicht trinkt sie wirklich zu viel? In ihrem Schädel hämmert es und – ja – in ihrem Herzen auch. »Legen Sie Wert auf meine Meinung?«

»Nicht besonders«, sagt er. »Wie alt sind Sie? Fünfundzwanzig?«

»Sie haben hier ein wirklich schönes Geschäft, Mr. Fikry, aber wenn Sie weiter auf diesem … diesem … diesem …« Als Kind hat sie gestottert, und wenn sie sich aufregt, kommt es wieder; sie räuspert sich. »… rückständigen Denken bestehen, dürfte es Island Books nicht mehr allzu lange geben.«

Amelia legt *Späte Blüte* zusammen mit dem Winterkatalog auf seinen Schreibtisch. Beim Gehen stolpert sie über die Bücher auf dem Gang.

Die nächste Fähre geht erst in einer Stunde, sie läuft deshalb langsam durch die Stadt zurück. Vor einer Bank of America erinnert eine Gedenktafel an den Sommer, den Herman Melville dort verbracht hat, als das Haus noch das Alice Inn war. Sie holt ihr Handy heraus und macht ein Foto von sich mit der Gedenktafel. Alice ist ein hübscher Ort, und sie wird kaum einen Grund haben, so bald wieder herzukommen.

Sie schickt ihrem Boss in New York eine SMS: *Sieht nicht nach Bestellungen von Island aus :-(*

Der Boss antwortet: *Keine Sorge. Island ist nur ein kleiner*

Kunde, der größte Teil der Bestellungen kommt kurz vor Sommerbeginn, wenn die Urlauber eintrudeln. Ein schräger Typ, der Buchhändler dort, Harvey hatte mit der Frühjahrs-/Sommerliste immer mehr Glück. Dir wird's ebenso gehen.

Um sechs sagt A.J. zu Molly Klock, dass sie gehen kann.

»Wie ist die neue Munro?«, fragt er.

Sie stöhnt. »Warum fragen mich das heute alle?« Sie meint nur Amelia, neigt aber zu Übertreibungen.

»Wahrscheinlich, weil du sie liest.«

Molly stöhnt wieder. »Okay. Ich weiß nicht … Die Leute in dem Buch sind manchmal zu – menschlich.«

»Das ist wohl der springende Punkt bei Munro«, sagt er.

»Ach, ich weiß nicht. Mir sind die alten Sachen lieber. Bis Montag also.«

Irgendwas muss wegen Molly passieren, denkt A.J., als er das Schild auf »Geschlossen« dreht. Schön, sie liest gern, ansonsten aber ist Molly als angehende Buchhändlerin ein hoffnungsloser Fall. Doch sie ist nur eine Teilzeitkraft, und es ist so mühsam, jemanden neu anzulernen, und wenigstens klaut sie nicht. Nic hatte sie eingestellt, sie muss also etwas an der mürrischen Miss Klock gefunden haben. Wenn der Sommer kommt, wird A.J. sich vielleicht dazu aufraffen, Molly zu feuern.

A.J. setzt die letzten Kunden vor die Tür (besonders ärgert ihn eine Gruppe von Chemiestudenten, die nichts gekauft haben, aber seit vier Uhr vor den Zeitschriften kampieren – ziemlich sicher ist einer von ihnen dafür verantwortlich, dass das Klo verstopft ist), dann kümmert er sich um die Kassenabrechnung, was so deprimierend ist, wie es klingt. Schließlich geht er nach oben in seine Dachwohnung. Er schiebt eine Packung Vindaloo-Curry in die Mikrowelle. Neun Minuten, liest er auf der Schachtel. Während er dasteht und wartet, denkt er an die Frau von Knightley. Sie hatte ausgesehen wie eine Zeitreisende aus dem Seattle der 1990er-Jahre mit ihren Schnürstiefeln, auf denen ein Ankermuster war, dem geblümten Omakleid, dem fusseligen beigefarbenen Pullover und dem schulterlangen Haar, das aussah, als hätte es ihr Freund in der Küche geschnitten. Oder ihre Freundin? Freund, beschließt er. A.J. muss an Courtney Love denken, als sie mit Kurt Cobain verheiratet war. Der toughe Rosenmund sagt: Mir kann niemand wehtun, aber die sanften blauen Augen sagen: Doch, du kannst es und wirst es wahrscheinlich auch tun. Und er hat dieses große Mädchen, das mit seinen wuscheligen Haaren aussieht wie ein Löwenzahn, zum Weinen gebracht. Gratuliere, A.J.

Der Currygeruch verstärkt sich, aber auf der Uhr bleiben noch siebeneinhalb Minuten.

Er braucht eine Aufgabe, eine körperliche, aber nicht anstrengende Betätigung. Er geht mit dem Teppichmesser in den Keller, um Bücherkisten zu leeren. Aufschneiden. Flachlegen. Stapeln. Schneiden. Flachlegen. Stapeln. Wie er mit der Vertreterin umgesprungen ist, geht A.J. nach. Es war ja nicht ihre Schuld. Jemand hätte ihm sagen müssen, dass Harvey Rhodes gestorben ist.

Schneiden. Flachlegen. Stapeln.

Wahrscheinlich hatte es ihm sogar jemand gesagt.

A.J. liest seine E-Mails nur sporadisch und geht nie ans Telefon. Hat es eine Trauerfeier gegeben? Nicht, dass A.J. hingefahren wäre. Er hat Harvey Rhodes ja kaum gekannt.

Aufschneiden. Flachlegen. Stapeln.

Und doch … Er war in den letzten sechs Jahren stundenlang mit dem Mann zusammen gewesen. Sie hatten immer nur über Bücher gesprochen, aber was ist persönlicher als ein Buch?

Aufschneiden. Flachlegen. Stapeln.

Und wie selten kommt es vor, dass man einen Menschen findet, der den gleichen Geschmack hat wie man selbst? Gestritten haben sie sich nur einmal, über David Foster Wallace, etwa um die Zeit, als der sich umgebracht hatte. A.J. hatte den ehrfürchtigen Ton der Nachrufe unerträglich gefunden. Der Mann hatte einen anständigen (wenn auch ausschweifenden und überlangen) Roman geschrieben, ein paar einigermaßen intelligente Essays – und viel mehr nicht.

»*Unendlicher Spaß* ist ein Meisterwerk«, hatte Harvey gesagt.

»*Unendlicher Spaß* ist ein Härtetest. Wenn du es bis zum Ende schaffst, bleibt dir nichts weiter übrig, als zu sagen, dass es dir gefällt. Sonst musst du dich damit abfinden, dass du Wochen deines Lebens vergeudet hast«, hatte A.J. gekontert. »Stil ohne Inhalt, mein Freund.«

Harvey war rot angelaufen, als er sich über den Schreibtisch lehnte. »Das sagst du von jedem Autor, der im gleichen Jahrzehnt wie du zur Welt gekommen ist.«

Schneiden. Flachlegen. Verschnüren.

Als er nach oben kommt, ist das Curry wieder kalt. Wenn er es in dieser Plastikschale noch mal erhitzt, kriegt er wahrscheinlich Krebs.

Er geht mit der Plastikschale zum Tisch. Der erste Bissen ist glühend heiß, der zweite noch gefroren. Er wirft die Schale an die Wand.

Wie wenig er Harvey bedeutet hat, und wie viel Harvey ihm bedeutet hat.

Wenn du allein lebst, hast du das Problem, dass du jede Sauerei, die du produzierst, selbst wieder wegmachen musst.

Nein, wenn du allein lebst, ist das Problem, dass keiner sich darum kümmert, wenn du ausflippst. Keiner interessiert sich dafür, warum ein neununddreißigjähriger Mann eine Schale Curry an die Wand feuert wie ein kleines Kind. Er schenkt sich ein Glas Rotwein ein. Er legt eine Tischdecke auf. Er geht ins Wohnzimmer. Er schließt seine klimatisierte Glasvitrine auf und nimmt *Tamerlane* heraus. In der Küche stellt er es vor sich auf den Tisch, lehnt es an den Stuhl, auf dem Nic immer gesessen hat.

»Cheers, du Scheißding«, sagt er zu dem schmalen Band.

Er leert das Glas. Er schenkt sich noch eins ein, und als er das ausgetrunken hat, nimmt er sich vor, etwas zu lesen. Vielleicht ein altes Lieblingsbuch wie *Alte Schule* von Tobias Wolff, auch wenn er seine Zeit mit etwas Neuem bestimmt sinnvoller verbringen würde. Was hatte diese dämliche Vertreterin da gelabert? *Späte Blüte* – würg. Was er gesagt hatte, war seine ehrliche Überzeugung. Es gibt wirklich nichts Schlimmeres als kitschige Memoiren über Witwer. Besonders wenn man wie A.J. seit einundzwanzig Monaten selbst Witwer ist. Die Vertreterin war neu. Sie konnte nichts dafür, dass sie nichts von seiner banalen privaten Tragödie wusste. Herrgott, wie Nic ihm fehlte. Ihre Stimme und ihr Nacken und selbst ihre verdammten Achselhöhlen. Stoppelig wie eine Katzenzunge – und am Ende des Tages hatten sie gerochen wie Milch kurz vor dem Gerinnen.

Drei Gläser später kippt er bewusstlos über den Tisch. Er ist nur eins dreiundsiebzig groß und 63 Kilo schwer und hat nicht mal Tiefkühlcurry im Bauch. Sein Stapel an Lesematerial wird heute Abend nicht mehr kleiner werden.

»A.J.«, flüstert Nic. »Geh schlafen.«

Endlich träumt er. A.J. trinkt einzig aus dem Grund, an diesen Ort zu kommen. Nic, die Geisterfrau seines alkoholgetränkten Traumes, hilft ihm hoch.

»Du weißt, dass das erbärmlich ist, oder, Nerd?«

Er nickt.

»Tiefkühlcurry und Fünf-Dollar-Rotwein.«

»Ich respektiere die altehrwürdigen Traditionen meines Erbes.«

Er und die Geisterfrau schlurfen ins Schlafzimmer.

»Glückwunsch, Mr. Fikry. Du entwickelst dich zu einem echten Alkoholiker.«

»Entschuldige«, sagt er.

Sie hilft ihm ins Bett. Das braune Haar ist kurz wie bei einem Jungen.

»Du hast dir die Haare geschnitten«, sagt er. »Wie seltsam.«

»Zu der Frau heute warst du sehr hässlich.«

»Es war wegen Harvey.«

»Ich weiß«, sagt sie.

»Ich mag es nicht, wenn Leute sterben, die einen kannten.«

»Und deshalb wirfst du auch Molly Klock nicht raus?«

Er nickt.

»So kannst du nicht weitermachen.«

»Doch«, sagt A.J.

Sie gibt ihm einen Kuss auf die Stirn. »Was ich eigentlich sagen will, ist, dass ich das aber nicht möchte.«

Dann ist sie fort.

An dem Unfall war niemand schuld gewesen. Nic hatte nach einer Lesung einen Autor heimgefahren. Wahrscheinlich war sie zu schnell unterwegs, weil sie noch die letzte Autofähre zurück nach Alice erwischen wollte. Vielleicht war sie einem Reh ausgewichen. Vielleicht lag es einfach nur an den Straßen von Massachusetts im Winter. Niemand konnte es sagen. Der Polizist im Krankenhaus hatte gefragt, ob sie suizidal gewesen war. »Nein«, hatte A.J. gesagt. »Überhaupt nicht.« Sie war im zweiten Monat schwanger gewesen. Sie hatten es noch niemandem erzählt, weil sie davor schon Enttäuschungen erlebt hatten. Als er im Warteraum vor der Leichenhalle stand, bedauerte er ein wenig, dass sie es niemandem gesagt hatten. Zumindest hätte es so eine kurze Phase des Glücks gegeben, vor dieser längeren Phase des … Er wusste noch nicht, wie er es nennen sollte. »Nein, überhaupt nicht suizidal.« A.J. zögerte einen Augenblick. »Sie war einfach eine schlechte Fahrerin, die das nicht wahrhaben wollte.«

»Ja«, sagte der Cop. »Niemanden trifft eine Schuld.«

»Das sagt man so«, widersprach A.J. »Aber natürlich hatte jemand Schuld. Sie nämlich. Was für eine Dummheit. Was für eine melodramatische Dämlichkeit. Was für ein verfluchter Danielle-Steel-Touch. Wenn das ein Buch wäre, würde ich sofort aufhören zu lesen, ich würde es quer durchs Zimmer schmeißen.«

Der Cop, der (bis auf das eine oder andere Jeffery-Deaver-Taschenbuch im Urlaub) kaum mal ein Buch anrührte, versuchte, das Gespräch wieder in die reale Welt zu lenken. »Ja, richtig, Ihnen gehört die Buchhandlung.«

»Meiner Frau und mir«, antwortete A.J., ohne nachzudenken. »Herrgott noch mal, jetzt rede ich schon denselben Blödsinn wie diese Männer in den Büchern, die vergessen, dass ihre Partnerin gestorben ist, und versehentlich ›wir‹ sagen. Das ist so ein Klischee, Officer …« – er hielt inne, um das Namensschild zu lesen – »… Officer Lambiase. Sie und ich sind Figuren in einem schlechten Roman, ist Ihnen das klar? Wie zum Teufel sind wir hierhergekommen? Armes Schwein, denken Sie jetzt wahrscheinlich, und heute Abend nehmen Sie Ihre Kinder besonders fest in die Arme, weil das die Leute in dieser Art von Büchern tun. Sie wissen, was für Bücher ich meine, nicht?

Diese Spitzentitel, die eine Weile einer unbedeutenden Nebenfigur folgen, damit der Leser an Faulkner denkt … Seht nur, wie der Autor sich um die einfachen Leute kümmert. Den kleinen Mann. Wie tolerant er sein muss. Das bezieht sich sogar auf Ihren Namen. Officer Lambiase ist der ideale Name für das Klischee eines Massachusetts-Cops. Sind Sie Rassist, Lambiase? Denn eine Figur wie Sie müsste eigentlich Rassist sein.«

»Kann ich jemanden für Sie anrufen, Mr. Fikry?«, hatte Officer Lambiase gefragt. Er war ein guter Polizist und wusste, dass und wie Trauernde die Kontrolle über sich verlieren können. Er legte A.J. eine Hand auf die Schulter.

»Genau das wird von Ihnen in diesem Moment erwartet, Officer Lambiase. Im Übrigen spielen Sie Ihre Rolle exzellent. Wissen Sie zufällig, was jetzt von dem Witwer erwartet wird?«

»Dass er jemanden anruft«, sagte Officer Lambiase.

»Ja, das stimmt wohl. Aber meine Schwiegereltern habe ich schon angerufen.« A.J. nickte. »Wäre das eine Short Story, wären wir beide jetzt miteinander fertig. Eine kleine ironische Wendung, und Schluss. Deshalb gibt es nichts Eleganteres in der Welt der Prosa als eine Kurzgeschichte, Officer Lambiase. Bei Raymond Carver würden Sie mir dürftig Trost spenden, dann würde es dunkel werden, und alles wäre vorbei. Aber das hier – kommt mir doch mehr wie ein Roman vor. Emotional meine ich. Ich werde eine Weile brauchen, bis ich damit durch bin, verstehen Sie?«

»Nicht so ganz. Raymond Carver hab ich nicht gelesen«, sagte Officer Lambiase. »Ich mag Lincoln Rhyme. Kennen Sie den?«

»Der querschnittgelähmte Kriminologe. Ganz ordentlich für die Gattung. Aber haben Sie auch mal Short Storys gelesen?«, fragte A.J.

»Vielleicht in der Schule … Märchen. Oder … hm … *Das rote Pony?* Ich glaub, wir mussten *Das rote Pony* lesen.«

»Das ist eine Novelle«, sagte A.J.

»Ach so, Entschuldigung. Ich … Warten Sie mal, da gab es eine Geschichte mit einem Cop, an die erinnere ich mich aus der Highschool. So was wie das perfekte Verbrechen, deshalb hab ich sie mir wohl gemerkt. Der Cop wird von seiner Frau umgebracht. Die Waffe ist eine gefrorene Rinderhälfte, und die tischt sie dann den anderen …«

»Lammkeule«, sagte A.J. »Die Story heißt *Lammkeule*, und das ist auch die Tatwaffe.«

»Genau!« Der Cop freute sich. »Sie kennen sich aus!«

»Es ist eine sehr bekannte Geschichte«, sagte A.J. »Meine Schwiegereltern müssen jeden Augenblick hier sein. Tut mir leid, dass ich Sie vorhin als ›eine unwichtige Nebenfigur‹ bezeichnet habe. Das war unhöflich, und vermutlich bin ja ich die unwichtige Nebenfigur in der großen Saga um Officer Lambiase. Ein Cop ist als Protagonist naheliegender als ein Buchhändler. Sie sind eine Gattung für sich, Sir.«

»Da mögen Sie recht haben«, meinte Officer Lambiase.

»Aber um auf das zurückzukommen, wovon wir vorhin sprachen. Als Cop habe ich bei der Story ein Problem mit der Zeitschiene. Sie schiebt das Rind …«

»Lamm.«

»Lamm. Sie erschlägt also den Typ mit der gefrorenen Lammkeule, dann schiebt sie die in den Ofen und brät sie, ohne sie aufzutauen. Ich bin keine Rachael Ray, aber …«

Nic war schon leicht gefroren, als sie ihren Wagen aus dem Wasser gezogen hatten, und in der Kühlzelle des Leichenschauhauses waren ihre Lippen blau gewesen. A.J. hatte an den schwarzen Lippenstift denken müssen, den sie zu der Buchparty für den neuesten Vampirschmöker getragen hatte. Er hatte es nicht besonders gut gefunden, dass törichte Teenagermädchen in Ballkleidern in Island Books herumtanzten, aber Nic, die diesen verdammten Vampirschinken und die Frau, die ihn verbrochen hatte, tatsächlich mochte, hatte behauptet, ein Vampirball sei gut fürs Geschäft und mache außerdem noch Spaß. »Du erinnerst dich noch, was Spaß ist?«

»Dunkel«, hatte er gesagt. »Das war vor meinem Leben als Buchhändler, als ich meine Wochenenden und Abende für mich hatte, als ich zum Vergnügen las, da hat es wohl auch Spaß gegeben. Also dunkel, ganz dunkel …«

»Dann will ich deiner Erinnerung auf die Sprünge helfen. Spaß – das bedeutet, eine smarte, hübsche, umgängliche Frau zu haben, mit der du jeden Arbeitstag verbringst.«

Er sah sie noch vor sich in diesem lächerlichen schwarzen Satinkleid, den rechten Arm um den Pfeiler der Veranda gelegt, die wohlgeformten Lippen ein gerader Strich.

»Leider, leider ist meine Frau in einen Vampir verwandelt worden.«

»Du Ärmster.« Sie ging quer über die Veranda auf ihn zu und küsste ihn. Die Spuren, die ihr Lippenstift hinterließ, sahen aus wie ein blauer Fleck. »Dann bleibt dir nichts anderes übrig, als auch ein Vampir zu werden. Versuch nicht, dagegen anzugehen, das wäre das Schlimmste, was du tun könntest. Cool bleiben, Nerd! Bitte mich ins Haus.«

Ein Diamant so groß wie das Ritz

1922 von F. Scott Fitzgerald

Technisch gesehen könnte man es auch als Novelle bezeichnen. Allerdings ist die Novelle eine Art Grauzone. Wenn du aber an die Sorte von Menschen gerätst, denen solche Differenzierungen wichtig sind – und zu denen gehörte ich auch mal –, solltest du den Unterschied kennen. (Falls du in einem Ivy-League-College landest*, ist es sehr wahrscheinlich, dass du solchen Typen über den Weg läufst. Wappne dich mit Wissen gegen diese Wichtigtuer. Aber ich schweife ab.) E. A. Poe definiert eine Short Story als eine Geschichte, die man in einem Zug lesen kann. »In einem Zug« dauerte vermutlich zu seiner Zeit länger. Aber ich schweife wieder ab.

Eine prätentiös-schrullige Geschichte über die Herausforderung, eine Stadt aus Diamanten zu besitzen, und die Klimmzüge, die reiche Leute machen, um ihren Lebensstil zu schützen. Fitzgerald in Bestform. »Der Große Gatsby« ist zweifellos umwerfend, aber er kommt mir an manchen Stellen so verkünstelt vor wie ein Formschnitt-Garten. Das Format der Short Story ist freier und lässt ihm mehr Raum.

---

* Ich habe da so meine Zweifel. Denk daran, dass sich eine gute Ausbildung auch an unüblichen Orten finden lässt.

Diese Geschichte lebt, atmet, verzaubert. Warum sie hierhergehört? Soll ich dir verraten, was eigentlich offensichtlich ist – dass auch ich, kurze Zeit, ehe ich dich kennenlernte, etwas von großem, wenn auch spekulativem Wert verloren hatte?

A. J. F.

Er kann sich zwar nicht daran erinnern, wie er dort hingekommen ist oder dass er sich ausgezogen hat – jedenfalls aber wacht A.J. im Bett auf und hat nur seine Unterwäsche an. Er erinnert sich daran, dass Harvey Rhodes tot ist; er erinnert sich daran, dass er sich der netten Vertreterin von Knightley gegenüber wie ein Arschloch verhalten hat; er erinnert sich, dass er das Curry an die Wand gefeuert hat; er erinnert sich an das erste Glas Wein und den Trinkspruch auf *Tamerlane* – danach an nichts mehr. Aus seiner Sicht war der Abend gelungen.

Sein Kopf dröhnt. Er geht ins Wohnzimmer und sucht nach den Überresten des Currys. Fußboden und Wände sind fleckenlos. A.J. kramt eine Aspirin aus dem Badezimmerschrank und beglückwünscht sich dazu, dass er wohl umsichtig genug war, das Curry wegzuwischen. Er setzt sich an den Esszimmertisch und stellt fest, dass auch die Weinflasche verschwunden ist. Erstaunlich für ihn, dieser Anfall von Ordnungsliebe, aber nicht einmalig. Er sieht über den Tisch hinweg an die Stelle, wo *Tamerlane* lag. Das Buch ist weg. Vielleicht hat er sich nur eingebildet, dass er es aus der Vitrine genommen hat?

Als er sich in Bewegung setzt, dröhnt A.J.s Herz mit seinem Kopf um die Wette. Auf halbem Wege zum Bücherregal sieht er, dass die klimatisierte Glasvitrine mit dem Kombinationsschloss, die *Tamerlane* vor der Welt schützt, weit offen steht und leer ist.

A.J. zieht einen Bademantel an und schlüpft in seine Laufschuhe, die in letzter Zeit nicht viele Kilometer gemacht haben.

Er joggt die Captain Wiggins Street hinunter, der schmuddelige karierte Bademantel weht hinter ihm her. A.J. sieht aus wie ein unterernährter Superheld mit Depressionen. Er biegt auf die Main Street ein und stürmt in die verschlafene Polizeiwache von Alice Island. »Man hat mich beraubt!«, schreit A.J. Es war nur eine kurze Strecke, aber er atmet schwer. »Bitte, kann mir jemand helfen!«

Lambiase stellt seine Kaffeetasse hin und betrachtet den verstörten Mann im Bademantel. Er erkennt in ihm den Besitzer der Buchhandlung, dessen hübsche junge Frau vor bald zwei Jahren in den See gefahren ist. A.J. sieht viel älter aus als bei ihrer letzten Begegnung, aber das, sagt sich Lambiase, ist ja kein Wunder.

»Beruhigen Sie sich, Mr. Fikry. Sagen Sie mir, was passiert ist.«

»Jemand hat *Tamerlane* gestohlen«, sagt A.J.

»Was ist *Tamerlane?*«

»Ein Buch. Ein sehr wertvolles Buch.«

»Also damit das erst mal klar ist: Sie wollen sagen, dass jemand ein Buch aus Ihrem Geschäft gestohlen hat.«

»Nein. Es war mein Buch, aus meinem Privatbesitz. Eine äußerst seltene Gedichtsammlung von Edgar Allan Poe.«

»Ihr Lieblingsbuch sozusagen?«, fragt Lambiase.

»Nein. Ich mag es gar nicht. Es ist Mist, infantiler Mist. Es ist einfach …« A.J. hyperventiliert. »… scheiße.«

»Ganz ruhig, Mr. Fikry. Ich will ja nur verstehen, was vorgefallen ist. Sie mögen das Buch nicht, aber es hat einen ideellen Wert?«

»Nein. Scheiß auf den ideellen Wert. Es hat einen beträchtlichen finanziellen Wert. *Tamerlane* ist wie der Honus Wagner der seltenen Bücher! Wissen Sie, wovon ich rede?«

Lambiase nickt. »Klar, der legendäre Baseballspieler, mein Dad hat Baseballkarten gesammelt. So wertvoll?«

A.J.s Worte überstürzen sich. »Es war das erste Werk, das Edgar Allan Poe geschrieben hat, da war er achtzehn. Die Exemplare sind äußerst selten, weil damals nur fünfzig gedruckt wurden und es anonym herauskam. Statt ›von Edgar Allan Poe‹ steht auf dem Umschlag ›Von einem Bostoner‹. Ein Exemplar kann 400.000 Dollar und mehr erzielen, je nach Zustand und Marktwert. Ich wollte es in ein, zwei Jahren, wenn die Wirtschaft sich etwas erholt hat, in eine Auktion geben, die Buchhandlung dichtmachen und mich mit dem Erlös zur Ruhe setzen.«

»Nehmen Sie mir die Frage nicht übel«, sagt Lambiase, »aber warum haben Sie so ein Buch im Haus und nicht in einem Banktresor?«

A.J. schüttelt den Kopf. »Keine Ahnung. Es war dumm von mir. Ich hatte es wohl gern in meiner Nähe. Um es anzuschauen und mir zu sagen, dass ich jederzeit Schluss machen könnte, wenn ich wollte. Es war in einer Glasvitrine mit Zahlenschloss, da ist es sicher, hab ich gedacht.«

Lambiase nickt. In Alice Island gibt es kaum Diebstähle, außer in der Touristensaison. Es ist Oktober. »Hat jemand die Vitrine eingeschlagen, oder kannte jemand die Zahlenkombination?«, fragt er.

A.J. legt die Hände vors Gesicht. »Weder noch. Gestern Abend wollte ich mich volllaufen lassen. Blöd, wie ich war, hab ich das Buch rausgenommen, um es anzuschauen. Zur Gesellschaft sozusagen.«

»Sind Sie versichert, Mr. Fikry?«

A.J. antwortet nicht, demnach, schließt Lambiase, ist das nicht der Fall. »Ich habe das Buch erst vor etwa einem Jahr gefunden, ein, zwei Monate nach dem Tod meiner Frau. Ich wollte mir die zusätzlichen Kosten sparen. Ich hab nie die Zeit dazu gefunden. Ich weiß nicht … Hunderttausend idiotische Gründe, der Hauptgrund aber ist, dass ich ein Trottel bin, Officer Lambiase.«

Lambiase schenkt sich den Hinweis, dass er Chief Lambiase ist. »Also, ich mache jetzt Folgendes. Zuallererst setzen wir gemeinsam ein Protokoll auf. Wenn dann meine Mitarbeiterin kommt – sie arbeitet in der Nachsaison nur halbtags –, schicke ich sie zu Ihnen, da soll sie nach Fingerabdrücken und sonstigen Beweismitteln suchen. Vielleicht findet sich irgendwas. Außerdem können wir die Auktionshäuser anrufen und Leute, die mit solchen Dingen handeln. Wenn das Buch so selten ist, wie Sie sagen, fällt es bestimmt auf, wenn ein bislang unbekanntes Exemplar auf den Markt kommt. Muss es für so was nicht einen Herkunftsnachweis geben, so ein … Dingsbums?«

»Eine Provenienz«, sagt A.J.

»Genau. Ich hatte mal eine Freundin, die immer *Antiques Roadshow* geguckt hat. Kennen Sie die Sendung?«

A.J. antwortet nicht.

»Noch eine letzte Frage. Wer wusste von dem Buch?«

A.J. schnaubt. »Jeder. Die Schwester meiner Frau, Ismay, ist Lehrerin an der Highschool. Sie sorgt sich um mich, seit Nic … Ständig nervt sie mich, ich soll die Buchhandlung dichtmachen und von der Insel wegziehen. Vor einem Jahr hat sie mich zu dieser trostlosen Haushaltsauflösung in Milton geschleppt. Das Buch steckte in einer Kiste zusammen mit fünfzig anderen, alle wertlos bis auf *Tamerlane*. Ich habe fünf Dollar dafür gezahlt. Die Leute hatten keine Ahnung, was sie da hatten. Ehrlich gesagt bin ich mir ziemlich schäbig vorgekommen. Aber das spielt ja jetzt keine Rolle. Ismay fand, es wäre gut fürs Geschäft und pädagogisch wertvoll oder so, wenn ich es in der Buchhandlung ausstellen würde. Deshalb stand die Vitrine den ganzen Sommer über im Laden. Aber da kommen Sie wohl nie hin …«

Lambiase betrachtet seine Schuhspitzen. Wieder packt ihn die vertraute Scham aus tausend Englischstunden in der Highschool, in denen er das minimale Lektürepensum nicht geschafft hat. »Ich lese nicht viel.«

»Aber manchmal Krimis, nicht?«

»Das haben Sie sich gut gemerkt«, sagt Lambiase.

A. J. hat tatsächlich ein perfektes Gedächtnis für das, was die Leute gern lesen. »Deaver, nicht? Wenn Ihnen der gefällt, habe ich da diesen neuen Autor …«

»Klar, ich komme irgendwann mal vorbei. Kann ich jemanden für Sie anrufen? Die Schwester Ihrer Frau ist Ismay Evans-Parish, nicht?«

»Ismay ist …« In diesem Augenblick erstarrt A. J., als hätte jemand auf Pause gedrückt, sein Blick wird leer, der Mund bleibt offen stehen.

»Mr. Fikry?«

Fast dreißig Sekunden lang ist A. J. erstarrt, dann redet er weiter, als wäre nichts geschehen. »Ismay ist in der Schule, und mir geht es gut, es ist nicht nötig, sie anzurufen.«

»Eben waren Sie eine Zeit lang weg«, sagt Lambiase.

»Was?«

»Sie – hatten einen Blackout.«

»Ach je. Das ist nur eine Absence, als Kind hatte ich die oft. Als Erwachsener bekomme ich sie nur bei zu viel Stress.«

»Sie sollten zum Arzt gehen.«

»Nein, alles in Ordnung, wirklich. Ich will nur mein Buch wiederhaben.«

Lambiase lässt nicht locker. »Mir wär's aber lieber, Sie ließen sich durchchecken. Sie haben einen ziemlich heftigen Vormittag hinter sich, und ich weiß, dass Sie allein leben. Ich bringe Sie ins Krankenhaus, und dann sorge ich dafür, dass Ihre Schwiegereltern Sie später abholen. Und in der Zwischenzeit sollen meine Leute sehen, ob sie irgendwas über Ihr Buch rauskriegen.«

Im Krankenhaus wartet A.J., füllt Fragebogen aus, wartet, zieht sich aus, wartet, lässt Tests über sich ergehen, wartet, zieht sich wieder an, wartet, unterzieht sich weiteren Tests, wartet, zieht sich wieder aus und steht schließlich vor einer Allgemeinärztin in mittleren Jahren. Sein Blackout macht ihr keine großen Sorgen. Die Tests allerdings haben ergeben, dass Blutdruck und Cholesterin an der Grenze zwischen gerade noch zulässig und zu hoch für einen Neununddreißigjährigen sind. Sie fragt A.J. nach seiner Lebensweise. Er antwortet ehrlich. »Ich bin nicht das, was Sie wohl einen Alkoholiker nennen würden, aber mindestens einmal die Woche trinke ich gern bis zur Bewusstlosigkeit. Ich rauche gelegentlich und ernähre mich von tiefgefrorenen Fertigmahlzeiten. Ich benutze selten Zahnseide. Früher war ich Cross-Country-Läufer, aber jetzt trainiere ich kaum noch. Ich lebe allein und habe keine engen persönlichen Beziehungen. Seit meine Frau gestorben ist, hasse ich meine Arbeit.«

Die Ärztin nickt. »Sie sind noch jung, Mr. Fikry, aber jeder Körper kommt mal an seine Grenzen. Wenn Sie darauf aus sind, sich umzubringen, kann ich mir schnellere, leichtere Methoden vorstellen. Wollen Sie sterben?«

A.J. antwortet nicht.

»Wenn Sie wirklich sterben wollen, kann ich Sie unter psychiatrische Beobachtung stellen.«

»Ich will nicht sterben«, sagt A.J. nach einer Weile. »Es fällt mir nur schwer, die ganze Zeit *hier* zu sein. Halten Sie mich für verrückt?«

»Nein. Ich kann verstehen, wie Ihnen zumute ist. Es ist eine schwere Zeit für Sie. Fangen Sie wieder an zu trainieren. Dann werden Sie sich besser fühlen.«

»Okay.«

»Ihre Frau war reizend«, sagt die Ärztin. »Ich war in dem Mutter-Tochter-Buchklub, den sie in der Buchhandlung organisiert hatte. Meine Tochter arbeitet in Teilzeit für Sie.«

»Molly Klock?«

»Klock heißt mein Lebensgefährte. Ich bin Dr. Rosen.« Sie tippt an ihr Namensschild.

In der Eingangshalle sieht A.J. eine Szene, die ihm allzu bekannt vorkommt. »Wenn es Ihnen wirklich nichts ausmacht …«, sagt eine Krankenschwester in rosa OP-Kleidung und streckt einem Mann mit Cordjackett und Flicken an den Ellbogen ein abgegriffenes Taschenbuch hin.

»Mach ich doch gern«, sagt Daniel Parish. »Wie heißen Sie?«

»Jill, wie *Jack and Jill went up the hill.* Macy – wie das Kaufhaus. Ich hab alle Ihre Bücher gelesen, aber das hier, finde ich, ist das beste. Bei Weitem das beste.«

»Ja, das ist wohl die landläufige Meinung, Jill from the hill.« Daniel meint das durchaus ernst. Keins seiner Bücher hat sich so gut verkauft wie sein Debüt.

»Ich … Ich kann gar nicht sagen, wie viel es mir bedeutet. Wenn ich nur daran denke, kommen mir die Tränen.« Sie beugt den Kopf und senkt den Blick, demütig wie eine Geisha. »Deshalb hab ich mir gewünscht, Krankenschwester zu werden. Ich hab hier gerade erst angefangen. Als ich hörte, dass Sie in der Stadt leben, hab ich gehofft, dass Sie eines Tages hier auftauchen.«

»Sie haben gehofft, dass ich krank werde, meinen Sie?«, fragt Daniel lächelnd.

»Nein, natürlich nicht.« Sie wird rot, dann gibt sie ihm einen kleinen Klaps auf den Arm. »Sie sind ja ein ganz Schlimmer!«

»Stimmt«, antwortet Daniel. »Ich bin wirklich ein ganz Schlimmer.«

Nach ihrer ersten Begegnung mit Daniel Parish hatte Nic gesagt, er sähe aus wie ein attraktiver Moderator für einen lokalen Nachrichtensender. Auf der Heimfahrt hatte sie das dann zurückgenommen. »Seine Augen sind zu klein für einen Moderator. Er könnte den Wetterfrosch machen.«

»Eine klangvolle Stimme hat er ja«, hatte A.J. gemeint.

»Wenn dieser Mann dir sagen würde, dass das Gewitter vorüber ist, würdest du ihm das abnehmen, auch wenn du noch mittendrin steckst«, hatte Nic gesagt.

A.J. unterbricht den Flirt. »Dan? Ich hab gedacht, sie wollten deiner Frau Bescheid sagen.« A.J. steht gerade nicht der Sinn nach Smalltalk.

Daniel räuspert sich. »Sie ist ein bisschen angeschlagen, deshalb bin ich gekommen. Wie geht's denn so, mein Alter?« Daniel nennt A.J. gern »mein Alter«, obgleich er fünf Jahre älter ist als A.J.

»Ich hab mein Vermögen verloren, und die Ärztin behauptet, dass ich sterben werde, aber ansonsten geht's mir super.« Das Beruhigungsmittel hat ihm zu Abstand verholfen.

»Na bestens. Komm, gehen wir was trinken.« Daniel flüstert Schwester Jill etwas ins Ohr. Als Daniel ihr das Buch zurückgibt, sieht A.J., dass er ihr seine Telefonnummer hineingeschrieben hat. »Komm, du König, weinbekränzt …«, sagt Daniel auf dem Weg zum Ausgang.

Obgleich er Bücher liebt und eine Buchhandlung besitzt, hat A.J. nicht viel für Schriftsteller übrig. Er findet sie ungeschliffen, narzisstisch, arrogant und alles in allem unerfreulich. Die

Verfasser von Büchern, die er liebt, kennenzulernen, vermeidet er nach Möglichkeit, weil er fürchtet, sie könnten ihm diese Bücher vermiesen. Zum Glück liebt er Daniels Bücher nicht, nicht mal dessen populären Erstling. Der Mann selbst amüsiert ihn in gewisser Weise – oder anders gesagt: Daniel Parish ist einer von A.J.s engsten Freunden.

»Ich bin ja selber schuld«, sagt A.J. nach seinem zweiten Bier. »Hätte es versichern sollen. Hätte es in einem Safe lagern sollen. Hätte es nicht rausholen dürfen, als ich betrunken war. Egal, wer es gestohlen hat – ich kann nicht behaupten, dass mein Verhalten einwandfrei war.« Der Alkohol und das Sedativum lassen A.J. milder, ja, philosophisch werden.

Daniel schenkt ihm noch ein Glas aus dem Krug ein. »Du darfst dir keine Vorwürfe machen, A.J.«, sagt er.

»Es ist ein Weckruf, nicht mehr und nicht weniger«, sagt A.J. »Auf jeden Fall werde ich das Trinken einschränken.«

»Gleich nach diesem Bier«, witzelt Daniel. Sie stoßen an. Ein Highschool-Mädchen in abgeschnittenen Jeans, die so kurz sind, dass unten die Pobacken herausgucken, betritt die Bar. Daniel prostet ihr zu. »Tolles Outfit.« Die Kleine zeigt ihm den Stinkefinger. »Du musst aufhören zu trinken, ich muss aufhören, Ismay zu betrügen«, sagt Daniel. »Aber dann seh ich diese Shorts, und meine Vorsätze sind ernsthaft in Gefahr. Wie heute Abend, geradezu lächerlich. Die Krankenschwester. Und jetzt diese Shorts.«

A.J. trinkt langsam sein Bier. »Wie ist dein neues Buch?«

Daniel zuckt mit den Schultern. »Ein Buch eben. Mit Seiten und einem Umschlag. Mit einem Plot, Figuren, Komplikationen. Es steckt die Arbeit von Jahren darin, in denen ich mein Handwerk praktiziert und verfeinert habe. Und trotzdem wird es definitiv weniger beliebt sein als das erste, das ich mit fünfundzwanzig geschrieben habe.«

»Armes Schwein«, sagt A.J.

»Der Armes-Schwein-des-Jahres-Preis geht diesmal eindeutig an dich, mein Alter.«

»Glück gehabt.«

»Poe ist ein lausiger Schriftsteller. Und *Tamerlane* ist sein schlimmstes Buch. Ödes Lord-Byron-Plagiat. Wenn's eine Erstausgabe von irgendetwas Anständigem wäre, sähe das anders aus. Sei froh, dass du es los bist. Bücher als Sammelobjekte – papierne Kadaver, bei denen die Leute ins Schwärmen kommen – sind sowieso nicht mein Fall. Was zählt, ist die Idee, Mann. Der Text«, sagt Daniel Parish.

A.J. leert sein Bier. »Du hast doch keine Ahnung.«

Die Ermittlungen dauern einen Monat, was in der Zeitrechnung der Polizei von Alice Island einem Jahr gleichkommt. Lambiase und sein Team finden keine relevanten Spuren am Tatort. Der Verbrecher hat offenbar nicht nur die Weinflasche mitgenommen und das Curry weggewischt, sondern auch alle Fingerabdrücke in der Wohnung entfernt. Die Ermittler vernehmen die Mitarbeiterinnen von A.J. und auch seine wenigen Bekannten und Verwandten in Alice. Die Vernehmungen ergeben nichts wirklich Belastendes. Kein Buchhändler, kein Auktionshaus meldet unerwartet aufgetauchte Exemplare von *Tamerlane*. (Allerdings sind Auktionshäuser bekanntermaßen verschwiegen in diesen Dingen.) Der Fall gilt als ungelöst. Das Buch ist verschwunden, und A.J. weiß, dass er es nie wiedersehen wird.

Die Glasvitrine ist jetzt nutzlos, und A.J. weiß nicht recht, was er mit ihr anfangen soll. Weitere seltene Bücher besitzt er nicht. Immerhin – die Vitrine war ziemlich teuer, fast fünfhundert Dollar hat sie gekostet. Ein kleiner Rest Hoffnung ist noch da – vielleicht taucht noch etwas Besseres auf, das sich in die Vitrine stellen lässt? Beim Kauf hatte man ihm gesagt, dass er auch Zigarren darin lagern könne.

Da der Ruhestand nun nicht mehr in Sicht ist, ackert A.J. weiter Leseexemplare durch, beantwortet E-Mails, geht ans Telefon und schreibt sogar ein oder zwei Empfehlungskärtchen, um die Aufmerksamkeit der Kunden zu wecken. Er fängt wieder mit dem Laufen an. Beim Cross-Country-Lauf gibt es viele Herausforderungen, eine der größten aber ist die Frage: Wohin mit den Hausschlüsseln? Schließlich entscheidet sich A.J. dafür, die Haustür nicht abzuschließen. Aus seiner Sicht gibt es hier ohnehin nichts mehr, was das Stehlen noch lohnt.

Das Glück von Roaring Camp

1868 von Bret Harte

Ziemlich sentimentale Geschichte über ein Goldgräbercamp, dessen Arbeiter ein Baby adoptieren und es Luck nennen. Gelesen – und zwar völlig ungerührt – habe ich sie zum ersten Mal in Princeton in einem Seminar über Literatur des amerikanischen Westens. In meinem Lektürekommentar (datiert auf den 14. November 1992) fand ich als Positives darin nur die klangvollen Namen der Figuren – Stumpy, Kentuck, French Pete, Cherokee Sal und so weiter. Zufällig fiel mir *Das Glück von Roaring Camp* vor ein paar Jahren wieder in die Hände, und ich habe so sehr geweint, dass meine Dover-Thrift-Ausgabe total durchweicht ist. Offenbar bin ich jetzt, im mittleren Alter, zum Softie geworden. Aber das zeigt auch, dass es wichtig ist, bestimmten Erzählungen in genau dem richtigen Lebensalter zu begegnen. Denk daran, Maya: Das, was uns mit zwanzig gefällt, ist nicht notwendigerweise das, was uns mit vierzig anspricht, und umgekehrt. Das gilt für Bücher und auch fürs Leben.

A. J. F.

In den Wochen nach dem Diebstahl verzeichnet Island Books einen leichten, aber statistisch unerklärlichen Umsatzanstieg. A.J. schreibt dies einem wenig bekannten wirtschaftlichen Indikator zu, dem sogenannten »neugierigen Mitbürger«.

Ein wohlmeinender Mitbürger (W-M) nähert sich zögernd dem Tresen. »Was Neues von *Tamerlane?*« (Übersetzung: *Darf ich Ihren erheblichen persönlichen Verlust zu meiner Unterhaltung ausschlachten?*)

A.J.: »Noch nicht.« (Übersetzung: *Mein Leben ist immer noch ruiniert.*)

W-M: »Irgendwas ergibt sich schon noch.« (Übersetzung: *Da mich diese Sache nicht betrifft, kann ich gut optimistisch sein.*) »Gibt's was Neues, was ich noch nicht gelesen habe?«

A.J.: »Da hätten wir so einiges.« (Übersetzung: *Für Sie eigentlich alles Neuheiten. Sie sind seit Monaten, ja, vielleicht Jahren nicht mehr hier gewesen.*)

W-M: »Ich hab da was über ein Buch in der *New York Times Book Review* gelesen. Könnte ein rotes Cover gehabt haben.«

A.J.: »Hm, kommt mir irgendwie bekannt vor.« (Übersetzung: *Das ist mehr als vage. Autor, Titel, Handlung sind bessere Anhaltspunkte. Dass das Cover möglicherweise rot war und dass die Besprechung in der* New York Times Book Review *gestanden hat, hilft mir weit weniger, als Sie glauben.*) »Fällt Ihnen sonst noch etwas dazu ein?« *(Verwenden Sie Ihre eigenen Worte ...)*

Dann geht A.J. mit dem W-M zu dem Regal mit den Neuerscheinungen und sorgt dafür, dass er (oder sie) ihm ein Hardcover abkauft.

Seltsamerweise hatte Nics Tod den gegenteiligen Effekt auf das Geschäft. Auch wenn A.J. den Laden mit der emotionslosen Pünktlichkeit eines Staatsbeamten öffnete und schloss, wies das Quartal nach ihrem Tod die schlechtesten Umsätze in der Geschichte von Island Books aus. Gewiss, damals hatten die Leute Mitleid mit ihm gehabt, aber es war eher ein Übermaß an Mitleid. Nic war eine Hiesige gewesen, eine von ihnen. Sie waren gerührt, als die Princeton-Absolventin (und Zweitbeste ihres Jahrgangs an der Alice Island High School) nach Alice zurückgekommen war, um zusammen mit ihrem ernst blickenden Mann eine Buchhandlung aufzumachen. Dass eine junge Frau zur Abwechslung wieder in die Heimat zurückkehrte, war erfreulich. Nach ihrem Tod merkten sie, dass sie, bis auf den Verlust von Nic, nichts mit A.J. verband. Machten sie ihm Vorwürfe? Manche schon, ein wenig jedenfalls. Warum hatte nicht er an jenem Abend den Autor heimgefahren? Sie trösteten sich und raunten, er sei ja immer schon ein bisschen komisch und – sie schworen, dass das nicht rassistisch gemeint war – ein bisschen fremd gewesen. *Dass der Typ nicht von hier kommt, sieht man ja auf den ersten Blick …* (Er war in New Jersey geboren.) Wenn sie an der Buchhandlung vorbeikamen, hielten sie den Atem an, als wäre es ein Friedhof.

A.J. lässt ihre Kreditkarten durchlaufen und kommt zu dem Schluss, dass ein Diebstahl ein gesellschaftlich akzeptierter Verlust ist, während der Tod einen isoliert. Bis zum Dezember hat sich der Umsatz wieder normalisiert.

Zwei Freitage vor Weihnachten macht A.J. kurz vor Ladenschluss seine Runde, um die letzten Kunden rauszuwerfen und abzukassieren. Ein Mann in Daunenjacke druckst herum, als es um den neuesten Alex-Cross-Roman geht. »Sechsundzwanzig Dollar sind ganz schön viel Asche. Sie wissen, dass ich das online billiger kriege?« Ja, das wisse er, sagt A.J., während er dem Mann die Tür zeigt.

»Sie sollten wirklich mit Ihren Preisen runtergehen, wenn Sie konkurrenzfähig bleiben wollen«, sagt der Mann.

»Mit den Preisen runtergehen? Daran hatte ich ja noch gar nicht gedacht«, meint A.J. milde.

»Werden Sie mal nicht frech, junger Mann!«

»Nein, ich bin Ihnen ja dankbar. Und auf der nächsten Aktionärsversammlung von Island Books werde ich Ihren innovativen Vorschlag auf jeden Fall vorbringen. Natürlich wollen wir konkurrenzfähig bleiben. Ganz unter uns: Anfang des neuen Jahrtausends hatten wir eine Weile ganz auf Wettbewerb verzichtet. Ich hielt das damals für einen Fehler, aber mein Vorstand fand, den Wettbewerb sollte man am besten Olympiasportlern, Kindern bei Rechtschreibwettkämpfen und den Produzenten von Frühstücksflocken überlassen. Inzwischen kann ich berichten, dass wir beim Wettbewerb wieder tüchtig mitmischen. Wir haben übrigens geschlossen.«

A.J. deutet auf den Ausgang.

Während der Mann mit der dicken Jacke sich grummelnd nach draußen begibt, knarzt eine alte Dame über die Schwelle. Weil sie eine Stammkundin ist, versucht sich A.J. nicht allzu sehr zu ärgern, dass sie nach Ladenschluss kommt. »Ah, Mrs. Cumberbatch«, sagt er. »Tut mir leid, aber wir schließen gerade.«

»Schauen Sie mich nicht mit diesem Omar-Sharif-Blick an, Mr. Fikry. Ich bin empört über Sie.« Mrs. Cumberbatch drängt sich an ihm vorbei und klatscht ein dickes Taschenbuch auf den Ladentisch. »Das Buch, das Sie mir gestern empfohlen haben, ist das schlechteste, das ich in meinen zweiundachtzig Lebensjahren gelesen habe, und ich will mein Geld zurück.«

A.J. schaut das Buch an, schaut die alte Dame an. »Was haben Sie denn für ein Problem damit?«

»Mehrere Probleme, Mr. Fikry! Es fängt schon damit an, dass der Erzähler der Tod ist. Ich bin eine Frau von zweiundachtzig Jahren und finde es alles andere als vergnüglich, eine Sechshundert-Seiten-Schwarte zu lesen, deren Handlung vom Tod persönlich erzählt wird. Ich finde, das war eine äußerst unsensible Empfehlung.«

A.J. entschuldigt sich, aber er bereut nichts. Was sind das für Leute, die erwarten, mit dem Kauf eines Buches auch eine Garantie zu bekommen, dass es ihnen gefällt? Er bearbeitet die Retoure. Der Buchrücken ist gebrochen, er wird es nicht noch einmal verkaufen können. »Sie haben es offenbar gelesen, Mrs. Cumberbatch«, sagt er. »Darf ich fragen, wie weit Sie damit gekommen sind?«

»Und ob ich es gelesen habe. Die ganze Nacht habe ich kein Auge zugetan, so habe ich mich darüber geärgert. Schlaflose Nächte kann man in meinem Alter nicht gebrauchen. Und auch dass so viel auf die Tränendrüse gedrückt wird, ist nicht mein Fall. Bei Ihrer nächsten Buchempfehlung behalten Sie das hoffentlich im Auge, Mr. Fikry.«

»Selbstverständlich«, sagt er. »Und ich möchte mich in aller Form entschuldigen, Mrs. Cumberbatch. Den meisten unserer Kunden hat *Die Bücherdiebin* gut gefallen.«

A.J. schließt jetzt endgültig den Laden, dann geht er nach oben, um seine Laufsachen anzuziehen. Er verlässt die Buchhandlung durch die vordere Tür und schließt, wie neuerdings gewohnt, nicht ab.

A.J. war in verschiedenen Cross-Country-Teams gewesen, zuerst in seiner Highschool und später in Princeton. Für diesen Sport hatte er sich hauptsächlich deshalb entschieden, weil er in keiner anderen Disziplin glänzen konnte – wenn man von der Textinterpretation absah. Geländelauf hatte er nie als besonderes Talent gesehen. Unser Mann der Mitte, so hatte sein Highschool-Trainer ihn gefühlvoll genannt, weil man sich bei A.J. darauf verlassen konnte, dass er immer im oberen Mittelfeld ins Ziel gehen würde.

Nachdem er jetzt eine Weile nicht laufen war, muss er zugeben, dass es doch etwas mit Talent zu tun hat. Bei seiner derzeitigen Kondition schafft er nicht mehr als drei Kilometer, ohne stehen zu bleiben. Er läuft alles in allem selten mehr als acht Kilometer, und Rücken, Beine, alle Körperteile tun ihm weh, und das ist positiv. Früher hatte er beim Laufen gegrübelt, doch der Schmerz lenkt ihn jetzt von einer so fruchtlosen Tätigkeit ab.

Gegen Ende seiner Strecke fängt es an zu schneien. Weil er keinen Schmutz ins Haus bringen will, bleibt A.J. auf der Veranda stehen, um die Laufschuhe auszuziehen. Er lehnt sich gegen die Haustür, und sie schwenkt nach innen. Er weiß, dass er nicht abgeschlossen hat, ist sich aber ziemlich sicher, dass sie vorhin nicht offen stand. Er macht das Licht an. Alles scheint an der richtigen Stelle zu sein. Anscheinend hat sich niemand an der Kasse zu schaffen gemacht. Wahrscheinlich hat der Wind die Tür aufgedrückt. Er macht das Licht wieder aus und ist fast an der Treppe, als er einen Schrei hört. Spitz wie ein Vogelruf. Der Schrei wiederholt sich, nachdrücklicher diesmal.

A.J. macht das Licht wieder an. Er geht bis zum Eingang, dann läuft er sämtliche Gänge der Buchhandlung ab. Er kommt zu der letzten Reihe, der dürftig bestückten Abteilung für Kinder und junge Erwachsene. Auf dem Fußboden sitzt ein Kind, auf dem Schoß hat es *Wo die wilden Kerle wohnen* (eines der wenigen Bilderbücher, die Island Books führt), das in der Mitte aufgeschlagen ist. Ein Kleinkind, denkt A.J., kein Baby. Schätzen kann er das Alter nicht, weil er – von sich selbst damals abgesehen – keine Kleinkinder kennt. Er war der Jüngste in der Familie, und er und Nic hatten ja keine Kinder. Die Kleine trägt eine pinkfarbene Skijacke, hat hellbraunes lockiges Haar, kornblumenblaue Augen und hellbraune Haut, ein, zwei Schattierungen heller als A.J.s. Ein recht hübsches Ding.

»Wer zum Teufel bist du?«, fragt A.J. die Kleine.

Überraschenderweise hört sie auf zu weinen und lächelt ihn an. »Maya«, sagt sie.

Das war leicht, denkt A.J. »Wie alt bist du?«, will er wissen.

Maya hält zwei Finger hoch.

»Du bist zwei?«

Maya lächelt wieder und streckt ihm die Arme entgegen.

»Wo ist deine Mommy?«

Maya fängt an zu weinen. Sie streckt weiter die Arme nach A.J. aus. Und weil dem nichts Besseres einfällt, nimmt er sie hoch. Sie wiegt mindestens so viel wie eine Bücherkiste mit vierundzwanzig Hardcover-Ausgaben, sodass er seinen Rücken spürt. Sie legt ihm die Arme um den Hals, und A.J. merkt, dass sie gut riecht, nach Puder und Babyöl. Das ist eindeutig kein vernachlässigtes oder misshandeltes Kind. Es ist freundlich, ordentlich angezogen und erwartet – nein, fordert – Zuwendung. Bestimmt kommt der Besitzer dieses Bündels jeden Augenblick mit einer überzeugenden Erklärung zurück. Eine Autopanne? Oder die Mutter hat plötzlich eine Lebensmittelvergiftung bekommen? In Zukunft wird er es sich schön überlegen, seine Tür offen zu lassen. Er hatte damit gerechnet, dass ihm jemand etwas stehlen könnte, aber nicht damit, dass ihm jemand etwas bringen würde.

Sie schmiegt sich enger an ihn. Über ihre Schulter sieht er auf dem Fußboden eine Elmo-Puppe sitzen, an deren roter Zottelbrust mit einer Sicherheitsnadel ein Zettel befestigt ist. Er setzt die Kleine ab und greift sich Elmo, eine Figur, die A.J. noch nie hat leiden können, weil sie ihm zu hilfsbedürftig ist.

»Elmo«, sagt Maya.

»Ja. Elmo.« A.J. macht den Zettel ab und gibt der Kleinen die Puppe. Auf dem Zettel steht:

An den Besitzer dieser Buchhandlung:
Das ist Maya. Sie ist fünfundzwanzig Monate alt. Sie ist SEHR SCHLAU, ungewöhnlich sprachgewandt für ihr Alter und ein liebes, süßes Mädchen. Ich möchte, dass sie später ihre Liebe zum Lesen entdeckt. Ich möchte, dass sie in einer Umgebung mit vielen Büchern aufwächst und unter Menschen, denen solche Dinge wichtig sind. Ich liebe sie sehr, aber ich kann mich nicht mehr um sie kümmern. Der Vater hat in ihrem Leben nichts zu sagen, und ich habe keine Familie, die helfen könnte. Ich bin verzweifelt.
Gruß
Mayas Mutter

Verdammt, denkt A.J.

Maya weint wieder. Er nimmt sie hoch. Ihre Windel ist voll. A.J. hat noch nie im Leben eine Windel gewechselt, ist allerdings leidlich gut im Verpacken von Geschenken. Als Nic noch lebte, bot Island Books vor Weihnachten an, Geschenke kostenlos zu verpacken, und Windelwechseln und Geschenkeverpacken, sagt er sich, müssen zumindest ähnliche Fertigkeiten sein. Neben dem Kind steht eine Tasche, von der A.J. inständig hofft, dass es eine Wickeltasche ist. Zum Glück stimmt seine Vermutung. Er wickelt die Kleine auf dem Fußboden, wobei er versucht, weder den Teppich schmutzig zu machen noch auf Mayas Intimbereich zu sehen. Die Unternehmung dauert etwa zwanzig Minuten. Kleine Kinder bewegen sich mehr als Bücher und haben keine so handliche Form. Maya beobachtet ihn mit schräg gelegtem Kopf, geschürzten Lippen und gerümpfter Nase.

»Entschuldige, Maya, aber für mich war es auch nicht gerade ein Spaziergang. Je eher du keine Windeln mehr brauchst, desto schneller können wir das hier sein lassen.«

Maya sieht ihn mit großen Augen an.

»Tut mir leid«, sagt A.J. zerknirscht. »Ich versteh von alldem nichts. Ich bin ein Trottel.«

»Toddel«, wiederholt sie und kichert.

A.J. steigt wieder in seine Laufschuhe, greift sich Kind, Tasche und Zettel und macht sich auf den Weg zur Polizeiwache.

Natürlich hat Lambiase an jenem Abend Dienst, weil es offenbar sein Schicksal ist, bei allen wichtigen Momenten in A.J.s Leben anwesend zu sein. A.J. präsentiert ihm die Kleine. »Jemand hat das hier im Laden hinterlassen.« A.J. flüstert, um Maya nicht zu wecken, die in seinen Armen eingeschlafen ist.

Lambiase ist gerade dabei, einen Donut zu essen, und versucht, ihn zu verstecken, weil das Klischee ihm peinlich ist. Jetzt hört er auf zu kauen und sagt etwas höchst Unprofessionelles. »Hey, die mag Sie.«

»Sie gehört nicht mir«, flüstert A.J.

»Wem dann?«

»Einer Kundin, schätze ich.« A.J. greift in die Jackentasche und gibt Lambiase den Zettel.

»Wow! Den hat die Mutter Ihnen also dagelassen«, sagt Lambiase. Maya schlägt die Augen auf und lächelt Lambiase an. »Niedliches kleines Ding, was?« Er beugt sich über sie, und die Kleine packt seinen Schnurrbart. »Wer hat meinen Schnurrbart?«, fragt Lambiase mit hoher Babystimme. »Wer hat meinen Schnurrbart geklaut?«

»Chief Lambiase, ich habe den Eindruck, dass Sie das erforderliche Maß an Ernst vermissen lassen.«

Lambiase räuspert sich und nimmt Haltung an. »Okay, also zur Sache. Wir haben Freitag, neun Uhr abends. Ich verständige jetzt das Jugendamt, aber bei dem Schnee und übers Wochenende, und so, wie der Fahrplan der Fähren zurzeit ist, bezweifle ich, dass vor Montag jemand kommen kann. Wir werden versuchen, die Mutter aufzuspüren und auch den Vater, für den Fall, dass jemand den kleinen Racker sucht.«

»Maya«, sagt Maya.

»So heißt du also?«, fragt Lambiase mit seiner Babystimme. »Ein sehr schöner Name.« Er räuspert sich wieder. »Jemand muss sich übers Wochenende um die Kleine kümmern. Ich und ein paar Kollegen könnten das hier abwechselnd übernehmen, oder …«

»Nein, lassen Sie nur«, sagt A.J. »Ich finde es nicht richtig, ein kleines Kind auf der Polizeiwache zu deponieren.«

»Verstehen Sie was von Kindern?«

»Es ist ja nur übers Wochenende. Kann doch nicht so schwer sein. Ich rufe meine Schwägerin an. Was sie nicht weiß, kann ich immer noch googeln.«

»Google«, sagt die Kleine.

»Google – das ist aber mal ein gewichtiges Wort«, sagt Lambiase. »Okay, ich melde mich am Montag. Verrückte Welt, was? Jemand stiehlt Ihnen ein Buch, und jemand anders bringt Ihnen ein Kind.«

»Haha«, sagt A.J.

Bis sie wieder in der Wohnung ankommen, hat sich Mayas Geschrei stetig gesteigert, es ist eine Mischung aus Silvestertröte und Feuerwehrsirene. Sie hat bestimmt Hunger, folgert A.J., hat aber keine Ahnung, womit er ein fünfundzwanzig Monate altes Kind füttern soll. Er zieht ihre Lippen hoch, um zu sehen, ob sie Zähne hat. Die hat sie und versucht, ihn damit zu beißen. Er googelt die Frage: »Womit füttere ich ein Kind von fünfundzwanzig Monaten?« und bekommt die Antwort, dass die meisten Kinder in diesem Alter schon das essen können, was ihre Eltern essen. Nur weiß Google leider nicht, dass A.J. meist ziemlich scheußliches Zeug isst. Sein Kühlschrank ist voller Tiefkühlkost, die gewöhnlich scharf gewürzt ist. Hilfe suchend ruft er seine Schwägerin Ismay an.

»Entschuldige, wenn ich störe«, sagt er. »Aber ich überlege, was ich einem fünfundzwanzig Monate alten Kind zu essen geben könnte.«

»Und warum überlegst du das?«, fragt Ismay gepresst.

Er erklärt, dass jemand das Kind in seinem Geschäft zurückgelassen hat, und nach einer Pause sagt Ismay, sie würde gleich vorbeikommen.

»Bist du sicher?«, fragt A.J.

Ismay ist im fünften Monat schwanger, und er will sie nicht unnötig belästigen.

»Ganz sicher. Ich bin froh, dass du angerufen hast. Der Autor des *Großen Amerikanischen Romans* ist verreist, und ich kann seit ein, zwei Wochen sowieso nicht schlafen.«

Knapp eine halbe Stunde später kommt Ismay mit einer Tasche voll Essbarem: Zutaten für einen Salat, einer Tofu-Lasagne und einem halben Apfelstreuselkuchen.

»Mehr war so kurzfristig nicht drin«, sagt sie.

»Ist doch wunderbar«, sagt A.J. »Meine Küche ist eine Katastrophe.«

»Deine Küche ist ein Schlachtfeld«, sagt sie.

Als die Kleine Ismay sieht, heult sie sofort los. »Sie wird sich nach ihrer Mutter sehnen«, sagt Ismay. »Vielleicht erinnere ich sie an ihre Mutter?«

A.J. nickt, allerdings glaubt er eher, dass seine Schwägerin die Kleine erschreckt hat. Ismay hat modisch geschnittenes rotes Stachelhaar, helle Haut und ebensolche Augen, lange dürre Gliedmaßen. Alles an ihr ist ein bisschen zu groß geraten, ihre Bewegungen sind ein bisschen zu lebhaft. Schwanger sieht sie aus wie ein sehr hübscher Gollum. Selbst ihre Stimme könnte auf ein kleines Kind abschreckend wirken. Sie spricht akkurat, theatergeschult, raumfüllend. In den fünfzehn Jahren, die A.J. sie schon kennt, ist Ismay so gealtert, wie sich das für eine Schauspielerin gehört, findet er: von Julia zu Ophelia zu Gertrude zu Hecate.

Ismay wärmt das Essen auf. »Soll ich sie füttern?«, fragt sie.

Maya beäugt Ismay misstrauisch.

»Nein, ich versuch's mal«, sagt A.J. Er wendet sich an Maya. »Isst du schon mit Besteck?«, fragt er.

Maya antwortet nicht.

»Du hast keinen Kinderstuhl, da musst du was improvisieren, damit sie nicht umfällt«, sagt Ismay.

Er setzt Maya auf den Boden, baut aus einem Bücherstapel drei Wände und polstert sie mit Kissen.

Der erste Löffel Lasagne rutscht problemlos. »Das war

ja einfach«, sagt er. Beim zweiten Löffel dreht Maya im letzten Augenblick den Kopf, sodass die Soße in alle Richtungen spritzt – auf A. J., auf die Kissen und die Bücher. Maya wendet sich mit strahlendem Lächeln wieder ihm zu, als hätte sie ihm einen unglaublich cleveren Streich gespielt.

»Hoffentlich wolltest du die nicht lesen«, sagt Ismay mit Blick auf die Bücher.

Nach dem Essen legen sie die Kleine auf das Futonbett im zweiten Schlafzimmer.

»Warum hast du das Kind nicht auf der Polizeiwache gelassen?«, fragt Ismay.

»Fand ich einfach nicht richtig«, sagt A. J.

»Du denkst doch nicht etwa daran, sie zu behalten?« Ismay reibt sich ihren Bauch.

»Natürlich nicht. Ich hüte sie nur bis Montag.«

»Inzwischen könnte natürlich die Mutter auftauchen, die es sich anders überlegt hat«, sagt Ismay.

A. J. gibt Ismay den Zettel.

»Armes Ding«, sagt sie.

»Stimmt, aber ich könnte das nicht. Ich könnte mein Kind nicht in einer Buchhandlung abgeben.«

Ismay zuckt mit den Schultern. »Das Mädchen wird seine Gründe gehabt haben.«

»Woher weißt du, dass es ein junges Mädchen ist?«, fragt A. J. »Auch Frauen mittleren Alters wissen manchmal nicht mehr weiter.«

»So, wie der Brief geschrieben ist, scheint sie mir jung zu sein. Liegt vielleicht auch an der Schrift.« Ismay fährt sich mit den Fingern durch das kurze Haar. »Wie geht's dir denn sonst so?«

»Kann nicht klagen«, sagt A. J. Er merkt, dass er seit Stunden weder an *Tamerlane* noch an Nic gedacht hat.

Ismay wäscht ab, obgleich A.J. sagt, sie soll das Geschirr stehen lassen. »Ich werde sie nicht behalten«, bekräftigt A.J. »Ich lebe allein. Ich habe nicht viel Geld gespart, und im Augenblick gehen die Geschäfte nicht gerade glänzend.«

»Nein, natürlich nicht«, sagt Ismay. »Bei deiner Lebensweise wäre das ja auch unvernünftig.« Sie trocknet das Geschirr ab und stellt es weg. »Aber es könnte dir nicht schaden, ab und zu mal frisches Gemüse zu essen.«

Ismay gibt ihm einen Kuss auf die Wange. Wie ähnlich sie Nic ist, denkt A.J., und gleichzeitig wie unähnlich. Manchmal glaubt er, die Ähnlichkeiten (ihr Gesicht, ihre Figur) kaum aushalten zu können, und dann wieder die Unähnlichkeiten (ihr Hirn, ihr Herz). »Ruf mich an, wenn du wieder Hilfe brauchst«, sagt Ismay.

Obgleich Nic die jüngere Schwester war, hatte sie sich immer Sorgen um Ismay gemacht. Aus Nics Sicht war die Ältere ein Lehrstück dafür gewesen, wie man sein Leben *nicht* leben sollte. Ismay hatte sich für ein College entschieden, weil ihr die Bilder im Werbeprospekt gefallen hatten, hatte einen Mann geheiratet, weil er toll im Smoking aussah, und war Lehrerin geworden, weil sie einen Film über eine inspirierende Pädagogin gesehen hatte. »Arme Ismay«, hatte Nic gesagt, »am Ende wird sie immer enttäuscht.«

Nic hätte gewollt, dass ich netter zu ihrer Schwester bin, denkt A.J. »Wie kommst du mit dem neuen Stück voran?«, fragt er.

Ismay lächelt und sieht aus wie ein kleines Mädchen.

»Respekt, A.J. Dass du davon überhaupt weißt …«

»*Hexenjagd*«, sagt A.J. »Die Kids kommen zu mir und kaufen das Buch.«

»Ja, richtig. Eigentlich ein grausiges Stück. Aber die Mädchen können dabei viel brüllen und kreischen, und das macht ihnen Spaß. Mir weniger. Ich nehme zur Probe immer Kopfschmerztabletten mit. Und vielleicht lernen sie bei all dem Gekreisch nebenbei noch was über amerikanische Geschichte. In Wirklichkeit habe ich es natürlich deshalb ausgesucht, weil es so viele weibliche Figuren darin gibt – das heißt, weniger Tränen, wenn ich die Liste mit der Rollenverteilung herumschicke. Aber jetzt, wo ich das Baby erwarte, kommt es mir schon sehr dramatisch vor.«

Weil er ihr dankbar ist, dass sie mit dem Essen gekommen ist, bietet A.J. seine Hilfe an. »Vielleicht könnte ich Kulissen malen oder Programme drucken oder so …«

Das sieht dir ja so gar nicht ähnlich, hätte sie am liebsten gesagt, schluckt es aber herunter. Sie findet, dass ihr Schwager einer der selbstsüchtigsten und ichbezogensten Männer ist, die ihr je begegnet sind – neben ihrem eigenen Mann. *Was könnte, wenn ein einziger Nachmittag mit einem kleinen Kind A.J. derart positiv beeinflusst, mit Daniel passieren, wenn das Baby erst mal da ist?* Die kleine Geste ihres Schwagers lässt sie hoffen. Sie streichelt ihren Bauch mit dem Jungen darin. Sie haben schon einen Namen ausgesucht und einen Ersatznamen, falls der erste nicht passt.

Am Nachmittag des nächsten Tages, als kein Schnee mehr fällt und der alte auf der Straße sich in Matsch verwandelt, wird an dem kleinen Streifen Land am Leuchtturm eine Leiche angespült. Der Ausweis in ihrer Tasche besagt, dass es sich um Marian Wallace handelt, und Lambiase kommt sehr rasch zu dem Schluss, dass die Leiche und das kleine Mädchen miteinander verwandt sind.

Marian Wallace hat keine Bekannten auf Alice, und niemand weiß, warum sie hier war oder wen sie besuchen wollte oder warum sie beschlossen hat, sich umzubringen, indem sie im Dezember in das eisige Wasser der Meerenge vor Alice Island hinausgeschwommen ist. Das heißt, niemand kennt den konkreten Grund. Sie wissen, dass Marian Wallace Schwarz und einundzwanzig Jahre alt war und dass sie ein fünfundzwanzig Monate altes Kind hatte. Dazu kommt noch das, was in ihrem Brief an A.J. steht. Eine lückenhafte, aber hinreichende Geschichte. Die Polizei folgert, dass es sich bei dem Fall Marian Wallace um einen Suizid handelt und sonst nichts.

Im Lauf des Wochenendes kommen weitere Informationen über Marian Wallace ans Licht. Sie hatte ein Stipendium für Harvard. Sie hatte an Schwimmmeisterschaften des Staates Massachusetts teilgenommen, Kreatives Schreiben war ihre Leidenschaft. Sie stammte aus Roxbury. Ihre Mutter ist an Krebs gestorben, als Marian dreizehn war, die Großmutter mütterlicherseits ein Jahr später an der gleichen Krankheit. Marians Vater ist drogensüchtig. In ihrer Highschool-Zeit war sie immer wieder in Pflegefamilien untergebracht. Eine Pflegemutter erinnert sich, dass Marian ständig mit der Nase in einem Buch steckte. Niemand weiß, wer der Vater des Babys ist. Ob sie einen Freund hatte, ist nicht bekannt. Sie wurde für ein Semester beurlaubt, weil sie im vergangenen Semester in allen Prüfungen durchgefallen ist, mit der Mutterschaft und einem rigorosen Studienprogramm war sie überfordert. Sie war hübsch und gescheit, was dazu führt, dass ihr Tod als Tragödie gesehen wird. Sie war arm und Schwarz, was dazu führt, dass die Leute sagen, sie hätten es kommen sehen.

Am Sonntagabend schaut Lambiase in der Buchhandlung vorbei, um nach Maya zu sehen und A.J. auf den neuesten

Stand zu bringen. Er selbst hat mehrere jüngere Geschwister und bietet A.J. an, auf Maya aufzupassen, während der sich ums Geschäft kümmert.

»Macht es Ihnen auch nichts aus? Erwartet Sie niemand?«

Lambiase ist frisch geschieden. Er hatte seine Freundin aus der Highschool geheiratet, deshalb hat er lange gebraucht, um festzustellen, dass sie nicht die Richtige war – und auch sonst kein sehr netter Mensch. Im Streit nannte sie ihn gern doof und fett. Er ist übrigens nicht doof, auch wenn er nicht sehr belesen oder weit gereist ist. Er ist nicht fett, obwohl er gebaut ist wie eine Bulldogge – breiter, muskulöser Nacken, kurze Beine, breite, flache Nase. Eine stämmige amerikanische Bulldogge, keine englische.

Es ist nicht so, dass Lambiase seine Frau vermisst, aber er weiß jetzt oft nicht so recht, wohin mit sich. Er setzt sich auf den Fußboden und nimmt Maya auf den Schoß. Als sie eingeschlafen ist, erzählt er A.J., was er über die Mutter in Erfahrung gebracht hat.

»Sonderbar finde ich«, sagt A.J., »dass sie überhaupt auf Alice Island war. Es ist doch wahnsinnig umständlich, hierherzukommen. Meine Mutter war in all den Jahren nur ein einziges Mal hier. Und Sie glauben wirklich, dass sie niemand Bestimmten besuchen wollte?«

Lambiase rückt Maya auf seinem Schoß zurecht. »Darüber hab ich auch nachgedacht. Vielleicht hatte sie keinen Plan. Vielleicht hat sie einfach den erstbesten Zug genommen und dann den ersten Bus und dann das erste Boot, und dann ist sie hier gelandet.«

A.J. nickt aus Höflichkeit, aber er glaubt nicht an solche Zufälle. Als Büchermensch glaubt er an Strukturen. Wenn im ersten Akt ein Revolver auftaucht, hat dieser Revolver bis zum dritten Akt gefälligst loszugehen. Mit anderen Worten: A.J. glaubt an Erzählmuster.

»Vielleicht wollte sie in einer schönen Umgebung sterben«, fügt Lambiase hinzu. »Morgen kommt die Frau vom Jugendamt, um diesen kleinen Wonneproppen abzuholen. Da die Mutter keine Verwandten hatte und der Vater unbekannt ist, müssen sie eine Pflegefamilie für Maya suchen.«

A.J. zählt das Hartgeld im Kassenfach. »Ganz schön hart für Kinder, in so einem System, nicht?«

»Unter Umständen schon«, sagt Lambiase. »Aber so jung, wie sie ist, wird sie schon zurechtkommen.«

A.J. zählt das Geld in der Kasse noch einmal. »Die Mutter war selbst in Pflegefamilien, sagen Sie?«

Lambiase nickt.

»Vielleicht hat sie gedacht, dass die Kleine in einer Buchhandlung bessere Chancen hat.«

Lambiase antwortet nicht.

»Ich bin kein frommer Mensch, Chief Lambiase, ich glaube nicht an Fügungen. Meine Frau hat an Fügungen geglaubt.«

In diesem Augenblick wacht Maya auf. Sie streckt A.J. die Arme entgegen. Der macht die Schublade der Registrierkasse zu und nimmt Lambiase die Kleine ab. Lambiase meint zu hören, dass Maya »Daddy« zu A.J. sagt.

»Ich sag ihr ständig, dass sie mich nicht so nennen soll«, sagt A.J., »aber es hilft nichts.«

»Kinder kommen auf solche Ideen«, sagt Lambiase.

»Möchten Sie was trinken?«

»Warum nicht.«

A.J. schließt die Ladentür ab und geht die Treppe hoch. Er setzt Maya auf das Futonbett und geht ins Wohnzimmer.

»Ich kann so ein kleines Kind nicht behalten«, sagt er entschieden. »Zwei Nächte hab ich nicht geschlafen. Sie ist eine Terroristin. Sie wacht zu den blödsinnigsten Zeiten auf, ihr Tag fängt offenbar morgens um Viertel vor vier an. Ich lebe allein. Ich bin arm. Nur mit Büchern kann man keine Kinder aufziehen.«

»Genau«, sagt Lambiase.

»Ich komme ja kaum selber durch«, fährt A.J. fort. »Sie ist schlimmer als ein Welpe, und ein Mann wie ich dürfte nicht mal einen Welpen haben. Sie geht noch nicht aufs Töpfchen, und ich habe keine Ahnung, wie ich ihr das beibringen soll und alles andere, was damit zusammenhängt. Außerdem hab ich für kleine Kinder nie viel übriggehabt. Ich mag Maya, aber – die Unterhaltung mit ihr ist, milde ausgedrückt, unbefriedigend. Wir reden über Elmo, den ich übrigens nicht ausstehen kann, ansonsten geht es hauptsächlich um ihre Person, sie ist völlig auf sich bezogen.«

»Kleine Kinder sind eben so«, sagt Lambiase. »Das bessert sich wahrscheinlich, wenn sie mehr Wörter kennt.«

»Und sie will immer dasselbe schreckliche Bilderbuch lesen, *Das Monster am Ende dieses Buches*.«

»Nie gehört«, sagt Lambiase.

»Sie hat einen furchtbaren Geschmack, was Bücher betrifft, das dürfen Sie mir glauben.« A.J. lacht.

Lambiase nickt und trinkt seinen Wein. »Niemand verlangt, dass Sie Maya behalten.«

»Schon klar. Aber meinen Sie, dass ich ein Wort mitreden könnte, wenn sie in eine Pflegefamilie kommt? Sie ist ein sehr gescheites kleines Ding und kann sogar schon etwas buchstabieren. Wenn sie bei irgendwelchen Idioten landen würde, die das nicht zu schätzen wissen – das fände ich schlimm. Wie gesagt, ich glaube nicht an Fügungen, aber ich fühle mich für sie verantwortlich. Diese junge Frau hat sie in meine Obhut gegeben.«

»Diese junge Frau war nicht bei Verstand«, sagt Lambiase. »Eine Stunde danach hat sie sich ertränkt.«

A.J. runzelt die Stirn. »Schon richtig.« Ein Schrei aus dem Nebenzimmer. A.J. entschuldigt sich. »Will nur mal nach ihr sehen«, sagt er.

Nach dem Wochenende braucht Maya ein Bad. Auch wenn er eine so intime Verrichtung lieber dem Staat Massachusetts überlassen würde, möchte A.J. Maya dem Jugendamt nicht wie eine kleine, ungepflegte Miss Havisham übergeben. A.J. braucht mehrere Google-Anläufe, um herauszubekommen, was beim Baden zu beachten ist. Welche Badewassertemperatur ist für Zweijährige richtig? Kann man für eine Zweijährige ein Shampoo für Erwachsene verwenden? Wie macht es ein Vater, den Intimbereich eines zweijährigen Mädchens zu säubern, ohne als pervers zu gelten? Welche Badewasserhöhe gilt für Kleinkinder? Wie vermeidet man, dass eine Zweijährige aus Versehen in der Badewanne ertrinkt? Und so weiter und so fort.

Er wäscht Maya die Haare mit einem Shampoo auf Hanfbasis, das Nic gehörte. Noch lange, nachdem er alle anderen Sachen seiner Frau weggegeben oder weggeworfen hat, kann er sich nicht dazu aufraffen, ihre Kosmetikartikel zu entsorgen.

A.J. spült Maya die Haare, und sie fängt an zu singen.

»Was singst du da?«

»Lied.«

»Was für ein Lied?«

»Lala. Buhja. Lala.«

A.J. lacht. »Ganz schönes Kauderwelsch, Maya.« Sie spritzt Wasser auf ihn.

»Mama?«, fragt sie nach einer Weile.

»Nein, ich bin nicht deine Mutter«, sagt A.J.

»Weg«, sagt Maya.

»Ja«, sagt A.J. ehrlich. »Wahrscheinlich kommt sie nicht wieder.«

Maya denkt darüber nach, dann nickt sie. »Sing!«

»Lieber nicht.«

»Sing«, sagt sie.

Die Kleine hat ihre Mutter verloren. Da ist das wohl das Mindeste, was er tun kann.

Er hat keine Zeit, »passende Lieder für Kleinkinder« zu googeln. Ehe er seine Frau kennenlernte, hat A.J. als zweiter Tenor bei den Footnotes gesungen, Princetons A-cappella-Männerchor. Nachdem er sich in Nic verguckt hatte, mussten die Footnotes darunter leiden, und nach einem Semester geschwänzter Proben haben sie ihn rausgeworfen. Er denkt an das letzte Konzert der Footnotes, einen Tribut an die Musik der 1980er-Jahre. Für seinen Badewannenauftritt hält er sich ziemlich genau an das Programm, fängt mit »The Longest Time« an, leitet über zu »Get Out of My Dreams (Get Into My Car)«, singt zum Finale »Love in an Elevator« und kommt sich dabei nur mäßig lächerlich vor.

Sie klatscht, als er fertig ist. »Noch mal«, verlangt sie. »Noch mal.«

»Das war eine einmalige Vorführung.« Er hebt sie aus der Badewanne, rubbelt sie ab und trocknet die Zwischenräume zwischen den perfekten Zehen.

Maya quietscht vor Freude und brabbelt dann etwas Unverständliches.

»Was?«

»Lieb dich«, sagt sie.

»Du liebst mich? Du kennst mich ja gar nicht«, sagt A.J. »Du solltest deine Liebe nicht so bedenkenlos verschleudern.« Er zieht sie an sich. »Wir hatten eine gute Zeit. Es waren wunderschöne und zumindest für mich denkwürdige zweiundsiebzig Stunden, aber manche Menschen bleiben eben nicht für immer in deinem Leben.«

Sie sieht ihn mit ihren großen, skeptischen Augen an. »Lieb dich«, wiederholt sie.

A.J. rubbelt ihr Haar trocken und schnuppert prüfend daran. »Du machst mir Sorgen, Maya. Wenn du alle Menschen liebst, wirst du dir ständig Kummer und Leid einhandeln. Ich weiß, wenn man dein Alter bedenkt, hast du wahrscheinlich das Gefühl, mich sogar schon ziemlich lange zu kennen. Dein Zeitgefühl ist verdreht, Maya. Aber ich bin alt, und bald wirst du vergessen, dass du mich mal gekannt hast.«

Molly klopft an die Wohnungstür. »Die Frau vom Jugendamt ist unten. Kann ich sie hochschicken?«

A.J. nickt.

Er nimmt Maya auf den Schoß, und sie hören dabei zu, wie die Frau die knarrende Treppe hochkommt. »Hab keine Angst, Maya. Die Dame wird ein schönes Zuhause für dich finden. Besser als das hier. Du kannst nicht den Rest deines Lebens auf einem Futon schlafen. Mit Typen, die ihr Leben als Dauergäste auf einem Futon verbringen, solltest du dich nie einlassen.«

Die Frau heißt Jenny. A.J. kann sich nicht erinnern, jemals einer Erwachsenen namens Jenny begegnet zu sein. Wäre Jenny ein Buch, wäre sie ein Taschenbuch frisch aus der Kiste – keine Eselsohren, keine Wasserflecken, kein geknickter Rücken. Eine Sozialarbeiterin mit ein paar sichtbaren Gebrauchsspuren wäre A.J. lieber. Er stellt sich den Klappentext auf der Rückseite des Jenny-Romans vor: Als die couragierte Jenny aus Fairfield, Connecticut, einen Job als Sozialarbeiterin in der Großstadt annahm, hatte sie keine Ahnung, worauf sie sich da einließ.

»Ist das Ihr erster Arbeitstag?«, fragt A.J.

»Nein«, sagt Jenny. »Ich mach das schon eine Weile.« Sie lächelt Maya zu. »Du bist ja eine richtige kleine Schönheit.«

Maya vergräbt ihr Gesicht in A.J.s Kapuze.

»Ihr zwei hängt offenbar sehr aneinander.« Jenny notiert etwas auf ihrem Block. »Also das läuft jetzt so. Ich nehme Maya mit nach Boston. Als zuständige Sachbearbeiterin fülle ich ein paar Formulare für sie aus, weil sie das offenkundig selber nicht kann, haha. Ein Arzt und ein Psychologe werden sie begutachten.«

»Soweit ich das sehe, ist sie gesund und ausgeglichen«, sagt A.J.

»Schön, dass Sie das beobachtet haben. Die Ärzte werden auf etwaige Entwicklungsverzögerungen achten, Krankheiten und anderes, was für das ungeschulte Auge nicht ohne Weiteres ersichtlich ist. Danach wird Maya in einer unserer vielen Pflegefamilien untergebracht und …«

A.J. fällt ihr ins Wort. »Wie bekommt man die Genehmigung, ein Pflegekind aufzunehmen? Ist das so einfach wie – sagen wir mal – die Kundenkarte eines Kaufhauses zu bekommen?«

»Haha. Nein, natürlich braucht es dazu mehr Schritte. Anträge, Hausbesuche.«

A.J. unterbricht sie erneut. »Was ich damit sagen will, Jenny: Wie stellen Sie sicher, dass Sie nicht ein unschuldiges Kind bei einem ausgemachten Psychopathen unterbringen?«

»Nun ja, Mr. Fikry, wir gehen nicht von vornherein davon aus, dass jemand, der ein Kind in Pflege nehmen will, ein Psychopath ist, aber unsere Pflegefamilien werden natürlich alle gründlich überprüft.«

»Ich mache mir Sorgen, weil … Maya ist sehr aufgeweckt, aber auch sehr vertrauensselig«, sagt A.J.

»Aufgeweckt, aber vertrauensselig. Gut erkannt, das schreibe ich mir auf«, sagt Jenny. »Wenn ich sie also in einer vorläufigen, nicht psychopathischen Pflegefamilie untergebracht habe« – sie lächelt A.J. zu –, »mache ich mich wieder an die Arbeit. Ich prüfe, ob jemand aus ihrer weiteren Verwandtschaft sie zu sich nehmen möchte, und wenn das nicht der Fall ist, versuche ich eine dauerhafte Lösung für Maya zu finden.«

»Adoption.«

»Ja, genau. Sehr gut, Mr. Fikry.« Jenny ist nicht verpflichtet, das alles zu erklären, aber sie vermittelt guten Samaritern wie A.J. gern das Gefühl, dass das Amt ihre Zeit zu schätzen weiß. »Im Übrigen muss ich mich wirklich bei Ihnen bedanken«, sagt sie. »Wir brauchen mehr Menschen wie Sie, die bereit sind, sich um andere zu kümmern und Gutes zu tun.« Sie streckt Maya die Arme entgegen.

»Fertig, meine Süße?«

A.J. zieht Maya enger an sich. Er holt tief Luft. Will er das wirklich? *Ja,* beschließt er. *Großer Gott …*

»Sie sagen, dass Maya in einer vorläufigen Pflegestelle untergebracht wird. Könnte nicht ich diese Stelle sein?«

Jenny vom Jugendamt sagt, dass alle ihre Pflegefamilien einen entsprechenden Antrag stellen müssen.

»Es ist nämlich so … Ich weiß, es ist ungewöhnlich, aber die Mutter hat mir diesen Brief hinterlassen.« Er gibt Jenny den Zettel. »Sie wollte, dass ich das Kind nehme. Es war ihr Letzter Wille. Es ist nur recht und billig, dass ich sie behalte, finde ich. Ich möchte nicht, dass sie in irgendeine Pflegefamilie verfrachtet wird, obwohl sie hier ein schönes Zuhause hat. Ich habe das gestern Nacht gegoogelt.«

»Google«, sagt Maya.

»Sie liebt das Wort, fragen Sie mich nicht, warum.«

»Was haben Sie gegoogelt?«, fragt Jenny.

»Ich bin nicht verpflichtet, sie abzugeben, wenn es der Wunsch der Mutter ist, dass ich sie behalte«, erläutert A.J.

»Daddy«, sagt Maya wie aufs Stichwort.

Jenny sieht A.J. an, sieht Maya an. Beide blicken entschlossen. Sie seufzt. Sie hat sich auf einen einfachen Nachmittag eingestellt, aber jetzt wird es kompliziert.

Jenny seufzt erneut. Es ist nicht ihr erster Tag, allerdings hat sie ihren Master in Sozialer Arbeit erst vor achtzehn Monaten gemacht. Sie ist unbekümmert oder aber unerfahren genug, um den beiden helfen zu wollen. Andererseits – er ist ein lediger Mann, der über einem Laden wohnt. Das wird einen irren Papierkrieg geben, denkt sie. »Helfen Sie mir, Mr. Fikry. Sagen Sie mir, dass Sie sich mit Pädagogik oder Kindesentwicklung auskennen oder Erfahrungen in diesen Bereichen haben.«

»Hm … Ich habe mit meiner Promotion in amerikanischer Literatur begonnen, ehe ich diese Buchhandlung aufgemacht habe. Dabei hatte ich mich auf Edgar Allan Poe spezialisiert. *Der Untergang des Hauses Usher* ist ein recht guter Leitfaden für das, was man mit Kindern nicht machen sollte.«

»Immerhin«, sagt Jenny und meint damit, dass sich damit überhaupt nichts anfangen lässt. »Sind Sie sich sicher, dass Sie sich das zutrauen? Es ist eine enorme finanzielle und emotionale und zeitliche Belastung.«

»Nein«, sagt A.J. »Ich bin mir nicht sicher. Welche Eltern könnten das von sich sagen? Aber ich glaube, dass Maya bei mir eine ebenso gute Chance hat wie bei allen anderen. Ich kann mich um sie kümmern, während ich arbeite, und wir mögen uns – glaube ich.«

»Lieb dich«, sagt Maya.

»Ja, das sagt sie ständig«, sagt A.J. »Ich habe sie davor gewarnt, Liebe zu verschenken, die der andere noch nicht verdient hat, aber ehrlich gesagt liegt es an dem Einfluss von diesem heimtückischen Elmo. Wissen Sie, der liebt wirklich jeden.«

»Ja, Elmo ist mir ein Begriff«, sagt Jenny. Ihr ist nach Heulen zumute. Es wird unheimlich viel Schreibarbeit geben, allein wegen der Pflegestelle. Die eigentliche Adoption verspricht ein Albtraum zu werden, und jedes Mal, wenn jemand vom Jugendamt nach A.J. und Maya sehen muss, wird sie, Jenny, die zweistündige Fahrt nach Alice Island machen müssen. »Also schön, ihr beiden, ich muss mit meiner Vorgesetzten sprechen.« Als Kind hatte Jenny Bernstein, Tochter solider und fürsorglicher Eltern aus Medford, Massachusetts, Geschichten über Waisen wie *Anne auf Green Gables* und *Sara, die kleine Prinzessin* geliebt. Neuerdings hat sie den Verdacht, dass die unheilvolle Wirkung dieser Lektüre sie dazu gebracht hat, sich für den Beruf der Sozialarbeiterin zu entscheiden. Wie sich herausgestellt hat, ist der alles in allem weniger romantisch, als sie nach diesen Romanen geglaubt hat. Gestern hat eine ihrer früheren Mitstudentinnen eine Pflegemutter entdeckt, die einen Sechzehnjährigen auf zwanzig Kilo heruntergehungert hatte. Die Nachbarn hatten ihn alle für ein sechsjähriges Kind gehalten. »Ich möchte immer noch an Happy Ends glauben«, hatte die Mitstudentin gesagt, »aber es wird immer schwerer.« Jenny lächelt A.J. und Maya zu. Die Kleine hat Glück, denkt sie.

Zu Weihnachten und noch Wochen danach ist die Nachricht, dass der Witwer/Buchhändler A.J. Fikry ein ausgesetztes Kind aufgenommen hat, Stadtgespräch in Alice. Es ist die ergiebigste Klatschgeschichte, die Alice seit Langem – wahrscheinlich seit dem Diebstahl von *Tamerlane* – gehabt hat, und alle Details werden endlos hin- und hergewälzt. Besonderes Interesse gilt dem Charakter von A.J. Fikry. Die Leute hatten ihn immer für kalt und arrogant gehalten, und es scheint unvorstellbar, dass so ein Mann ein kleines Kind adoptieren möchte, nur weil es in seinem Laden ausgesetzt worden ist. Die Floristin zwei Häuser weiter erzählt, wie sie einmal eine Sonnenbrille in Island Books liegen gelassen hat. Als sie knapp einen Tag später wieder hinkam, musste sie erfahren, dass A.J. die Brille bereits entsorgt hatte. »Er hätte keinen Platz für ein Fundbüro. Und das war nur eine sehr schöne Vintage-Ray-Ban«, sagt die Floristin. »Man will sich nicht ausmalen, was er mit einem lebendigen Wesen machen würde!« Außerdem hatte man A.J. jahrelang gebeten, sich am Gemeinschaftsleben zu beteiligen – Fußballteams zu sponsern, Kuchenbasare zu unterstützen, Anzeigen im Jahrbuch der Highschool zu schalten. Er hat immer – und nicht immer höflich – abgelehnt. Jetzt ist die einzig sinnvolle Erklärung, dass A.J. nach dem Verlust von *Tamerlane* milder geworden ist.

Die Mütter in Alice fürchten, dass er die Kleine vernachlässigen wird. Was kann ein lediger Mann schon über Kindererziehung wissen? Sie machen es sich zur Aufgabe, so oft wie möglich in der Buchhandlung vorbeizuschauen, um A.J. Ratschläge zu geben und manchmal kleine Geschenke mitzubringen – gebrauchte Kindermöbel, Kleidung, Decken, Spielzeug. Erstaunt stellen sie fest, dass Maya einigermaßen sauber, zufrieden und selbstbewusst ist. Erst wenn sie wieder draußen sind, tratschen sie über Mayas traurige Vorgeschichte.

A.J. stören diese Besuche nicht. Die Ratschläge ignoriert er weitgehend. Die Geschenke nimmt er an. Wenn die Frauen fort sind, sortiert er sie aber großzügig aus und desinfiziert sie gründlich. Er weiß um den Klatsch nach diesen Besuchen und hat beschlossen, sich davon nicht ärgern zu lassen. Er stellt eine Flasche Handdesinfektionsmittel auf den Ladentisch neben ein Schild, auf dem steht: *Vor Hautkontakt mit der Infantin bitte Hände desinfizieren.* Die Welt begegnet Maya freundlich, und das überträgt sich auch auf A.J. Außerdem wissen die Frauen das eine oder andere, was er nicht weiß, geben ihm Tipps zum Töpfchentraining (Bestechung hilft), zum Zahnen (ausgefallene Eiswürfelbehälter) und zu Impfungen (die Windpockenimpfung kannst du vergessen). Wie sich herausstellt, ist in Sachen Kindererziehung Google breit, aber leider nicht sehr tief aufgestellt.

Wenn sie Maya besuchen, kaufen viele Frauen sogar Bücher und Zeitschriften. A.J. führt jetzt Bücher, von denen er meint, dass die Frauen Spaß daran haben könnten, über sie zu diskutieren. Eine Zeit lang arbeitet sich die Gruppe an zeitgenössischen Romanen von übermäßig leistungsfähigen, in toxischen Ehen gefangenen Frauen ab. Diese Frauen können gern eine Affäre haben – nicht dass die Frauen aus Alice selbst eine hätten (oder es zugeben würden). Der Spaß liegt darin, über die Frauen in diesen Romanen zu urteilen. Frauen, die ihre Kinder aussetzen, gehen zu weit, aber Ehemänner, die grausige Unfälle haben, werden meist positiv aufgenommen. (Zusatzpunkte gibt es, wenn er stirbt und sie eine neue Liebe findet.) Maeve Binchy ist eine Weile beliebt, bis Margene, die in einem anderen Leben Investmentbankerin war, darüber klagt, Maeves Bücher seien zu schablonenhaft. »Wer will schon ständig Geschichten über eine Frau lesen, die zu jung mit einem schlechten, gut aussehenden Mann in einer muffigen irischen Stadt verheiratet wurde?« Sie ermutigen A.J., seine Auswahl zu erweitern. »Wenn wir schon einen Buchklub haben«, sagt Margene, »brauchen wir auch mal Abwechslung.«

»Ist das hier ein Buchklub?«, fragt A.J.

»Na, hör mal«, sagt Margene. »Hast du etwa gedacht, dass du all diese Tipps zur Kindererziehung gratis kriegst?«

Im April *Madame Hemingway*, im Juni *Eine verlässliche Frau*. Im August *Die Frau des Präsidenten*, im September *Die Frau des Zeitreisenden*. Im Dezember gehen ihm brauchbare Bücher mit »Frau« im Titel aus. Sie lesen *Bel Canto*.

»Und es könnte nicht schaden, die Bilderbuchabteilung zu erweitern«, schlägt Penelope vor, die immer so erschöpft aussieht. »Die Kids sollten auch was zum Lesen haben, wenn sie hier sind.« Die Frauen bringen Maya ihre Kinder zum Spielen mit, es ist also ein sehr vernünftiger Vorschlag. Außerdem hat A.J. *Das Monster am Ende dieses Buches* satt, und auch wenn er sich noch nie besonders für Bilderbücher interessiert hat, beschließt er jetzt, sich in der Sache schlauzumachen. Er möchte, dass Maya literarische Bilderbücher liest, falls es so etwas gibt. Und vorzugsweise moderne. Und unbedingt vorzugsweise feministische. Nichts mit Prinzessinnen. Wie sich herausstellt, existieren solche Bücher tatsächlich. Eines Abends rutscht ihm heraus: »Eigentlich besitzt das Bilderbuch genau die Eleganz, die ich seit jeher an der Short Story schätze. Weißt du, was ich meine, Maya?«

Sie nickt sehr ernst und blättert um.

»Manche dieser Leute sind erstaunlich talentiert«, sagt A.J. »Ich hatte wirklich keine Ahnung.«

Maya tippt auf das Buch. Sie lesen die Geschichte einer Erbse, die brav ihre Süßigkeiten aufessen muss, ehe sie Gemüse zum Nachtisch bekommt.

»Das nennt man Ironie, Maya«, sagt A.J.

»Iro…«, echot sie.

»Ironie«, wiederholt er.

Maya legt den Kopf schief, und A.J. beschließt, ihr das Thema Ironie ein andermal nahezubringen.

Chief Lambiase ist ein häufiger Besucher der Buchhandlung, und um diese Besuche zu rechtfertigen, kauft er Bücher. Und weil Lambiase nichts davon hält, Geld zum Fenster rauszuwerfen, liest er sie auch. Zuerst hat er hauptsächlich Taschenbuch-Massenware gekauft – Jeffery Deaver und James Patterson (oder den, der für James Patterson schreibt), dann führt A.J. ihn an anspruchsvolleres wie Jo Nesbø und Elmore Leonard heran. Beide kommen bei Lambiase gut an, deshalb geht A.J. noch einen Schritt weiter, bringt ihm Walter Mosley und dann Cormac McCarthy näher. Seine neueste Empfehlung ist Kate Atkinsons *Die vierte Schwester*.

Lambiase ist kaum im Laden, da will er schon über das Buch reden. »Zuerst fand ich es furchtbar, aber dann hab ich mich irgendwie eingelesen.« Er lehnt sich an den Tresen. »Es handelt von einem Detektiv. Allerdings geht es ziemlich zäh voran, und die meisten Fragen bleiben offen. Aber so ist eben das Leben, hab ich mir dann gesagt. Und der Job eigentlich auch.«

»Es gibt eine Fortsetzung«, sagt A.J.

Lambiase nickt. »Ich weiß nicht, ob ich mir die schon antun will. Manchmal hab ich's gern, wenn alles sich zum Schluss in Wohlgefallen auflöst. Die Schurken werden bestraft, die Guten siegen. Vielleicht lieber noch einen Elmore Leonard. Hey, A.J., ich hab mir was überlegt. Wie wär's mit einem Buchklub für Polizisten? Vielleicht lesen noch mehr Cops solche Sachen, und weil ich der Chief bin, kann ich dafür sorgen, dass sie ihre Bücher alle hier kaufen. Es brauchen auch gar nicht nur Cops zu sein, vielleicht würde es reichen, wenn sie auf Strafverfolgung stehen.« Lambiase bückt sich, um Maya hochzuheben. »Hey, meine Hübsche. Wie geht's?«

»Adoptiert«, sagt sie.

»Das ist aber mal ein großes Wort.« Lambiase sieht A.J. an. »Echt? Habt ihr es tatsächlich geschafft?«

Das Verfahren hat durchschnittlich lange gedauert und war kurz nach Mayas drittem Geburtstag abgeschlossen. Zu den wichtigsten Einwänden gegen A.J. gehörten, dass er keinen Führerschein hat (den hat er wegen seiner Absencen nicht bekommen) und natürlich die Tatsache, dass er ein lediger Mann ist, der nie ein Kind oder einen Hund oder auch nur eine Zimmerpflanze aufgezogen hat. Letztlich haben dann A.J.s Bildung, seine enge Einbindung in die Gemeinschaft (durch die Buchhandlung) und die Tatsache, dass es der Wunsch der Mutter war, Maya bei ihm unterzubringen, den Ausschlag gegeben.

»Glückwunsch für meine liebsten Büchermenschen!« Lambiase wirft Maya in die Luft, fängt sie wieder auf und setzt sie auf den Boden. Er beugt sich über den Tresen und schüttelt A.J. die Hand. »Lass dich umarmen, Mann!« Dann tritt er hinter den Tresen und drückt ihn.

»Darauf müssen wir trinken«, sagt A.J.

Er setzt sich Maya auf die Hüfte, und sie gehen nach oben. A.J. bringt Maya ins Bett (was sich hinzieht, weil sie ausführlich Toilette machen muss und zwei ganze Bilderbücher durchzuarbeiten sind), und Lambiase öffnet schon mal die Flasche. »Lässt du sie jetzt taufen?«, fragt er.

»Ich bin kein Christ«, sagt A.J., »und auch sonst nicht religiös.«

Lambiase überlegt und trinkt noch einen Schluck. »Du hast

mich zwar nicht nach meiner unmaßgeblichen Meinung gefragt, aber zumindest ist eine Party fällig, um sie den Leuten vorzustellen. Sie ist doch jetzt Maya Fikry, nicht?«

A.J. nickt.

»So was wollen die Leute wissen. Du musst ihr auch einen zweiten Vornamen geben. Und ich sollte ihr Pate werden, finde ich«, sagt Lambiase.

»Was genau würde das bedeuten?«

»Nehmen wir an, die Kleine ist zwölf und wird beim Ladendiebstahl erwischt, dann würde ich vermutlich meinen Einfluss geltend machen und mich unverzüglich einschalten.«

»So was würde Maya nie tun.«

»Das denken alle Eltern«, sagt Lambiase. »Im Prinzip würde ich dich unterstützen, A.J. Jeder Mensch sollte einen Rückhalt haben.« Lambiase leert sein Glas. »Ich könnte dir bei der Party helfen.«

»Was muss ich bei einer Nicht-Taufparty machen?«, fragt A.J.

»Nichts Besonderes. Du machst sie im Geschäft. Für Maya kaufst du ein neues Kleid bei Filene, dabei hilft dir bestimmt Ismay. Verpflegung holst du bei Cosco. Vielleicht diese Riesenmuffins. Meine Schwester sagt, dass jeder tausend Kalorien hat. Und ein paar Tiefkühlsachen, ein bisschen was Feineres, Garnelen im Kokosnussmantel. Ein großes Stück Stilton. Und weil es nicht christlich sein soll …«

»Nur damit das klar ist – unchristlich aber auch nicht«, unterbricht ihn A.J.

»Schon klar. Der springende Punkt ist, dass du Alkohol anbieten kannst. Wir laden deinen Schwager und deine Schwägerin ein und die Ladys, mit denen du immer rumhängst, und alle anderen, die sich für die kleine Maya interessieren, und das sind alle hier im Ort, darauf kannst du dich verlassen. Und ich würde als Pate ein paar nette Worte sagen, wenn du einverstanden bist. Kein Gebet, weil du darauf ja nicht stehst. Und ich würde der Kleinen alles Gute für diesen Weg wünschen, den wir Leben nennen. Und du würdest dich bei allen bedanken, dass sie gekommen sind. Dann trinken wir auf Maya, und alle gehen zufrieden heim.«

»Im Grunde ist es so was wie eine Buchpremiere.«

»Genau.« Lambiase war noch nie auf einer Buchpremiere.

»Ich hasse Buchpremieren«, sagt A. J.

»Aber du hast eine Buchhandlung.«

»Das ist ein Problem«, räumt A. J. ein.

Mayas Nicht-Taufparty steigt unmittelbar vor Halloween. Wenn man davon absieht, dass etliche Kinder Halloween-Kostüme tragen, läuft alles mehr oder weniger nach Lambiases Vorstellung. A. J. sieht Maya in ihrem rosa Partykleid und spürt ein unbestimmt vertrautes, fast unerträgliches Kribbeln in sich. Er möchte laut herauslachen oder mit der Faust gegen eine Wand schlagen. Er fühlt sich betrunken und hat gleichzeitig das Gefühl zu platzen. Wahnsinn. Das Gefühl muss Glück sein, dann aber stellt er fest, dass es Liebe ist. *Scheißliebe,* denkt er. *Verdammter Mist.* Sie ist seinem Plan, sich zu Tode zu saufen und sein Geschäft zu ruinieren, gründlich in dic Quere gekommen. Das Ärgerlichste aber ist, dass dir, wenn dir erst mal eine Sache am Herzen liegt, im Lauf der Zeit alles wieder wichtig wird.

Nein, das Ärgerlichste ist, dass er inzwischen sogar Elmo mag. Auf dem Klapptisch mit den Garnelen stehen Elmo-Pappteller, das muss man sich mal vorstellen. Drüben in der Bestseller-Abteilung reiht Lambiase in seiner Rede ein aufrichtiges und zutreffendes Klischee ans andere: dass A. J. aus sauren Zitronen süße Limonade gemacht hat, dass Maya eine Wolke mit Silberstreif ist, dass Gottes Vorgehensweise, eine Tür zuzuschlagen und dafür ein Fenster zu öffnen, sich hier wieder einmal bestätigt hat und so weiter. Er lächelt zu A.J. hinüber, und der hebt sein Glas und erwidert das Lächeln. Und dann schließt er, der nicht an Gott glaubt, die Augen und öffnet das widerspenstige Herz dem Dank an eine höhere Macht. Ismay, die A.J. zur Patentante gemacht hat, greift nach seiner Hand. »Tut mir leid, dass ich dich im Stich lassen muss, aber ich fühle mich nicht wohl«, sagt sie.

»Liegt's an Lambiases Rede?«, fragt A.J.

»Kann sein, dass eine Erkältung im Anzug ist. Ich fahre nach Hause.«

A.J. nickt. »Ruf mich später an, ja?«

Es ist Daniel, der später anruft. »Ismay ist im Krankenhaus«, sagt er tonlos. »Wieder eine Fehlgeburt.«

Das sind zwei im letzten Jahr, fünf insgesamt. »Wie geht's ihr?«, fragt A.J.

»Sie hat Blut verloren und ist erschöpft, aber sie ist ja ein altes Schlachtross.«

»Stimmt.«

»Zu dumm«, sagt Daniel, »aber ich habe einen frühen Flug nach Los Angeles gebucht. Die Filmleute sind ganz begeistert von meinem Roman.« In Daniels Erzählungen sind die Filmleute ständig ganz begeistert, aber es scheint nie viel dabei herauszukommen. »Könntest du wohl im Krankenhaus nach ihr sehen und dafür sorgen, dass sie gut heimkommt?«

Lambiase fährt A.J. und Maya ins Krankenhaus. A.J. lässt Maya mit Lambiase im Wartezimmer sitzen und geht zu Ismay hinein.

Sie hat rote Augen und ist blass. »Tut mir leid«, sagt sie, als sie A.J. sieht.

»Was denn, Ismay?«

»Ich hab's verdient«, sagt sie.

»Unsinn. So was darfst du nicht sagen.«

»Daniel ist ein Arschloch, dass er dich hierher beordert hat«, sagt Ismay.

»Hab ich doch gern gemacht.«

»Er geht fremd, weißt du das? Ständig.«

A.J. sagt nichts, aber er weiß es. Daniels Seitensprünge sind kein Geheimnis.

»Natürlich weißt du es«, sagt Ismay heiser. »Alle wissen es.«

A.J. sagt nichts.

»Du weißt es, aber du willst nicht darüber reden. Irgendein fehlgeleiteter Männerkodex wahrscheinlich.«

A.J. mustert sie. Die Schultern unter dem Krankenhauskittel sind hager, aber der Bauch ist noch ein wenig gerundet.

»Du denkst, dass ich schrecklich aussehe.«

»Nein, mir ist gerade aufgefallen, dass du deine Haare wachsen lässt. Finde ich hübsch.«

»Du bist süß«, sagt Ismay. Dann setzt sie sich auf und versucht, A.J. auf den Mund zu küssen.

A.J. weicht zurück. »Der Arzt sagt, dass du gleich nach Hause kannst, wenn du willst.«

»Ich hab gedacht, dass es idiotisch von meiner Schwester war, dich zu heiraten, aber du bist schon in Ordnung. So, wie du mit Maya umgehst. So, wie du jetzt für mich da bist. Für jemanden da zu sein – nur das zählt. Ich bleib lieber über Nacht hier«, sagt sie und rückt von A.J. weg. »Im Haus ist niemand, da ist es mir zu einsam. Ich sag's nicht zum ersten Mal, A.J., Nic war die Gute. Ich bin schlecht und habe einen schlechten Mann geheiratet. Und ich weiß, dass schlechte Menschen verdienen, was sie bekommen. Aber wir sind eben so furchtbar ungern allein.«

Das Größte im Leben

1985 von Richard Bausch

Pummeliges kleines Mädchen lebt bei seinem Großvater; trainiert für einen Turnwettbewerb der Grundschule.

Du wirst staunen, wie sehr du mitfieberst, ob dieses kleine Mädchen es über den Sprungkasten schafft. Bausch gelingt es, einer scheinbar unbedeutenden Episode erstklassige Spannung abzuringen (auch wenn das natürlich der springende Punkt ist), und das solltest du dabei mitnehmen: Ein Sprung beim Geräteturnen kann genauso dramatisch sein wie ein Flugzeugabsturz. Ich bin auf diese Geschichte erst gestoßen, als ich schon Vater war, deshalb kann ich nicht sagen, ob sie mir v. M. (vor Maya) ebenso gut gefallen hätte. In gewissen Phasen meines Lebens habe ich mehr Lust auf Short Storys. Eine dieser Phasen fiel in dein Kleinkindalter – wie viel Zeit hatte ich da schon für Romane, meine Kleine?

A. J. F.

Maya wacht gewöhnlich auf, ehe die Sonne aufgeht, wenn nichts zu hören ist außer A.J.s Schnarchen im Nebenzimmer. In ihrem Schlafanzug mit Füßen tappt sie durchs Wohnzimmer in A.J.s Schlafzimmer. Zuerst flüstert sie: »Daddy, Daddy.« Wenn das nicht funktioniert, sagt sie seinen Namen, und wenn das auch nicht funktioniert, schreit sie ihn. Und wenn Worte nicht reichen, springt sie aufs Bett, auch wenn sie ungern zu solchen Methoden greift. Heute wacht er schon auf, als sie es noch mit Reden versucht. »Wach«, sagt sie. »Unten.«

Der Ort, den Maya am meisten liebt, ist das Unten, denn unten ist das Geschäft, und das ist der schönste Ort der Welt.

»Hose«, grummelt A.J. »Kaffee.« Sein Atem riecht nach schneenassen Socken.

Sechzehn Stufen sind zu bewältigen, ehe man in die Buchhandlung kommt. Maya rutscht mit dem Allerwertesten eine nach der anderen hinunter, weil ihre Beine zu kurz sind, um die ganze Treppe zu bewältigen. Sie tapst quer durch den Laden, vorbei an den Büchern, in denen keine Bilder sind, vorbei an den Glückwunschkarten. Sie fährt mit der Hand über die Zeitschriften, gibt dem Drehständer mit den Lesezeichen einen Schubs. Guten Morgen, Zeitschriften! Guten Morgen, Lesezeichen! Guten Morgen, Bücher! Guten Morgen, Laden!

Die Wände der Buchhandlung sind bis knapp über ihrem Kopf mit Holz getäfelt, darüber ist blaue Tapete. An die kommt Maya nur mit einem Stuhl heran. Die Tapete hat ein Muster aus unebenen Kringeln, es fühlt sich gut an, das Gesicht daran zu reiben. Eines Tages wird sie in einem Buch das Wort »Damast« lesen und denken: *Ja, genau, so nennt man das.* Dagegen wird das Wort »Vertäfelung« eine große Enttäuschung sein.

Der Laden ist fünfzehn Mayas breit und zwanzig Mayas lang, das weiß sie, weil sie einen Nachmittag damit verbracht hat, ihn zu messen, indem sie sich der Länge nach darin hinlegte. Dass er nicht länger als dreißig Mayas ist, ist ein Glücksfall, denn weiter konnte sie an jenem Tag noch nicht zählen.

Aus ihrem Blickwinkel bestehen alle Leute aus Schuhen – im Sommer aus Sandalen, im Winter aus Stiefeln. Molly Klock trägt manchmal rote Stiefel, die bis zu den Knien gehen und aussehen wie die, die Superhelden tragen, A.J. schwarze Sneaker oder Laufschuhe. Lambiase trägt schwarze derbe Boots, die Finger zermalmen könnten, Ismay schillernd bunte Ballerinas, die aussehen wie Insekten oder Diamanten. Daniel Parish trägt braune Slipper.

Ganz kurz, ehe der Laden aufmacht, bezieht Maya in dem Gang mit den Bilderbüchern Stellung.

Jedem Buch nähert sich Maya zunächst mit der Nase. Sie nimmt den Schutzumschlag ab, hält es sich ans Gesicht und legt sich die Buchdeckel an die Ohren. Bücher riechen typischerweise wie Daddys Seife, Gras, Meer, der Küchentisch, Käse oder eine Kombination aus alldem.

Sie betrachtet die Bilder und versucht ihnen Geschichten zu entlocken. Das ist anstrengend, aber selbst mit drei Jahren begreift sie schon einiges. So sind zum Beispiel Tiere in Bilderbüchern nicht immer Tiere. Manchmal stehen sie für Eltern und Kinder. Was war das für ein Durchbruch für sie: Ein Bär mit Krawatte konnte ein Vater sein, ein Bär mit blonder Perücke eine Mutter. Man kann aus den Bildern eine Menge über eine

Geschichte erfahren, aber manchmal führen sie dich in die Irre. Sie würde gern selber lesen können.

Sie schafft sieben Bücher an einem Vormittag, wenn sie nicht gestört wird. Störungen gibt es zwar immer, aber Maya mag die meisten Kunden und versucht, höflich zu ihnen zu sein. Sie kennt sich in dem Metier aus, das sie und A.J. betreiben. Wenn Kinder in ihren Gang kommen, drückt sie ihnen immer ein Buch in die Hand. Die Kinder gehen damit zur Kasse, und gewöhnlich kaufen ihre Begleiter dann das, was sie in der Hand haben.

»Hey, hast du dir das selber ausgesucht?«, fragen die Erziehungsberechtigten dann.

Einmal hat jemand A.J. gefragt, ob Maya seine Tochter sei. »Ihr seid beide Schwarz, aber nicht auf dieselbe Art Schwarz.« Das hat Maya sich gemerkt, weil sich A.J. darüber geärgert hat.

»Was soll das sein, *dieselbe Art Schwarz?*«, hat A.J. gefragt.

»Ich wollte Sie nicht kränken«, hat die Person gesagt, und dann sind die Flipflops in Richtung Ausgang getappt und gegangen, ohne etwas gekauft zu haben.

Was ist »dieselbe Art Schwarz«?, fragt sie sich und schaut ihre Hände an.

Hier sind noch ein paar Dinge, die sie sich fragt.

Wie lernt man lesen?

Warum mögen Erwachsene Bücher ohne Bilder?

Wird Daddy irgendwann sterben?

Was gibt's zum Mittagessen?

Mittagessen gibt es gegen eins aus dem Sandwich-Shop. Sie nimmt gegrillten Käse, A.J. ein Truthahn-Sandwich. Sie geht gern in den Sandwich-Shop, aber sie hält immer A.J.s Hand, sie möchte nicht in einem Sandwich-Shop zurückgelassen werden.

Nachmittags zeichnet sie Kritiken. Ein Apfel bedeutet, dass der Geruch des Buches genehmigt ist. Ein Stück Käse heißt, dass das Buch alt und langweilig ist, ein Selbstporträt, dass ihr die Abbildungen gefallen. Sie signiert die Kritiken mit MAYA und gibt sie A.J. zur Genehmigung.

Sie schreibt gern ihren Namen.

MAYA.

Sie weiß, dass sie mit Nachnamen Fikry heißt, aber schreiben kann sie das noch nicht.

Wenn die Kunden und Mitarbeiter gegangen sind, denkt sie manchmal, dass sie und A.J. die einzigen Menschen auf der Welt sind. Niemand kommt ihr so wirklich vor wie er. Andere Leute sind Schuhe für verschiedene Jahreszeiten, mehr nicht. A.J. kommt ohne Stuhl bis an die Tapete hinauf, er kann die Kasse bedienen, während er telefoniert, kann schwere Bücherkisten über den Kopf stemmen, benutzt unmöglich lange Wörter, weiß alles über alles. Wer ließe sich mit A.J. Fikry vergleichen?

An ihre Mutter denkt sie fast nie. Sie weiß, dass ihre Mutter tot ist. Und Totsein, das weiß sie auch, bedeutet, dass du einschläfst und nicht wieder aufwachst. Ihre Mutter tut ihr sehr leid, weil Leute, die nicht aufwachen, nicht morgens nach unten ins Geschäft gehen können. Maya weiß, dass ihre Mutter sie bei Island Books zurückgelassen hat. Aber vielleicht passiert das allen Kinder in einem gewissen Alter. Manche Kinder werden in Schuhgeschäften zurückgelassen. Und manche in Spielwarengeschäften. Und manche in einem Sandwich-Shop. Und dein ganzes Leben wird davon bestimmt, in welchem Laden du landest. Ein Leben im Sandwich-Shop fände sie nicht gut.

Später, wenn sie älter ist, wird sie mehr über ihre Mutter nachdenken.

Abends zieht A.J. sich andere Schuhe an und setzt Maya in einen Buggy. Der wird langsam etwas eng, aber sie mag die Fahrt und versucht, sich nicht zu beschweren. Sie mag es, A.J.s Atem zu hören. Und sie mag es, wenn die Welt so schnell an ihr vorüberzieht. Und manchmal singt er. Und manchmal erzählt er ihr Geschichten. Er erzählt, dass er mal ein Buch hatte, das *Tamerlane* hieß und das so viel wert war wie alle Bücher im Laden zusammen.

»*Tamerlane*«, sagt sie und mag das Geheimnisvolle und die Melodie der Silben.

»Und so bist du schließlich zu deinem zweiten Vornamen gekommen.«

Abends bringt A.J. sie ins Bett. Sie geht nicht gern ins Bett, auch nicht, wenn sie müde ist. Mit einer Geschichte kann A.J. sie noch am ehesten zum Einschlafen bewegen.

»Welche?«, fragt er.

Er nörgelt immer, dass sie nicht jedes Mal *Das Monster am Ende dieses Buches* verlangen soll, deshalb tut sie ihm den Gefallen und sagt: »Das Hüte-Buch.«

Sie kennt die Geschichte zwar schon, wird aber nicht schlau aus ihr. Es geht um einen Mann, der bunte Hüte verkauft. Er macht ein Schläfchen, und seine Hüte werden ihm von Affen gestohlen. Sie hofft, dass das A.J. nie passiert.

Maya runzelt die Stirn und packt A.J. am Arm.

»Was ist?«, fragt A.J.

Warum brauchen Affen Hüte?, fragt sich Maya. Affen sind Tiere. Vielleicht stehen die Affen wie der Bär mit der Perücke, der eine Mutter ist, für etwas anderes, aber für was? Sie hat Gedanken im Kopf, aber keine Worte dafür.

»Lies«, sagt sie.

Manchmal lässt A.J. eine Frau kommen, die Maya und den

anderen Kindern Bücher vorliest. Die Frau fuchtelt mit den Armen und verzieht das Gesicht und hebt und senkt dramatisch die Stimme. Maya möchte ihr gern sagen, dass sie ruhiger lesen soll. Sie ist daran gewöhnt, wie A.J. liest – sanft und leise. Sie ist an ihn gewöhnt.

A.J. liest: »… ganz oben ein Packen roter Mützen.« Auf dem Bild ist ein Mann mit vielen bunten Mützen.

Maya legt ihre Hand über die von A.J., damit er noch nicht umblättert. Sie sieht von dem Bild auf die Worte und wieder zurück. Mit einem Mal weiß sie, dass R-O-T rot ist, so wie sie weiß, dass sie Maya heißt und dass A.J. ihr Vater und Island Books der schönste Ort auf der Welt ist.

»Was ist?«, fragt er.

»Rot«, sagt Maya. Sie nimmt seine Hand und führt sie zu dem Wort.

Ein guter Mensch ist schwer zu finden

1953 von Flannery O'Connor

Familienausflug artet aus. Es ist Amys Lieblingsgeschichte (dabei wirkt Amy nach außen hin doch so lieb und sanft ...). Sie und ich haben nicht immer denselben Geschmack, aber hier schon. Als sie mir sagte, dass es ihre Lieblingsgeschichte sei, war das ein Hinweis auf Erstaunliches und Verwunderliches in ihrem Charakter, auf dunkle Orte, die ich vielleicht gern einmal besuchen würde.

Die Leute tischen dir fade Lügen über Politik, Gott und die Liebe auf. Alles, was du über einen Menschen wissen musst, erfährst du aus der Antwort auf die Frage: Welches ist dein Lieblingsbuch?

A. J. F.

In der zweiten Augustwoche, kurz bevor Maya in den Kindergarten kommt, kriegt sie a) eine Brille (rund, roter Rahmen) und b) Windpocken (rund, rote Hubbel). A.J. verflucht eine Mutter, die ihm gesagt hatte, die Windpockenimpfung brauche man nicht, denn wie die richtigen Pocken früherer Zeiten sind Mayas Windpocken eine wahre Geißel. Maya fühlt sich elend, und A.J. fühlt sich elend, weil Maya sich elend fühlt. Die Pusteln im Gesicht quälen sie, und die Klimaanlage geht kaputt, und keiner im Haus kann schlafen. A.J. bringt ihr eiskalte Waschlappen, pellt die Haut von Mandarinenscheiben, zieht ihr Socken über die Hände und hält Wache an ihrem Bett.

Tag drei, vier Uhr morgens. Maya schläft ein. A.J. ist erschöpft, findet aber keine Ruhe. Er hatte eine Mitarbeiterin gebeten, ihm einen Packen Leseexemplare aus dem Keller zu holen. Leider ist das Mädchen neu und hat ihm Bücher vom ENTSORGEN-Stapel und nicht von dem NOCH-ZU-LESEN-Stapel gebracht. A.J. mag Maya nicht allein lassen und beschließt, eins der alten, abgelehnten Bücher zu lesen. Obenauf liegt ein Young-Adult-Fantasyroman, in dem die Hauptfigur tot ist. A.J. schüttelt sich: zwei Dinge, die ihm besonders verhasst sind (Post-mortem-Erzähler und Jugendroman), zusammen zwischen zwei Buchdeckeln! Er legt die Papierleiche beiseite. Bei dem zweiten Buch handelt es sich um die Lebenserinnerungen eines Achtzigjährigen, lebenslanger Junggeselle und früherer Wissenschaftsjournalist für verschiedene Zeitungen im Mittelwesten, der mit achtundsiebzig geheiratet hat. Seine Frau stirbt zwei Jahre nach der Hochzeit mit dreiundachtzig. *Späte Blüte* von Leon Friedman. Das Buch kommt A.J. bekannt vor, aber er weiß nicht, warum. Er schlägt das Leseexemplar auf, und eine Visitenkarte fällt heraus: Amelia Loman, Knightley Press. Jetzt erinnert er sich.

Natürlich hat er Amelia Loman in den Jahren seit jener peinlichen ersten Begegnung häufiger gesehen. Sie haben die eine oder andere freundliche Mail gewechselt, und dreimal im Jahr kommt sie vorbei, um über die neuen Titel von Knightley zu berichten. Nachdem er an die zehn Nachmittage mit ihr verbracht hat, ist er zu dem Schluss gekommen, dass sie ihren Job gut macht. Sie kennt sich in ihrem Programm aus und ist über die allgemeinen literarischen Trends im Bilde. Sie ist immer euphorisch, macht aber nie zu viel Druck beim Verkaufen. Sie ist lieb zu Maya, bringt ihr immer ein Buch aus einem der Kinderprogramme von Knightley mit und behandelt sie nie von oben herab. Vor allem ist Amelia Loman ein Profi, was bedeutet, dass sie nie erwähnt, wie sehr sich A.J. an ihrem ersten Tag danebenbenommen hat. Richtig gemein war er zu ihr – ihn schaudert, wenn er daran denkt. Als Buße beschließt er, der *Späten Blüte* eine Chance zu geben, auch wenn das Buch nach wie vor überhaupt nicht sein Fall ist.

»Ich bin einundachtzig Jahre alt und hätte statistisch gesehen vor 4,7 Jahren sterben müssen« – so fängt das Buch an.

Um fünf schlägt A.J. das Buch zu und gibt ihm einen leichten Klaps.

Maya wacht auf und fühlt sich besser. »Warum weinst du?«

»Ich habe gelesen«, sagt A.J.

Amelia erkennt die Nummer nicht, hebt aber beim ersten Läuten ab.

»Hallo, Amelia. Hier A.J. Fikry von Island Books. Ich habe nicht damit gerechnet, dass Sie drangehen.«

Sie lacht. »Stimmt. Ich bin wahrscheinlich die letzte Person auf Erden, die noch ans Handy geht.«

»Könnte ich mir durchaus vorstellen«, sagt er.

»Die katholische Kirche denkt darüber nach, ob sie mich nicht heiligsprechen soll.«

»Die heilige Amelia und ihr Handy«, sagt A.J.

Er hat sie noch nie angerufen, das kann eigentlich nur einen Grund haben. »Steht unser Termin in zwei Wochen noch, oder müssen Sie absagen?«, fragt Amelia.

»Nein, darum geht es nicht. Ich wollte Ihnen eigentlich nur eine Nachricht hinterlassen.«

»Hallo, dies ist die Mobilbox von Amelia Loman«, sagt Amelia mit monotoner Stimme. »Hinterlassen Sie Ihre Nachricht nach dem Piepton.«

»Ähm ...«

»Piep«, macht Amelia. »Hinterlassen Sie Ihre Nachricht.«

»Ähm ... Hi, Amelia. Hier A.J. Fikry. Ich habe gerade ein Buch gelesen, das Sie mir empfohlen haben.«

»Ja? Welches denn?«

»Oh, die Mobilbox kann antworten, interessant. Es ist schon ein, zwei Jahre her. *Späte Blüte* von Leon Friedman.«

»Brechen Sie mir nicht das Herz, A.J. Das war mein absolutes Lieblingsbuch aus der Winterliste von vor vier Jahren. Keiner wollte es lesen. Ich habe dieses Buch geliebt. Ich liebe es noch. Allerdings bin ich die Königin der aussichtslosen Fälle.«

»Vielleicht lag's am Cover«, sagt A.J. lahm.

»Das war tatsächlich erbärmlich«, bestätigt Amelia. »Füße von alten Menschen, Blumen. Als ob irgendjemand Lust hätte, sich mit solchen Runzelfüßen zu beschäftigen, geschweige denn ein Buch zu kaufen, auf dem sie zu sehen sind. Ein neues Cover für die Taschenbuchausgabe hat die Sache nicht besser gemacht – schwarz-weiß, wieder Blumen. Aber Cover sind die Stiefkinder des Verlagswesens. Wir geben ihnen an allem die Schuld.«

»Ich weiß nicht, ob Sie sich noch erinnern, aber *Späte Blüte* haben Sie mir bei unserem ersten Treffen gegeben«, sagt A.J.

»Wirklich?«, meint Amelia nach einer kleinen Pause. »Ja, das kann hinkommen. Da hatte ich gerade bei Knightley angefangen.«

»Literarische Lebenserinnerungen sind eigentlich nicht mein Fall, aber diese hier waren auf ihre stille Art geradezu spektakulär. Weise und …« Er kommt sich nackt vor, wenn er von Dingen redet, die er wirklich liebt.

»Sprechen Sie weiter.«

»Jedes Wort stimmt und sitzt genau da, wo es sitzen soll. Das ist im Grunde das höchste Lob, das ich vergeben kann. Ich bedaure nur, dass ich das Buch erst jetzt gelesen habe.«

»So geht's mir ständig.« Sie fragt, was ihn dazu gebracht hat, es endlich in die Hand zu nehmen.

»Meine kleine Tochter war krank, und …«

»Die arme Maya. Nichts Ernstes hoffentlich?«

»Nur Windpocken. Ich war die ganze Nacht mit ihr auf, und das Buch war gerade greifbar.«

»Schön, dass Sie endlich dazu gekommen sind«, sagt Amelia. »Ich habe alle meine Bekannten angefleht, es zu lesen, und niemand hat reagiert außer meiner Mutter, und auch der war es nur schwer zu verkaufen.«

»Manchmal finden uns Bücher erst, wenn die Zeit reif ist.«

»Kein großer Trost für Mr. Friedman«, stellt Amelia fest.

»Ich werde jedenfalls eine Charge bestellen. Und im Sommer, wenn die Touristen hier sind, könnten wir vielleicht Mr. Friedman zu einer Lesung einladen.«

»Wenn er dann noch lebt«, sagt Amelia.

»Ist er krank?«, fragt A.J.

»Nein, aber er muss jetzt an die neunzig sein.«

A.J. lacht. »Schön, dann sehen wir uns also in zwei Wochen.«

»Vielleicht hören Sie das nächste Mal auf mich, wenn ich Ihnen ›das beste Buch unserer Winterliste‹ anpreise«, sagt Amelia.

»Unwahrscheinlich. Ich bin alt, in meinen Gewohnheiten festgefahren und sturköpfig.«

»So alt nun auch wieder nicht«, sagt sie.

»Wohl nicht im Vergleich zu Mr. Friedman.« A.J. räuspert sich. »Vielleicht könnten wir uns ja diesmal zum Essen treffen, wenn Sie in der Stadt sind.«

Es ist nicht ungewöhnlich, dass Verlagsvertreter mit Buchhändlern essen gehen, aber Amelia hat in A.J.s Stimme einen gewissen Ton herausgehört. »Wir können dabei das neue Programm durchgehen«, stellt sie klar.

»Ja, genau.« Seine Antwort kommt zu schnell. »Es ist eine lange Fahrt nach Alice. Sie werden Hunger haben. Wie unhöflich, dass ich daran noch nie gedacht habe.«

»Einigen wir uns auf einen Lunch«, sagt Amelia. »Ich muss die letzte Fähre nach Hyannis erreichen.«

A.J. beschließt, mit Amelia zu Pequod's zu gehen, dem zweitbesten Fischrestaurant auf Alice Island. Das beste, El Corazon, hat mittags nicht auf, und selbst wenn es aufgehabt hätte, käme ihm El Corazon zu romantisch für ein reines Geschäftsessen vor.

A.J. ist vor Amelia dort und hat somit Zeit, seine Entscheidung zu bereuen. Seit er Maya hat, war er nicht mehr im

Pequod's, und jetzt findet er die Inneneinrichtung furchtbar peinlich und touristisch. Die edlen weißen Tischtücher lenken nur halbherzig von den Harpunen und Netzen ab, die an der Wand hängen, oder von dem aus einem Baumstamm geschnitzten Kapitän, der einen mit einem Eimer kostenloser Bonbons begrüßt. Ein Plastikwal mit traurigen Äuglein hängt von der Decke. A.J. spürt, was der Wal denkt: *Wärst du mal ins El Corazon gegangen, Ahab.*

Amelia kommt fünf Minuten zu spät. »Pequod – wie in *Moby Dick*«, sagt sie. Ihr Kleid sieht aus wie die Zweitverwertung einer gehäkelten Tischdecke. Darunter blitzt ein pinkfarbenes Unterkleid hervor. In ihrem gelockten blonden Haar steckt ein künstliches Gänseblümchen, und an den Füßen trägt sie Schnürstiefel, obgleich es ein sonniger Tag ist. A.J. findet, dass sie damit aussieht wie eine Pfadfinderin – allzeit bereit und auf jede Art von Katastrophe eingestellt.

»Mögen Sie *Moby Dick?*«, fragt er.

»Ich hasse ihn«, sagt sie. »Und es gibt nicht viele Dinge, von denen ich das behaupten kann. Lehrer drücken einem das Buch aufs Auge, und die Eltern freuen sich, weil ihre Kinder ›etwas Wertvolles‹ lesen. Aber gerade deshalb, weil den Kids solche Bücher aufgezwungen werden, denken sie jahrelang, dass Lesen nichts für sie ist.«

»Ich staune, dass Sie nicht abgesagt haben, als ich den Namen des Restaurants geschickt habe.«

»Überlegt habe ich es mir«, sagt sie belustigt, »aber dann habe ich mir gedacht, dass es ja nur ein Name ist und der sich wahrscheinlich nicht allzu sehr auf die Qualität des Essens auswirkt. Außerdem habe ich mir die Onlinebewertungen angesehen, und die klangen verlockend.«

»Meiner Einschätzung haben Sie nicht vertraut?«

»Doch, aber ich überlege mir gern vorher, was ich essen will.« Sie schlägt die Speisekarte auf. »Wie ich sehe, haben sie mehrere Cocktails, die nach Figuren in *Moby Dick* benannt sind.« Sie blättert um. »Wenn ich hier nicht hätte essen wollen, hätte ich wahrscheinlich eine Schalentierallergie erfunden.«

»Eine fiktive Lebensmittelunverträglichkeit. Sehr hinterhältig«, sagt A.J.

»Jetzt funktioniert dieser Trick bei Ihnen nicht mehr.«

Der Kellner trägt ein bauschiges weißes Hemd, das in seltsamem Kontrast zu seiner schwarzen Hornbrille und der stylishen Frisur steht – sein Look bewegt sich irgendwo zwischen Pirat und Hipster. »Ahoi, ihr Landratten«, sagt er ausdruckslos. »Wie wär's mit einem Themencocktail?«

»Mein Standarddrink ist ein Old Fashioned, aber wer könnte einem Themencocktail widerstehen?«, sagt Amelia. »Einen Queequeg bitte.« Sie hält die Hand des Kellners fest. »Moment noch. Ist er denn gut?«

»Hm«, sagt der. »Die Touris mögen ihn meistens.«

»Ja, wenn die Touris ihn mögen ...«

»Also was denn nun? Wollen Sie den Cocktail, oder wollen Sie ihn nicht?«

»Klar will ich ihn«, sagt Amelia. »Komme, was da wolle.« Sie lächelt dem Kellner zu. »Ich mache Ihnen keine Vorwürfe, wenn er scheußlich ist.«

A.J. bestellt ein Glas vom roten Hauswein.

»Wie traurig«, sagt Amelia. »Ich wette, dass Sie Ihr ganzes Leben ohne einen Queequeg verbracht haben, obgleich Sie hier leben und Bücher verkaufen und wahrscheinlich sogar *Moby Dick* mögen.«

»Sie stehen offenbar auf einer höheren Entwicklungsstufe als ich«, sagt A.J.

»Scheint so. Und nach diesem Cocktail wird sich wahrscheinlich mein ganzes Leben ändern.«

Die Getränke kommen. »Oh, schauen Sie mal«, sagt Amelia. »Eine Garnele auf einer Miniharpune. Was für eine unverhoffte Freude.« Sie holt ihr Handy heraus und macht ein Foto. »Ich mache gern Aufnahmen von meinen Drinks.«

»Sie sind wie Familie«, sagt A.J.

»Sie sind *besser* als Familie.« Sie hebt ihr Glas und stößt mit A.J. an.

»Wie ist er?«, fragt A.J.

»Salzig, fruchtig, fischig. Als wenn ein Krabbencocktail beschlossen hätte, sich mit einer Bloody Mary zu vereinigen.«

»Sich zu vereinigen … Hört sich schön an, wie Sie das sagen. Der Drink klingt im Übrigen schauderhaft.«

Sie nimmt noch einen Schluck und zuckt mit den Schultern. »Man trinkt sich ein.«

»Hätten Sie die Wahl unter mehreren Restaurants gehabt, die nach einem Roman benannt sind – in welchem hätten Sie lieber gegessen?«, fragt A.J.

»Schwierige Frage. Hört sich verrückt an – aber als ich im College *Der Archipel Gulag* gelesen hatte, habe ich immer richtig Hunger bekommen«, sagt Amelia. »Diese ewigen Beschreibungen von Brot und Suppe in einem sowjetischen Gefängnis …«

»Das ist ziemlich abartig«, sagt A.J.

»Besten Dank. Und wohin würden Sie gehen?«

»Es ist kein richtiges Restaurant, aber ich wollte immer schon mal den Türkischen Honig in Narnia probieren. Als Kind habe ich *Der König von Narnia* gelesen und gedacht, dass Türkischer Honig unvorstellbar köstlich sein muss, wenn er Edmond dazu gebracht hat, seine Familie zu verraten«, sagt A.J. »Das muss ich mal meiner Frau erzählt haben, denn zu Weihnachten hat Nic mir mal eine Schachtel geschenkt, und da hat sich herausgestellt, dass es einfach pudrig-klebriges Konfekt ist. Noch nie im Leben war ich so enttäuscht.«

»Das endgültige Ende Ihrer Kindheit …«

»Von da an war ich ein anderer Mensch.«

»Vielleicht war der Türkische Honig der Weißen Hexe in *Narnia* etwas Besonderes. Kann ja sein, dass Zauberhonig anders schmeckt.«

»Vielleicht wollte Lewis damit aber auch nur sagen, dass nicht viel dazugehörte, Edmond zum Verrat an seiner Familie zu überreden.«

»Das ist sehr zynisch«, sagt Amelia.

»Haben Sie Türkischen Honig schon mal probiert, Amelia?«

»Nein.«

»Dann muss ich Ihnen welchen kaufen«, sagt er.

»Und wenn er mir schmeckt?«

»Dann werde ich vermutlich nicht mehr so viel von Ihnen halten.«

»Ich werde aber nicht lügen, nur damit Sie mich sympathisch finden, A.J. Eine meiner besten Eigenschaften ist Ehrlichkeit.«

»Sie haben mir gerade verraten, dass Sie bereit gewesen wären, eine Allergie vorzutäuschen, um nicht hier essen zu müssen«, sagt A.J.

»Ja, aber nur, um einen Kunden nicht zu kränken. Wenn es um wirklich Wichtiges wie Türkischen Honig geht, würde ich nie lügen.«

Sie bestellen das Essen, und dann nimmt Amelia die Wintervorschau aus ihrer Tragetasche. »Na, dann zu Knightley«, sagt sie.

»Knightley«, wiederholt er.

Sie geht in flottem Tempo die Winterliste durch, überblättert rücksichtslos die Bücher, die ihm nicht liegen, hebt die Titel hervor, auf die der Verlag die größten Hoffnungen setzt, und spart sich die ausgefallensten Adjektive für ihre Lieblingsbücher auf. Bei manchen Kunden verweist sie gern auf die Blurbs etablierter Autoren, diese häufig so geschwollenen Lobeshymnen, die man oft auf der Rückseite eines Romans findet. A.J. gehört nicht zu diesen Kunden. Bei ihrer zweiten oder dritten Begegnung hatte er diese Blurbs als »die Blutdiamanten des Verlagswesens« bezeichnet. Inzwischen kennt sie ihn ein wenig besser, und das Besprechen des Programms ist nicht mehr so mühsam. Er hat mehr Vertrauen zu mir, denkt sie, oder vielleicht ist er durch die Vaterschaft nur milder geworden. (Es ist klug, Gedanken dieser Art für sich zu behalten.)

A.J. verspricht, sich das eine oder andere Exemplar anzusehen.

»Hoffentlich nicht erst in vier Jahren«, sagt Amelia.

»Ich werde mir Mühe geben, es in drei Jahren zu schaffen.« Es entsteht eine kleine Pause. »Bestellen wir noch Dessert? Bestimmt haben sie hier so was Launiges wie *Eisberg Voraus* oder *Wal Royal*.«

Amelia stöhnt. »Klingt schauderhaft.«

»Wenn Sie mir die Frage nicht übel nehmen – warum war *Späte Blüte* damals Ihr Lieblingsbuch? Sie sind eine junge …«

»So jung bin ich nun auch wieder nicht. Ich bin fünfunddreißig.«

»Also immer noch jung«, sagt A.J. »Ich wollte damit sagen, dass Sie vermutlich nicht viel von dem, was Mr. Friedman schildert, persönlich erlebt haben. Ich schaue Sie an und frage mich, nachdem ich das Buch gelesen habe, warum es Sie so angesprochen hat.«

»Das ist eine sehr persönliche Frage, Mr. Fikry.« Sie nimmt

den letzten Schluck von ihrem zweiten Queequeg. »Vor allem hat mir das Buch natürlich deshalb gefallen, weil es gut geschrieben ist.«

»Natürlich. Aber das ist nicht genug.«

»Sagen wir so: Ich hatte viele missglückte Dates hinter mir, als ich *Späte Blüte* auf den Schreibtisch bekam. Ich bin ein romantischer Mensch, aber manchmal habe ich den Eindruck, dass die Zeit, in der wir gerade leben, nicht romantisch ist. *Späte Blüte* ist ein Buch über die Chance, in jedem Alter eine große Liebe finden zu können. Klingt kitschig, ich weiß.«

A. J. nickt.

»Und Sie? Warum hat es Ihnen gefallen?«, fragt Amelia.

»Wegen der Qualität der Prosa … blablabla …«

»Ich dachte, das ist nicht genug?«

»Sie wollen meine traurige Geschichte bestimmt nicht hören.«

»Doch, natürlich. Ich liebe traurige Geschichten.«

Er berichtet in Kurzfassung von Nics Tod. »Friedman hat die Frage, wie es ist, einen Menschen zu verlieren, auf eine ganz besondere Art angesprochen. Dass es nicht mit einem Mal vorbei ist, dass das Verlieren nie aufhört.«

»Wann ist sie gestorben?«, fragt Amelia.

»Inzwischen ist es schon eine Weile her. Ich war damals nur wenig älter als Sie.«

»Also schon eine ziemliche Weile«, sagt sie.

Er überhört die Spitze. »*Späte Blüte* hätte wirklich das Zeug dazu gehabt, ein erfolgreiches Buch zu werden.«

»Eben. Vielleicht lasse ich einen Absatz daraus auf meiner Hochzeit vorlesen.«

A. J. stutzt. »Sie wollen heiraten, Amelia? Wie schön! Wer ist denn der Glückliche?«

Sie rührt mit der Harpune in den tomatensaftfarbigen Gewässern ihres Queequeg herum und versucht, eine Garnele wieder einzufangen, die sich unerlaubt davongemacht hat. »Er heißt Brett Brewer. Ich hatte schon fast die Hoffnung aufgegeben, als ich ihm im Internet begegnet bin.«

A.J. trinkt den bitteren Bodensatz seines zweiten Glases Wein. »Erzählen Sie mir mehr.«

»Er ist beim Militär und dient in Afghanistan.«

»Wow! Sie heiraten einen amerikanischen Helden«, sagt A.J.

»So könnte man es wohl sagen.« Sie lächelt A.J. an.

»Ich hasse diese Typen«, sagt er. »Neben ihnen komme ich mir klein und hässlich vor. Erzählen Sie mir irgendwas Unangenehmes über ihn, damit ich mich besser fühle.«

»Ja, also … Er ist nicht oft zu Hause.«

»Er muss Ihnen sehr fehlen.«

»Stimmt. Aber dafür komme ich viel zum Lesen.«

»Das ist gut. Liest er auch?«

»Eigentlich nicht, Lesen ist nicht so sein Ding. Aber das ist auch irgendwie interessant, nicht? Mit jemandem zusammenzuleben, der – ähm – so andere Interessen hat. Ich weiß nicht, warum ich immer von Interessen rede. Er ist ein guter Mensch, das ist der springende Punkt.«

»Ist er gut zu Ihnen?«

Sie nickt.

»Darauf kommt es an. Außerdem ist niemand vollkommen«, sagt A.J. »Wahrscheinlich hat ihn in der Highschool jemand gezwungen, *Moby Dick* zu lesen.«

Amelie spießt ihre Garnele auf. »Hab dich! Hat Ihre Frau gelesen?«

»Ja, und selbst geschrieben. Ich würde mir darüber keine Gedanken machen. Das Lesen wird überschätzt. Denken Sie an all die guten Sachen im Fernsehen. Serien wie *True Blood*.«

»Jetzt wollen Sie mich auf den Arm nehmen.«

»Ach, Bücher sind doch nur was für Nerds«, sagt A.J.

»Für Nerds wie uns.«

Als die Rechnung kommt, zahlt A.J., obwohl das in solchen Fällen gewöhnlich der Vertreter macht.

»Sind Sie sicher?«, fragt Amelia.

Sie könne die Rechnung beim nächsten Mal übernehmen, sagt A.J.

Vor dem Restaurant schütteln sich Amelia und A.J. die Hand und tauschen die üblichen Höflichkeitsfloskeln aus. Sie geht zur Fähre, und eine wichtige Sekunde später dreht er sich um und macht sich auf den Weg zur Buchhandlung.

»Hey, A.J.«, ruft sie. »Buchhändler zu sein ist auf eine Art genauso heldenhaft, und ein Kind zu adoptieren auch.«

»Ich tue, was ich kann.« Er verbeugt sich, dann merkt er, dass Verbeugungen nicht so recht sein Ding sind, und richtet sich rasch wieder auf. »Danke, Amelia.«

»Meine Freunde nennen mich Amy«, sagt sie.

Maya hat A.J. noch nie so in seine Arbeit vertieft gesehen. »Daddy«, fragt sie, »warum hast du so viele Hausaufgaben?«

»Einiges davon ist extrakurrikular.«

»Was ist ›extrakurrikular‹?«

»Schlag es am besten mal nach.«

Die Liste einer ganzen Saison durchzulesen, auch die Liste eines Verlags von bescheidener Größe wie Knightley, ist ziemlich zeitraubend für einen Menschen mit einem redefreudigen Kindergartenkind und einem kleinen Geschäft. Nach jedem Knightley-Titel, den er gelesen hat, schickt er Amelia eine E-Mail mit seinen Anmerkungen. Er kann sich nicht dazu durchringen, sie in den E-Mails »Amy« zu nennen, obgleich er ja nun die Erlaubnis dazu hat. Manchmal, wenn ihm etwas besonders gefällt, ruft er sie an. Wenn er ein Buch überhaupt nicht ausstehen kann, schickt er eine SMS. *Nichts für mich.* Kein Kunde zuvor ist so aufmerksam auf Amelia eingegangen.

Müssen Sie nicht auch noch andere Verlage durcharbeiten?, schreibt Amelia.

A.J. denkt lange über seine Antwort nach. *Keine mit Vertretern, die ich so gern mag wie Sie,* lautet sein erster Entwurf, den er aber als zu unverfroren gegenüber einer Frau verwirft, die mit einem amerikanischen Helden verlobt ist. Er macht einen neuen Anlauf: *Für Knightley wohl eine sehr gute Liste, wie es aussieht.*

A.J. bestellt so viele Knightley-Titel, dass es sogar Amelias Chef auffällt. »Dass ein kleiner Kunde wie Island Books so viele Bücher von uns nimmt, habe ich noch nie erlebt«, sagt er. »Neuer Besitzer?«

»Immer derselbe«, sagt Amelia. »Aber er hat sich seit unserer ersten Begegnung verändert.«

»Du musst ihn irgendwie ausgetrickst haben. Der Mann nimmt nichts, was er nicht verkaufen kann. Harvey hat nie derart große Bestellungen geschafft.«

Dann kommt A.J. zu dem letzten Titel. Es ist ein charmantes Memoir über Mutterschaft, Scrapbook-Basteln und das Leben als Schriftstellerin, verfasst von einer kanadischen Lyrikerin, die A.J. seit jeher mag. Das Buch hat nur hundertfünfzig Seiten, aber A.J. braucht zwei Wochen dafür. Er schafft kein Kapitel, ohne einzuschlafen oder sich von Maya ablenken zu lassen. Als er durch ist, kriegt er kein Fazit zustande. Der Stil ist elegant, und er glaubt, dass das Buch die Frauen, die zu ihm ins Geschäft kommen, ansprechen könnte. Das Problem ist natürlich, dass er, wenn er Amelia antwortet, mit dem Winterkatalog von

Knightley fertig ist und keinen Grund mehr hat, Kontakt mit ihr aufzunehmen, bis die Sommervorschau kommt. Er mag sie, und er hält es für möglich, dass auch sie ihn mag, trotz jener katastrophalen ersten Begegnung. Aber – A.J. Fikry gehört nicht zu den Männern, denen es egal ist, ob sie einem anderen Mann die Verlobte ausspannen. Er glaubt nicht an »die Eine«. Es gibt zig Milliarden Menschen auf der Welt, keiner ist etwas *so Besonderes*. Außerdem kennt er ja Amelia Loman kaum. Mal angenommen, es würde ihm gelingen, sie dem anderen auszuspannen, und dann stellt sich heraus, dass es mit ihnen im Bett nicht läuft?

Was ist los?, schreibt Amelia. Nicht gut?

Leider nichts für mich, schreibt A.J. zurück. Bin gespannt auf Knightleys Sommerliste. Gruß A.J.

Die Antwort, findet Amelia, ist übermäßig nüchtern. Abweisend. Sie will schon zum Telefon greifen, lässt es dann aber. Sie schickt eine SMS. *In der Zwischenzeit sollten Sie sich auf jeden Fall* True Blood *anschauen.*

True Blood ist Amelias Lieblingsserie. Sie behauptet immer wieder zum Spaß, dass A.J. sich bestimmt für Vampire erwärmen könnte, wenn er nur *True Blood* gucken würde. Amelia sieht sich als Sookie-Stackhouse-Typ.

Sicher nicht, Amy, schreibt A.J. Wir sehen uns im März.

Bis zum März sind es noch viereinhalb Monate. A.J. ist sich sicher, dass seine kleine Schwärmerei sich bis dahin gegeben hat oder zumindest erträglich geworden ist.

Bis zum März sind es noch viereinhalb Monate.

Maya fragt, was los ist, und er sagt, dass er traurig ist, weil er eine Freundin eine Weile nicht sehen wird.

»Amelia?«, fragt Maya.

»Woher weißt du von ihr?«

Maya verdreht die Augen, und A.J. überlegt, wann und wo sie das gelernt hat.

An jenem Abend tagt unter der Leitung von Lambiase der Chief's Choice Book Club in Island Books (Thema: *L.A. Confidential*), und danach trinkt Lambiase wie üblich mit A.J. eine Flasche Wein.

»Ich glaube, ich habe mich verliebt«, sagt A.J., nachdem ein Glas seine Zunge gelockert hat.

»Freut mich zu hören«, sagt Lambiase.

»Leider ist sie mit einem anderen verlobt.«

»Schlechtes Timing«, befindet Lambiase. »Ich bin jetzt seit zwanzig Jahren Polizist und kann dir sagen, dass fast alles Schlechte im Leben ein Ergebnis von schlechtem Timing ist und alles Gute das Ergebnis von gutem Timing.«

»Das scheint mir eine sehr verkürzte Sichtweise zu sein.«

»Überleg doch mal. Wäre *Tamerlane* nicht gestohlen worden, hättest du nicht die Tür unverschlossen gelassen, und Marian Wallace hätte die Kleine nicht in deinem Geschäft gelassen. Eindeutig gutes Timing.«

»Stimmt. Aber Amelia habe ich schon vor vier Jahren kennengelernt«, widerspricht A.J. »Nur ist sie mir erst vor ein, zwei Monaten richtig aufgefallen.«

»Trotzdem das falsche Timing. Deine Frau war gerade gestorben. Und dann hattest du Maya.«

»Das ist kein großer Trost«, sagt A.J.

»Immerhin – ist doch schön, dass dein Herz noch funktioniert. Soll ich dich mit jemandem verkuppeln?«

A.J. schüttelt den Kopf.

Lambiase lässt nicht locker. »Warum denn nicht? Ich kenne jeden in der Stadt.«

»Leider ist es eine sehr kleine Stadt.«

Als Aufwärmtraining arrangiert Lambiase für A.J. ein Treffen mit seiner Cousine. Sie hat blonde Haare mit schwarzem Ansatz, radikal gezupfte Augenbrauen, ein herzförmiges Gesicht und eine so hohe Stimme wie Michael Jackson. Sie trägt ein tief ausgeschnittenes Top und einen Push-up-BH, der eine kleine, traurige Ablage für ihr Namenskettchen bildet. Sie heißt Maria. Sie sind noch bei den Mozzarellasticks, als ihnen der Gesprächsstoff ausgeht.

»Welches ist dein Lieblingsbuch?« A.J. versucht sie aus der Reserve zu locken.

Sie kaut an ihrem Mozzarella und umklammert ihr Maria-Kettchen wie einen Rosenkranz. »Soll das ein Test sein?«

»Nein, hier gibt's keine falschen Antworten«, sagt A.J. »Es interessiert mich einfach.«

Sie trinkt von ihrem Wein.

»Oder sagen wir – das Buch, das dich am meisten im Leben beeinflusst hat. Ich versuche nur, dich ein bisschen kennenzulernen.«

Sie nimmt noch einen Schluck.

»Oder sagen wir – was hast du zuletzt gelesen?«

»Was ich zuletzt gelesen habe …« Sie runzelt die Stirn. »Das Letzte, was ich gelesen habe, war die Speisekarte hier.«

»Und das Letzte, was ich gelesen habe, war deine Kette«, sagt er. »Maria.«

Danach verläuft das Essen wunderbar freundschaftlich. Er wird nie erfahren, was Maria liest.

Das nächste Date vermittelt Margene, die ihm im Geschäft hilft. Sie arrangiert ein Treffen mit ihrer Nachbarin, einer toughen Feuerwehrfrau namens Rosie. Rosie hat schwarzes Stachelhaar mit einer blauen Strähne, erstaunliche Armmuskeln, ein dröhnendes Lachen und kurze, rot lackierte und mit orangefarbenen Flämmchen verzierte Fingernägel. Rosie hat im College die Hürdenlauf-Meisterschaft gewonnen und liest gern Bücher über Sportgeschichte, vor allem aber Autobiografien von Athleten.

Bei ihrem dritten Date schildert sie gerade eine dramatische Szene aus den Memoiren des Baseballspielers José Canseco, als A.J. sie unterbricht. »Du weißt aber schon, dass diese Bücher alle von Ghostwritern geschrieben werden?«

Ja, sagt Rosie, das wisse sie, und es sei ihr egal. »Diese Hochleistungssportler müssen ständig trainieren, wann sollten die denn Zeit dafür haben, ein ganzes Buch zu schreiben?«

»Aber diese Bücher … Ich will darauf hinaus, dass es mehr oder weniger alles Lügen sind.«

Rosie neigt ihren Kopf zu A.J. und trommelt mit den geflammten Fingernägeln auf den Tisch. »Du bist ein Snob, ist dir das klar? Dadurch wirst du viel verpassen.«

»Das höre ich nicht zum ersten Mal.«

»In den Memoiren eines Sportlers steckt das ganze Leben«, sagt sie. »Du trainierst hart und hast Erfolg, aber irgendwann streikt dein Körper, und alles ist vorbei.«

»Hört sich an wie ein später Philip-Roth-Roman«, sagt er.

Rosie schlägt die Arme übereinander. »Solche Sachen sagst du, weil du dich für oberschlau hältst, nicht? Aber in Wirklichkeit willst du nur erreichen, dass andere Leute dadurch dumm dastehen.«

Abends im Bett, nach dem Sex, der sich eher wie ein Ringkampf anfühlt, rollt sich Rosie von ihm herunter und sagt: »Ich weiß nicht, ob ich mich noch mal mit dir treffen möchte.«

Er zieht sich die Hose wieder an. »Tut mir leid, wenn du jetzt gekränkt bist. Wegen dem, was ich über Memoiren gesagt habe.«

Sie winkt ab. »Lass nur. So bist du eben.«

Er hat den Verdacht, dass sie recht hat. Er ist ein Snob und untauglich für Beziehungen. Er wird seine Tochter großziehen, sich um seine Buchhandlung kümmern, seine Bücher lesen, und das, beschließt er, ist mehr als genug.

Auf Ismays Drängen hin soll Maya Ballettunterricht bekommen. »Du willst doch nicht, dass sie sozial benachteiligt ist«, sagt Ismay.

»Natürlich nicht«, antwortet A.J.

»Eben. Tanzen ist wichtig, nicht nur körperlich, sondern auch gesellschaftlich. Du willst doch nicht, dass sie – verkümmert.«

»Ich weiß nicht. Tanzstunden für ein kleines Mädchen – ist das nicht irgendwie altmodisch und sexistisch?«

A.J. ist sich nicht sicher, ob Maya fürs Tanzen geeignet ist. Schon mit sechs ist sie kopfgesteuert, hat immer ein Buch in der Hand und fühlt sich in der Wohnung oder im Geschäft wohl. »Sie ist nicht verkümmert«, widerspricht er. »Sie liest jetzt Bücher mit Kapiteleinteilung.«

Ismay lässt nicht locker. »Natürlich nicht geistig. Aber sie ist lieber mit dir zusammen als mit anderen Menschen, vor allem auch Menschen ihres Alters, und das ist wahrscheinlich nicht gesund.«

»Nicht gesund? Wieso?« A.J. läuft es kalt den Rücken hinunter.

»Sie wird mal genauso werden wie du«, sagt Ismay.

»Und was wäre dagegen einzuwenden?«

Ismay wirft ihm einen vielsagenden Blick zu. »Ihr lebt in eurer eigenen kleinen Welt, A.J. Du gehst nie aus …«

»Doch.«

»Du verreist nicht …«

»Wir reden hier nicht über mich«, fällt A.J. ihr ins Wort.

»Sei nicht so feindselig. Du hast mich als Patin für sie haben wollen, und ich sage dir, dass du deine Tochter zum Tanzunterricht anmelden sollst. Ich bezahle ihn, also hör auf, dich zu sträuben.«

Auf Alice Island gibt es eine einzige Tanzschule und einen einzigen Kurs für fünf- und sechsjährige Kinder. Die Besitzerin und Lehrerin ist Madame Olenska. Sie ist in den Sechzigern, und obwohl sie kein Übergewicht hat, schlägt ihre Haut Falten; vermutlich sind ihre Knochen im Lauf der Jahre geschrumpft. Ihre stets juwelengeschmückten Finger sehen aus, als hätten sie ein Gelenk zu viel. Die Kinder sind gleichermaßen fasziniert wie eingeschüchtert von ihr. A.J. geht es genauso. Als er Maya das erste Mal hinbringt, sagt Madame Olenska: »Mr. Fikry, Sie sind erster Mann, der Fuß setzt in dieses Tanzstudio seit zwanzig Jahren. Wir werden Sie gut ausnutzen.«

In ihrem russischen Akzent klingt das einigermaßen anzüglich, was sie sich aber von A.J. erhofft, sind schlicht und einfach Handlangerdienste. Für die Weihnachtsaufführung bastelt er eine große Holzkiste, die aussieht wie ein Kinderbauklotz, produziert mit der Klebepistole große Augen, Glocken und Blumen und biegt glitzernde Pfeifenreiniger zu Schnurrhaaren und Antennen (und hat die Befürchtung, dass er das Flitterzeug unter den Nägeln nie mehr wegbekommt).

Er verbringt in jenem Winter viel Zeit bei Madame Olenska und erfährt eine Menge über sie. Zum Beispiel, dass Madame Olenskas Musterschülerin ihre Tochter ist, die in einer Broadwayshow tanzt und mit der Madame Olenska seit zehn Jahren nicht mehr gesprochen hat. Sie droht ihm mit ihrem Dreigelenkfinger. »Sie passen auf, dass das Ihnen nicht passiert!« Sie wirft einen dramatischen Blick aus dem Fenster, dann dreht sie sich langsam wieder zu A.J. um. »Sie werden im Programmheft Anzeige für Buchhandlung schalten, ja.« Es ist keine Frage. Island Books wird der alleinige Sponsor für *Der Nussknacker, Rudolph und seine Freunde,* und auf der letzten Seite des Programmhefts findet sich ein Weihnachtsgutschein der Buchhandlung. A.J. geht noch weiter, er spendet einen Geschenkkorb mit Büchern zum Thema Tanz. Der Erlös ist für das Bostoner Ballett gedacht.

Vom Tombola-Tisch aus sieht sich A.J. erschöpft und leicht vergrippt die Aufführung an. Da die Auftritte nach dem Können der Darstellenden angeordnet sind, ist Mayas Gruppe als erste dran. Sie ist eine begeisterte, wenn auch nicht übermäßig elegante Maus. Sie huscht voller Hingabe durch die Gegend. Sie kraust auf Mäuseart die Nase. Sie wedelt mit dem von A.J. mühsam geringelten Pfeifenreinigerschwanz. Als Tänzerin, so viel ist ihm klar, hat sie keine Zukunft.

Ismay, die mit ihm zusammen den Tombola-Tisch besetzt hält, gibt ihm ein Kleenex.

»Ist nur ein Schnupfen«, sagt er.

»Ich weiß«, sagt Ismay.

Am Ende des Abends sagt Madame Olenska: »Danke, Mr. Fikry. Sie sind guter Mensch.«

»Vielleicht habe ich ein gutes Kind.« Er muss seine Maus noch aus der Garderobe holen.

»Ja«, sagt sie. »Aber das nicht genug. Sie müssen sich suchen gute Frau.«

»Ich bin zufrieden mit meinem Leben«, sagt A.J.

»Sie glauben, Kind ist genug, aber Kind werden älter. Sie glauben, Arbeit ist genug, aber Arbeit ist nicht warmer Leib.« Er hat den Verdacht, dass Madame Olenska schon ein paar Stolis gekippt hat.

»Frohe Festtage, Madame Olenska.«

Als er mit Maya nach Hause geht, lässt er sich die Worte der Lehrerin durch den Kopf gehen. Er ist jetzt seit fast sieben Jahren allein. Trauer ist schwer zu ertragen, aber das Alleinsein hat ihn nie besonders gestört. Außerdem will er nicht einfach einen warmen Leib. Er will Amelia Loman mit ihrem großen Herzen und ihren unmöglichen Klamotten. Oder wenigstens eine wie sie.

Es fängt an zu schneien, und die Flocken verfangen sich in Mayas Schnurrhaaren. Er möchte ein Foto machen, aber will dafür nicht extra anhalten. »Schnurrhaare stehen dir«, sagt A.J.

Das Kompliment über ihre Schnurrhaare führt zu einer Flut von Äußerungen über die Aufführung, aber A.J. ist abgelenkt. »Weißt du, wie alt ich bin, Maya?«, fragt er.

»Ja«, sagt sie. »Zweiundzwanzig.«

»Ein gutes Stück älter.«

»Neunundachtzig?«

»Ich …« Er hält viermal hintereinander beide Handflächen hoch und dann drei Finger.

»Dreiundvierzig?«

»Sehr gut. Ich bin dreiundvierzig, und in dieser Zeit habe ich gelernt, dass es besser ist, geliebt und verloren zu haben und so weiter, und dass es besser ist, allein als mit jemandem zusammen zu sein, den man nicht wirklich mag. Stimmst du mir da zu?«

Sie nickt feierlich, um ein Haar wären ihr dabei die Mausohren abgefallen.

»Aber manchmal habe ich solche klugen Sprüche satt.« Er sieht auf das ratlose Gesicht seiner Tochter hinunter. »Hast du nasse Füße?«

Sie nickt, und er hockt sich hin, damit sie auf seinen Rücken klettern kann. »Leg mir die Arme um den Hals.« Als sie sitzt, richtet er sich auf, dabei stöhnt er ein bisschen. »Du bist ganz schön schwer geworden.«

»Was ist das?« Sie packt sein Ohrläppchen.

»Da hatte ich mal einen Ohrring«, sagt er.

»Warum? Warst du ein Pirat?«

»Ich war jung«, sagt er.

»So alt wie ich?«

»Älter. Es gab da ein Mädchen.«

»Ein Frauenzimmer?«

»Eine Frau. Sie mochte The Cure, das war eine Band, und fand es cool, mir ein Ohr zu piercen.«

Maya denkt nach. »Hattest du einen Papagei?«

»Nein. Ich hatte eine Freundin.«

»Konnte der Papagei sprechen?«

»Nein, es gab ja keinen Papagei.«

Sie versucht ihn auszutricksen. »Wie hieß der Papagei?«

»Es gab keinen Papagei.«

»Aber wenn es einen gegeben hätte, wie hätte der geheißen?«

»Woher willst du wissen, dass es ein Er war?«, fragt er.

»Oh!« Sie legt die Hand an den Mund und droht nach hinten zu kippen.

»Halt dich an meinem Hals fest, sonst fällst du runter. Vielleicht hieß sie Amy?«

»Amy, der Papagei, ich hab's gewusst. Hattest du ein Schiff?«, fragt Maya.

»Ja. Es hatte Bücher geladen und war eigentlich mehr ein Forschungsschiff. Wir haben fleißig gelernt.«

»Ey, du machst ja die Geschichte kaputt.«

»So ist es aber, Maya. Es gibt Piraten, die morden, und Piraten, die forschen, und zu denen gehörte dein Daddy.«

Im Winter ist die Insel nie ein beliebtes Reiseziel, aber in diesem Jahr ist Alice besonders unwirtlich. Die Straßen sind eine Eisbahn, und die Fährverbindungen fallen tagelang aus. Das Wetter hält selbst Daniel Parish im Haus fest. Er schreibt ein bisschen, geht seiner Frau aus dem Weg und verbringt die übrige Zeit bei A.J. und Maya.

Maya geht es wie den meisten Frauen – sie mag Daniel. Wenn er in die Buchhandlung kommt, spricht er mit ihr nicht wie mit einer Vollidiotin, nur weil sie ein Kind ist. Schon mit sechs reagiert sie allergisch auf gönnerhaftes Gehabe. Daniel fragt sie immer, was sie liest und was sie denkt. Außerdem hat er buschige blonde Augenbrauen und eine Stimme, bei der sie an Damast denken muss.

An einem Nachmittag kurz nach Neujahr sitzen Daniel und Maya in der Buchhandlung auf dem Fußboden und lesen, als sie ihn plötzlich ansieht. »Onkel Daniel, ich habe eine Frage. Gehst du nie arbeiten?«

»Ich arbeite ja gerade, Maya«, sagt Daniel.

Sie nimmt die Brille ab und putzt sie umständlich mit ihrem T-Shirt.

»Du siehst aber nicht aus, als ob du arbeitest. Du siehst aus, als ob du liest. Musst du nicht irgendwohin gehen, wo du einen Job hast? Lambiase ist Polizist. Daddy ist Buchhändler. Was machst du?«

Daniel hebt Maya hoch und trägt sie zu der Abteilung mit Autoren aus der Region. Höflichkeitshalber führt A.J. sämtliche Bücher seines Schwagers, obgleich das einzige, das sich überhaupt verkauft, sein erstes ist, *Kinder im Apfelbaum*. Daniel zeigt ihr seinen Namen auf dem Buchrücken. »Das bin ich«, sagt er. »Das ist mein Job.«

Maya macht große Augen. »Daniel Parish. Du schreibst Bücher. Du bist ein …« Sie spricht das Wort voller Ehrfurcht aus. »… ein Schriftsteller. Wovon handelt es?«

»Von den Torheiten der Menschen. Es ist eine Liebesgeschichte und eine Tragödie.«

»Das ist sehr allgemein«, stellt Maya fest.

»Es geht um eine Krankenschwester, die ihr Leben lang andere Menschen gepflegt hat. Sie hat einen Autounfall, und zum ersten Mal im Leben müssen andere Leute sie pflegen.«

»Ich weiß nicht, ob ich Lust hätte, so was zu lesen«, sagt Maya.

»Bisschen kitschig, was?«

»Nein, nein.« Sie möchte Daniel nicht kränken. »Aber ich mag Bücher mit mehr Handlung.«

»Mehr Handlung? Geht mir auch so. Jetzt aber die gute Nachricht, Miss Fikry. In der Zeit, die ich mit Lesen verbringe, lerne ich ständig, es besser zu machen«, erläutert Daniel.

Maya überlegt. »Das ist der richtige Beruf für mich.«

»So denken viele Leute, mein Kind.«

»Wie werde ich Schriftsteller?«, fragt Maya.

»Wie gesagt – durchs Lesen.«

Maya nickt. »Das mach ich ja schon.«

»Auf einem bequemen Stuhl.«

»Hab ich.«

»Dann bist du auf einem guten Weg«, sagt Daniel, ehe er sie absetzt. »Den Rest bring ich dir später bei. Ist immer nett mit dir.«

»Das sagt Daddy auch.«

»Ein Glückspilz. Und ein guter Kerl. Schlauer Vater, schlaues Kind.«

A.J. ruft Maya nach oben. »Willst du mitessen?«, fragt er Daniel.

»Ein bisschen früh für mich«, sagt Daniel. »Außerdem muss ich noch arbeiten.« Er zwinkert Maya zu.

Endlich ist es März. Das Eis auf den Straßen taut und wird zu Matsch. Die Fähren nehmen ihre Tätigkeit wieder auf, und Daniel kehrt zu seinem Wanderleben zurück. Verlagsvertreter kommen mit ihren Sommervorschauen in die Stadt, und A.J. gibt sich besondere Mühe, sie freundlich zu empfangen. Er trägt jetzt eine Krawatte, damit Maya den Unterschied zwischen »auf der Arbeit« und »zu Hause« versteht.

Vielleicht weil es die Begegnung ist, auf die er sich am meisten freut, plant er Amelias Besuch am Schluss ein. Zwei Wochen vor ihrem Termin schickt er ihr eine SMS: *Wäre das Pequod's okay? Oder wollen wir lieber was Neues ausprobieren?*

Die Queequegs gehen diesmal auf mich, antwortet sie. *Hast du* True Blood *geguckt?*

Weil dieser Winter sich sehr ungünstig auf jegliche Art von Geselligkeit auswirkte, hat A.J. tatsächlich alle vier Staffeln von *True Blood* gesehen – immer wenn Maya eingeschlafen war. Das ging überraschend schnell, weil es ihm besser als erwartet gefallen hat – eine Kreuzung aus Flannery O'Connors Südstaaten-Schauergeschichten und dem *Untergang des Hauses Usher* oder *Caligula*. Aber er will Amelia bei ihrem Besuch unvorbereitet mit seinem *True-Blood*-Wissen überraschen.

Das musst du herausfinden, wenn du kommst, schreibt er, drückt aber nicht auf »Senden«, weil er findet, dass das zu sehr nach Flirten klingt. Er weiß nicht, wann Amelias Hochzeit geplant war, sie könnte inzwischen auch schon verheiratet sein. *Bis Donnerstag*, schreibt er.

Am Mittwoch bekommt er einen Anruf von einer ihm unbekannten Telefonnummer. Der Anrufer ist Brett Brewer, der American Hero. Er hat einen Südstaatenakzent wie Bill aus *True Blood.* A.J. findet ihn aufgesetzt, aber ein American Hero hätte es doch wohl nicht nötig, sich einen falschen Südstaatenakzent zuzulegen.

»Mr. Fikry, hier Brett Brewer, ich rufe im Auftrag von Amelia an. Sie hatte einen Unfall, und ich soll Ihnen ausrichten, dass sie den Termin verschieben muss.«

A.J. lockert seine Krawatte. »Nichts Ernstes hoffentlich?«

»Ich versuche ihr ständig diese alten Stiefel auszureden. Wenn's regnet, sind sie schon in Ordnung, aber bei Glatteis ganz schön gefährlich. Sie ist auf gefrorenen Stufen hier in Providence ausgerutscht, was ich schon längst hatte kommen sehen, und hat sich den Knöchel gebrochen. Jetzt wird sie gerade operiert. Also nichts Schlimmes, aber sie ist eine Weile außer Gefecht gesetzt.«

»Grüßen Sie Ihre Verlobte bitte schön von mir«, sagt A.J.

Eine Pause. A.J. fragt sich schon, ob die Verbindung unterbrochen ist. Dann sagt Brett Brewer: »Mache ich«, und legt auf.

A.J. ist erleichtert, dass Amelia nicht schwer verletzt ist, aber ein wenig enttäuscht, dass sie nicht kommen kann. (Und auch, dass der American Hero definitiv noch im Rennen ist.)

Er überlegt, ob er Amelia Blumen oder ein Buch schicken soll, entscheidet sich dann aber für eine SMS. Er sucht nach einem *True-Blood*-Zitat, über das sie lachen kann. Beim Googeln kommen ihm alle Zitate zu anzüglich vor. Er schreibt: *Tut mir leid, dass du verletzt bist, hatte mich schon auf die Sommervorschau von Knightley gefreut. Hoffe, dass wir bald einen neuen Termin machen können. Und noch was – auch wenn es mich schmerzt, das zu sagen: »Jason Stackhouse Vampirblut zu geben ist so, als würde man einen Diabetiker mit Schokokeksen füttern.«*

Sechs Stunden später schreibt Amelia zurück: *DU HAST ES GEGUCKT!!!*

A.J.: *Yep.*

Amelia: *Könnten wir die Liste telefonisch durchgehen? Oder über Skype?*

A.J.: *Was ist Skype?*

Amelia: *Muss ich dir denn alles erst beibringen?!?*

Nachdem Amelia ihm erklärt hat, was Skype ist, verabreden sie sich auf diesem Weg.

A.J. freut sich, sie zu sehen, auch wenn es nur auf einem Bildschirm ist. Während sie die Titel durchgehen, fällt es A.J. schwer, sich zu konzentrieren. Er ist fasziniert von dem, was er hinter ihr sieht und was so typisch Amelia ist: ein Einmachglas mit fast verblühten Sonnenblumen, ein Diplom – aus Vassar, wenn er das richtig erkannt hat –, ein Wackelkopf von Hermine Granger, das gerahmte Foto einer jungen Amelia mit Menschen, in denen er ihre Eltern vermutet, eine Lampe, über die ein gepunktetes Tuch drapiert ist, ein Tacker in Form einer Keith-Haring-Figur, ein altes Buch, dessen Titel A.J. nicht erkennen kann, eine Flasche mit glitzerndem Nagellack, ein aufziehbarer Hummer, Vampirzähne aus Plastik, eine ungeöffnete Flasche guter Champagner, ein …

»Hörst du zu, A.J.?«, geht Amelia dazwischen.

»Ja, natürlich. Ich …« … *starre deine Sachen an?* »Ich hab keine Übung im Skypen. Gibt es das eigentlich als Verb?«

»Meines Wissens hat das *Oxford English Dictionary* seinen Senf noch nicht dazugegeben, aber du machst deine Sache ganz gut«, meint sie. »Ich sagte gerade, dass Knightley im Sommerprogramm nicht eine, sondern gleich zwei Kurzgeschichtensammlungen hat.«

Amelia spricht über die Sammlungen, und A.J. spioniert weiter. Was ist das bloß für ein Buch? Zu dünn für eine Bibel oder ein Lexikon. Er geht näher heran, die verblassten Goldbuchstaben sind bei so einer Videokonferenz nicht zu erkennen. Amy ist verstummt. Eindeutig ist jetzt eine Reaktion von A.J. gefragt.

»Ja, ich freue mich darauf, sie zu lesen«, sagt er.

Sie lächelt ihm zu. »Gut. Ich bringe sie heute oder morgen zur Post. Das wär's dann bis zum Herbst.«

»Hoffentlich ist dein Bein bis dahin besser, sodass du selber kommen kannst.«

»Sicher doch.«

»Was ist das für ein Buch?«

»Welches Buch?«

»Das alte Buch, das da an der Lampe lehnt, auf dem Tisch hinter dir.«

»Das möchtest du gern wissen, was? Mein Lieblingsbuch. Ein Geschenk meines Vaters zum Collegeabschluss.«

»Und was ist es nun?«

»Wenn du irgendwann mal nach Providence kommst, zeig ich's dir«, sagt sie.

A.J. sieht sie an. Das hätte kokett gemeint sein können, nur hat sie dabei nicht einmal von den Notizen aufgesehen, die sie sich gerade gemacht hat. Und trotzdem …

»Brett scheint ein netter Kerl zu sein«, sagt A.J.

»Was?«

»Ich meine, als er mich angerufen hat, um zu sagen, dass du verletzt bist und nicht kommen kannst«, erklärt A.J.

»Ach ja.«

»Er hat sich angehört wie Bill aus *True Blood*, fand ich.«

Amelia lacht. »Erstaunlich, deine beiläufigen Zitate aus *True Blood*. Das muss ich Brett erzählen, wenn ich ihn das nächste Mal sehe.«

»Wann ist übrigens die Hochzeit? Oder war sie schon?«

Sie sieht zu ihm auf. »Die ist geplatzt.«

»Das tut mir leid«, sagt A.J.

»Schon vor einer Weile. Über Weihnachten.«

»Ich hab nur gedacht, weil er angerufen hat …«

»Zu der Zeit hat er bei mir gewohnt. Ich bleibe mit all meinen Verflossenen befreundet«, sagt Amelia. »So bin ich eben.«

A.J. weiß, dass es aufdringlich ist, kann sich aber nicht bremsen. »Woran lag's denn?«

»Brett ist ein toller Typ, aber die traurige Wahrheit ist, dass wir nicht viele Berührungspunkte haben.«

»Eine gewisse Gemeinsamkeit der Empfindungen ist schon wichtig«, sagt A.J.

Amelias Telefon läutet. »Meine Mutter. Ich muss Schluss machen«, sagt sie. »Dann sehen wir uns in ein paar Monaten, okay?«

Er nickt, und Amelias Status wechselt auf »abwesend«.

A.J. googelt Folgendes: »Pädagogisch wertvolle Familienziele in Providence, Rhode Island.« Leider kommt nichts Großartiges dabei heraus, nichts, was man nicht ebenso gut in Boston machen könnte. Es gibt ein Kindermuseum, ein Puppenmuseum, einen Leuchtturm. Er entscheidet sich für den Green Animals Topiary Garden in Portsmouth. Er und Maya hatten vor einiger Zeit ein Bilderbuch gelesen, in dem in Tierform gestutzte Büsche vorkamen, und er hat den Eindruck, dass das Thema sie interessiert hat. Außerdem ist es doch gut, wenn sie hin und wieder mal von ihrer Insel herunterkommen, nicht wahr? Er wird sich mit Maya die Tiere ansehen und dann in Providence vorbeischauen, um eine kranke Freundin zu besuchen.

»Maya«, sagt er beim Abendessen, »würdest du nicht gern mal einen riesigen Formschnitt-Elefanten sehen?«

Sie wirft ihm einen Blick zu. »Deine Stimme klingt komisch.«

»Es ist cool, Maya. Erinnerst du dich noch an das Buch über solche Tiere, das wir mal zusammen gelesen haben?«

»Als ich klein war, meinst du.«

»Genau. Ich hab da einen ganzen Garten mit diesen Formschnitt-Tieren gefunden. Und weil ich sowieso nach Providence muss, um eine kranke Freundin zu besuchen, hab ich gedacht, dass wir da mal hingehen könnten.« Er holt seinen Laptop und zeigt ihr die Website.

»Okay«, sagt sie ernst. »Das würde ich gern sehen.« Sie weist darauf hin, dass laut Website der Garten in Portsmouth und nicht in Providence liegt.

»Portsmouth und Providence liegen nah beieinander«, sagt A.J. »Rhode Island ist der kleinste Staat der USA.«

Dann aber stellt sich heraus, dass Portsmouth und Providence doch nicht so nah beieinanderliegen. Es gibt zwar einen Bus, am besten kommt man aber mit dem Auto hin, und A.J. hat keinen Führerschein. Er ruft Lambiase an und bittet ihn mitzukommen.

»Die Kleine interessiert sich echt für Formschnitt-Gärten?«, fragt Lambiase.

»Sie ist ganz verrückt danach«, sagt A.J.

»Ich mein ja nur ... Bisschen komisch für ein Kind, was?«

»Sie ist eben ein komisches Kind.«

»Aber ist der Winter wirklich ideal für einen Gartenbesuch?«

»Es ist doch quasi schon Frühling. Außerdem ist Maya zurzeit ganz wild darauf. Wer weiß, ob sie sich im Sommer noch dafür interessiert.«

»Bei Kindern ändert sich so was schnell, das stimmt«, sagt Lambiase.

»Du brauchst nicht mitzukommen, wenn du nicht willst.«

»Klar komme ich mit. Wer würde nicht gern einen grünen Riesenelefanten sehen? Die Sache ist nur die: Manchmal bittet dich jemand, etwas Bestimmtes zu tun, aber dann stellt sich raus, dass es ihm um etwas ganz anderes geht, verstehst du? Ich will nur wissen, woran ich bin. Sehen wir uns einen Formschnitt-Garten an oder etwas ganz anderes? Zum Beispiel deine Freundin?«

A.J. holt tief Luft. »Ich hab mir überlegt, dass ich mal bei Amelia vorbeischauen könnte, das stimmt.«

A.J. schickt Amelia am nächsten Tag eine SMS: *Hatte vergessen zu erwähnen, dass Maya und ich nächstes Wochenende in Rhode Island sind. Statt dass du die Leseexemplare schickst, könnte ich sie abholen.*

Amelia: *Die habe ich nicht hier, sie kommen aus New York.*

A.J. seufzt. Er hätte seinen Plan besser durchdenken müssen.

Ein, zwei Minuten später schickt Amelia die nächste SMS: *Was macht ihr überhaupt in Rhode Island?*

A.J.: *Wir besichtigen den Formschnitt-Garten in Portsmouth. Maya schwärmt für so was.*

Amelia: *Ich wusste gar nicht, dass es da einen gibt. Ich würde gern mitkommen, bin aber immer noch nicht wieder richtig mobil.*

A.J. wartet ein, zwei Minuten, ehe er schreibt: *Hättest du was gegen Besucher? Wir könnten eventuell vorbeikommen.*

Sie antwortet nicht gleich. A.J. deutet ihr Schweigen so, dass sie mit Besuchern reichlich versorgt ist.

Doch am nächsten Tag schreibt Amelia: *Aber sicher, das wäre nett. Esst nicht vorher, ich mache was für dich und Maya.*

»Man kann sie fast sehen, wenn man sich auf die Fußspitzen stellt und über die Mauer guckt«, sagt A.J. Sie waren um sieben

Uhr morgens in Alice gestartet, mit der Fähre nach Hyannis und danach zwei Stunden nach Portsmouth gefahren, nur um festzustellen, dass der Green Animals Topiary Garden von November bis einschließlich Mai geschlossen ist.

A.J. kann weder seiner Tochter noch Lambiase in die Augen sehen. Es ist ein Grad unter null, aber die Scham hält ihn warm.

Maya stellt sich auf die Zehenspitzen, und als das nichts bringt, versucht sie hochzuhopsen. »Ich sehe nichts«, klagt sie.

»Hier, ich heb dich höher«, sagt Lambiase und setzt sich die Kleine mit Schwung auf die Schultern.

»Vielleicht seh ich ein bisschen was«, sagt Maya zweifelnd. »Nein, doch nicht. Sie sind alle zugedeckt.« Ihre Unterlippe zuckt. Sie sieht A.J. mit einem schmerzlichen Blick an. Lange hält er das nicht mehr aus.

Plötzlich lächelt sie ihm tröstend zu. »Aber weißt du was, Daddy? Ich kann mir vorstellen, wie der Elefant unter der Zudecke aussieht. Und der Tiger. Und das Einhorn.« Sie nickt ihrem Vater zu, als habe sie verstanden, dass diese Übung in Fantasie offenbar ein ausreichender Grund dafür war, im tiefsten Winter mit ihr hierherzufahren.

»Sehr gut, Maya.« Er kommt sich vor wie der schlechteste Vater der Welt, aber Mayas Vertrauen zu ihm ist offenbar wiederhergestellt.

»Schau mal, Lambiase! Die Einhornfrau bibbert. Sie ist froh über die Decke. Siehst du es, Lambiase?«

A.J. geht zu dem Kassenhäuschen hinüber, wo die Angestellte ihn mitfühlend anschaut. »Passiert immer wieder«, sagt sie.

»Dann glauben Sie nicht, dass ich meiner Tochter einen bleibenden Schaden zugefügt habe?«

»Wahrscheinlich schon«, meint sie, »aber wohl nicht heute. Noch kein Kind hat einen ernsthaften Schaden davongetragen, nur weil es die Formschnitt-Tiere nicht gesehen hat.«

»Selbst wenn der wahre Grund des Vaters war, eine sexy junge Frau in Providence zu besuchen?«

Das scheint die Frau nicht gehört zu haben. »Ich würde Ihnen vorschlagen, stattdessen die Jahrhundertwende-Villa hier auf dem Gelände zu besichtigen. Kinder lieben die.«

»Ach ja?«

»Manche jedenfalls. Vielleicht gehört Ihre Kleine dazu.«

In der Villa sagt Maya, dass das alles sie an *Die heimlichen Museumsgäste* erinnert, ein Buch, das Lambiase nicht kennt. »Das musst du lesen, Lambiase«, sagt Maya. »Es geht um ein Mädchen und ihren Bruder, die laufen weg …«

»Weglaufen ist kein Spaß«, sagt Lambiase stirnrunzelnd. »Als Polizeibeamter kann ich dir versichern, dass es Kindern auf der Straße nicht gut ergeht.«

»Sie gehen zu diesem großen Museum in New York City«, fährt Maya fort, »und da verstecken sie sich. Es ist …«

»Kriminell ist das«, sagt Lambiase. »Definitiv widerrechtliches Betreten, wahrscheinlich auch Einbruch.«

»Du hast nicht verstanden, worum es geht«, sagt Maya.

Bis zum Mittag sind sie mit der Villa durch, also fahren sie nach Providence und checken in ihr Hotel ein.

»Geh du Amelia besuchen«, sagt Lambiase zu A.J. »Ich hab mir gedacht, dass ich mit der Kleinen ins Kindermuseum gehe, da könnte ich ihr zeigen, warum es falsch wäre, sich in einem Museum zu verstecken. Jedenfalls in einer Welt nach dem 11. September.«

»Das ist aber nicht nötig.« A.J. hatte eigentlich Maya mitnehmen wollen, damit der Besuch bei Amelia zwangloser wirkt.

(Ja, er wäre nicht davor zurückgeschreckt, seine geliebte Tochter als Tarnung zu missbrauchen.)

»Hör auf, so betreten zu gucken«, sagt Lambiase. »Für so was sind Patenonkel schließlich da.«

A.J. kommt um kurz vor fünf bei Amelia an. Er hat einen Island-Books-Leinenbeutel voller Romane von Charlaine Harris dabei, eine gute Flasche Malbec und einen Blumenstrauß. Nachdem er geklingelt hat, findet er die Blumen plötzlich zu offensichtlich und versteckt sie unter den Polstern der Hollywoodschaukel.

Es dauert ein wenig, bis Amelia die Tür öffnet. Der Gips ist rosa und voller Autogramme wie bei der beliebtesten Schülerin im Schuljahrbuch. Sie trägt ein marineblaues Minikleid und hat ein rot gemustertes Tuch keck um den Hals gebunden. Sie sieht aus wie eine Flugbegleiterin.

»Wo ist Maya?«, fragt sie.

A.J. erklärt, dass sie im Museum ist.

Amelia legt den Kopf schief und lächelt ein bisschen. »Ist das hier vielleicht ein Date?«

A.J. spürt, dass er rot wird, während er erklärt, dass der Formschnitt-Garten geschlossen war.

»War doch nur Spaß«, sagt sie. »Komm rein.«

Amelias Haus ist unaufgeräumt, aber sauber. Eine lilafarbene Samtcouch steht darin, ein kleiner Flügel, ein Esstisch für zwölf Personen, es gibt viele Bilder von Bekannten und Verwandten, mehrere mal mehr, mal weniger gesund aussehende Zimmerpflanzen, eine einäugige getigerte Katze namens Puddleglum und natürlich überall Bücher. Das gesamte Haus riecht nach dem Essen, das sie für ihn und Maya gekocht hat, nämlich Lasagne und Knoblauchbrot.

A.J. zieht die Stiefel aus, um keinen Schmutz ins Haus zu schleppen. »Dein Haus ist genau wie du«, sagt er.

»Unaufgeräumt, unharmonisch«, sagt sie.

»Eklektisch, liebenswert.« Er räuspert sich und versucht, sich nicht unerträglich kitschig zu finden.

Sie haben gegessen und sind bei ihrer zweiten Flasche Wein, als A.J. schließlich Mut fasst und fragt, was aus Brett Brewer geworden ist.

Amelia lächelt ein wenig. »Wenn ich dir die Wahrheit sage, möchte ich nicht, dass du was Falsches dabei denkst.«

»Bestimmt nicht. Versprochen.«

Sie trinkt den Rest von ihrem Wein. »Im Herbst, als wir einander ständig geschrieben haben … Bitte glaub nicht, dass ich mich deinetwegen von ihm getrennt habe, denn das stimmt nicht. Ich habe mich von ihm getrennt, weil die Gespräche mit dir mich daran erinnert haben, wie wichtig es ist, gewisse Empfindungen und Leidenschaften mit einem Menschen zu teilen. Hört sich wahrscheinlich dumm an.«

»Nein«, sagt A.J.

Sie kneift die hübschen braunen Augen zusammen.

»Bei unserer ersten Begegnung warst du so gemein zu mir, das habe ich dir immer noch nicht verziehen.«

»Und ich hatte gehofft, du hättest es vergessen.«

»Eben nicht. Ich habe ein sehr gutes Gedächtnis, A.J.«

»Ich war ekelhaft«, sagt A.J. »Zu meiner Verteidigung kann ich nur vorbringen, dass es gerade eine sehr schwere Zeit für mich war.« Er beugt sich über den Tisch und streicht ihr eine blonde Locke aus dem Gesicht. »Als ich dich zum ersten Mal sah, habe ich gedacht, dass du aussiehst wie ein Löwenzahn.«

Sie fährt sich verlegen übers Haar. »Meine Haare sind schrecklich.«

»Es ist meine Lieblingsblume.«

»Eigentlich ist es ja ein Unkraut«, sagt sie.

»Aber du bist – umwerfend.«

»In der Schule haben sie mich Bibo genannt, wie den Vogel aus der Sesamstraße.«

»Das tut mir leid.«

»Ach, im Grunde stört es mich nicht. Ich habe meiner Mutter von dir erzählt. Sie hat gemeint, dass Typen wie du als Partner nicht viel taugen, A.J.«

»Ich weiß, und das ist schade. Denn ich mag dich sehr.«

Amelia seufzt und macht Anstalten abzuräumen.

A.J. steht auf. »Nein, lass mich das machen, du musst dich schonen.« Er stapelt das Geschirr und verstaut es in der Spülmaschine.

»Du willst also wissen, was das für ein Buch ist«, sagt sie.

»Was für ein Buch?«, fragt A.J., während er die Lasagneform einweicht.

»Das in meinem Büro, nach dem du gefragt hast. Bist du nicht deswegen gekommen?« Sie steht auf und greift nach ihren Krücken. »Um ins Büro zu kommen, muss man durchs Schlafzimmer.«

A.J. nickt. Er durchquert ihr Schlafzimmer schnell, sie soll ihn nicht für indiskret halten, und ist fast an der Tür zum Büro, als Amelia sich auf ihr Bett setzt. »Warte«, sagt sie. »Ich zeige dir das Buch morgen.« Sie klopft auf den Platz neben sich. »Mein Knöchel tut weh, sieh es mir nach, wenn die Verführungsszene nicht so raffiniert ausfällt, wie sie sein könnte.«

Er versucht, ganz cool quer durchs Zimmer wieder zu Amelias Bett zu gehen, aber cool war A.J. noch nie.

Als Amelia eingeschlafen ist, schleicht A.J. auf Zehenspitzen ins Büro.

Das Buch lehnt an der Lampe, wie an dem Tag, als sie via Skype miteinander gesprochen haben. Selbst als er es direkt vor sich hat, kann er auf dem zerschossenen Buchdeckel nichts erkennen. Er schlägt die Titelseite auf: *Ein guter Mensch ist schwer zu finden und andere Erzählungen* von Flannery O'Connor.

»Liebe Amy«, steht da als Widmung, »Mom sagt, dass dies deine Lieblingsschriftstellerin ist. Hoffentlich macht es dir nichts aus, dass ich die Titelgeschichte gelesen habe. Ich fand sie ein bisschen düster, aber sie hat mir gefallen. Alles Gute zu deiner Abschlussfeier. Ich bin so stolz auf dich. Alles Liebe – Dad.«

A.J. schlägt das Buch zu und lehnt es wieder an die Lampe.

Er schreibt einen Zettel: »Liebe Amelia, ich glaube ehrlich gesagt, ich würde es nicht aushalten, wenn du erst wieder mit der Knightley-Herbstliste nach Alice Island kommst. Liebe Grüße, A.J. F.«

Der berühmte Springfrosch von Calaveras

1865 von Mark Twain

Proto-postmoderne Erzählung über einen gewohnheitsmäßigen Spieler und seinen Frosch. Der Plot ist nicht toll, aber die Lektüre lohnt sich, weil Twain so viel Spaß an der erzählerischen Autorität hat. (Wenn ich Twain lese, habe ich oft den Verdacht, dass er mehr Spaß hat als ich.)

Der »Springfrosch« erinnert mich immer an den Besuch von Leon Friedman. Erinnerst du dich, Maya? Wenn nicht, sag Amy, sie soll dir irgendwann mal davon erzählen.

Durch die Türöffnung sehe ich euch beide auf Amys alter lilafarbener Couch sitzen. Du liest »Solomons Lied« von Toni Morrison, und sie liest »Mit Blick aufs Meer« von Elizabeth Strout. Puddleglum sitzt zwischen euch, und ich kann mich nicht erinnern, jemals so glücklich gewesen zu sein.

A. J. F.

In jenem Frühjahr gewöhnt Amelia sich an flache Schuhe und macht weit mehr Verkaufstermine bei Island Books, als streng genommen erforderlich wären.

Falls ihrem Chef das auffällt, schweigt er sich darüber aus. Verlagsarbeit ist immer noch ein Geschäft von Gentlemen und Ladys, und außerdem führt A.J. Fikry besonders viele Knightley-Titel, mehr als die meisten Buchhandlungen im sogenannten Nordostkorridor. Dem Vertriebsleiter ist es gleich, ob Liebe oder Kommerz oder beides die Verkaufszahlen hochtreibt. »Vielleicht«, sagt er zu Amelia, »sollte Mr. Fikry den Tisch mit den Knightley-Titeln noch extra anstrahlen lassen.«

In jenem Frühjahr gibt A.J. Amy einen Kuss, als sie gerade die Fähre nach Hyannis besteigen will, und sagt: »Du kannst nicht von einer Insel aus arbeiten, dazu musst du in deinem Job zu viel reisen.«

Sie hält ihn auf Armeslänge von sich und lacht ihn an.

»Stimmt, aber ist das deine Art, mich zu fragen, ob ich ganz nach Alice ziehen will?«

»Nein, ich ... Nein, ich denke vor allem an dich«, sagt A.J. »Es wäre zu umständlich für dich, nach Alice zu ziehen, darum geht's mir.«

»Richtig.« Sie zeichnet mit einem ihrer leuchtend pinkfarbenen Nägel ein Herz auf seine Brust.

»Was für ein Farbton ist das?«, fragt A.J.

»Rosarote Brille.«

Das Horn der Fähre tutet, und Amelia geht an Bord.

In jenem Frühjahr sagt A.J. zu Amelia, als sie gerade auf einen Greyhound-Bus warten: »Drei Monate im Jahr kannst du praktisch überhaupt nicht nach Alice kommen.«

»Nach Afghanistan zu pendeln wäre einfacher«, räumt sie ein. »Ich finde es übrigens schön, dass du ausgerechnet am Busbahnhof davon anfängst.«

»Ich versuche es bis zur letzten Minute erfolgreich zu verdrängen.«

»Auch eine Strategie«, sagt sie.

»Keine gute, meinst du wohl.« Er greift nach ihrer Hand. Ihre Hände sind groß, aber wohlgeformt. Pianistenhände. Bildhauerhände. »Du hast die Hände einer Künstlerin.«

Amelia verdreht die Augen. »Und den Kopf einer Verlagsvertreterin.«

Ihre Nägel sind dunkellila lackiert. »Was ist es diesmal?«

»Reise-Blues«, sagt sie. »Weil es mir gerade einfällt – hättest du etwas dagegen, dass ich Maya die Nägel lackiere, wenn ich wieder in Alice bin? Sie bittet mich ständig darum.«

In jenem Frühjahr bekommt Maya ihre erste Maniküre. Amelia geht mit Maya in den Drugstore, und Maya darf sich die Farbe aussuchen, die sie möchte.

»Wie sucht man die aus?«, fragt Maya.

»Manchmal überlege ich, wie ich mich gerade fühle«, sagt Amelia. »Manchmal überlege ich, wie ich mich gern fühlen möchte.«

Maya studiert die Reihen der Glasfläschchen. Sie greift nach einem roten und stellt es zurück. Sie nimmt ein silbern schillerndes aus dem Regal.

»Hübsch«, sagt Amelia. »Und das Beste ist – jede Farbe hat einen Namen. Dreh die Flasche um.«

Maya tut es. »Wie ein Buchtitel. Perlender Morgen«, liest sie. »Wie heißt deiner?«

Amy hat sich für ein helles Blau entschieden. »Nimm's leicht.«

An jenem Wochenende kommt Maya mit A.J. zum Dock. Sie umarmt Amelia und sagt, sie soll nicht gehen.

»Ich will ja auch nicht«, sagt Amelia.

»Und warum musst du dann?«, fragt Maya.

»Weil ich nicht hier lebe.«

»Warum lebst du nicht hier?«

»Weil mein Job anderswo ist.«

»Du könntest bei Daddy arbeiten.«

»Ausgeschlossen, er würde mich vermutlich umbringen. Außerdem mag ich meinen Job.«

Sie sieht A.J. an, der ganz geschäftig mit seinem Handy tut. Das Horn tutet. »Sag Amy auf Wiedersehen«, sagt A.J.

Amelia ruft A.J. von der Fähre aus an. »Ich kann nicht aus Providence wegziehen, du kannst nicht von Alice wegziehen. Die Situation ist ziemlich unlösbar.«

»Stimmt genau«, sagt er. »Welche Farbe hast du heute getragen?«

»Nimm's leicht.«

»Hat das eine tiefere Bedeutung?«

»Nein«, sagt sie.

In jenem Frühjahr sagt Amelias Mutter: »Es ist nicht fair dir gegenüber. Du bist sechsunddreißig und wirst nicht jünger. Wenn du wirklich ein Kind willst, kannst du keine Zeit mehr mit aussichtlosen Beziehungen verplempern, Amy.«

Und Ismay sagt zu A.J.: »Es ist nicht fair Maya gegenüber, dass du dieser Amelia eine so große Rolle in deinem Leben einräumst, wenn du es nicht wirklich ernst mit ihr meinst.«

Und Daniel sagt zu A.J.: »Keine Frau ist es wert, dass man ihretwegen sein Leben ändert.«

In jenem Frühjahr lässt das schöne Wetter A.J. und Amelia diese und andere Einwände vergessen. Als Amelia kommt, um ihm das Herbstprogramm zu verkaufen, bleibt sie zwei Wochen. Sie trägt gestreifte Shorts und Flipflops mit Gänseblümchen drauf.

»Für den Rest des Sommers werde ich dich wahrscheinlich nicht mehr sehen«, sagt sie. »Ich muss viel reisen, und im August kommt meine Mutter.«

»Ich könnte dich besuchen«, schlägt A.J. vor.

»Aber ich bin ja nicht da«, sagt Amelia. »Nur im August, und meine Mutter ist – gewöhnungsbedürftig.«

A.J. verreibt Sonnencreme auf ihrem kräftigen, weichen Rücken und kommt zu dem Schluss, dass er nicht mehr ohne sie sein kann. Er beschließt, sich etwas auszudenken, was sie nach Alice locken soll.

Sobald sie wieder in Providence ist, ruft A.J. sie über Skype an. »Ich habe nachgedacht. Wir sollten Leon Friedman im August zum Signieren nach Alice holen, solange die Sommergäste noch da sind.«

»Du kannst doch die Sommergäste nicht ausstehen«, sagt Amelia. Mehr als einmal hat sie erlebt, wie sich A.J. über die Saisonbesucher von Alice Island ereifert hat: über die Familien, die, nachdem sie bei McCollums ihr Eis gekauft haben, geradewegs in sein Geschäft kommen und ihre kleinen Kinder herumlaufen und alles betatschen lassen; die Theaterfestival-Leute mit ihrem zu lauten Lachen; die Hippies, die sich einbilden, dass einmal die Woche an den Strand zu gehen als Körperpflege ausreicht.

»Das ist nicht wahr«, sagt A.J. »Ich beschwere mich gern

über sie, aber ich verkaufe ihnen auch jede Menge Bücher. Außerdem hat Nic immer gesagt, dass entgegen landläufiger Meinung die beste Zeit, einen Autor einzuladen, der August ist. Die Leute langweilen sich dann schon so fürchterlich, dass sie, um sich abzulenken, selbst zu einer Autorenlesung gehen würden.«

»Eine Autorenlesung …«, sagt Amelia. »Ja, das ist nun wirklich Unterhaltung auf niedrigstem Niveau.«

»Im Vergleich zu *True Blood* wahrscheinlich schon.«

Das überhört sie. »Eigentlich liebe ich ja Lesungen.« Als sie gerade im Verlag angefangen hatte, war sie von ihrem damaligen Freund zu einer Alice-McDermott-Lesung geschleppt worden. Amelia glaubt sich zu erinnern, dass *Irischer Abschied* ihr nicht gefallen hat, aber als sie McDermott lesen hörte – ihre Armbewegungen sah, die Betonung bestimmter Worte –, begriff sie, dass sie den Roman bis dahin überhaupt nicht verstanden hatte. Nach der Lesung hatte sich ihr Freund in der U-Bahn bei ihr entschuldigt. »Tut mir leid, das war ja wohl ein Schuss in den Ofen.« Amelia lächelte ihn an und eröffnete ihm, dass er ihre Beziehung vergessen könne.

»Okay«, sagt Amelia zu A.J. »Unsere Pressefrau soll sich bei dir melden.«

»Aber du kommst doch auch?«

»Ich werd's versuchen. Meine Mutter besucht mich im August, deshalb …«

A.J. schlägt Amelia vor, sie solle ihre Mutter nach Alice mitbringen. »Ich würde sie gern kennenlernen«, sagt er.

»Das behauptest du nur, weil du sie noch nicht kennst.«

»Amelia, du musst kommen. Ich biete dir Leon Friedman.«

»Ich kann mich nicht erinnern, dass ich gesagt hätte, ich würde gern Leon Friedman kennenlernen«, sagt Amelia. Aber – und das ist das Schöne an Skype – er sieht sie lächeln.

Gleich am Montagvormittag ruft A.J. Leon Friedmans Pressefrau bei Knightley an. Sie ist fünfundzwanzig und total unerfahren. Sie muss Leon Friedman googeln, um rauszukriegen, welches Buch A.J. meint. »Wow, das ist meine erste Anfrage für *Späte Blüte*.«

»Das Buch ist ein echter Renner bei uns im Geschäft«, sagt A.J.

»Womöglich sind Sie sogar der Erste, der ein Event mit Leon Friedman machen will. Nein, ganz im Ernst …« Die Pressefrau legt eine Pause ein. »Ich muss nachfragen, ob er so einem Event gewachsen ist. Persönlich kenne ich ihn nicht, aber ich schau mir gerade sein Foto an, und er sieht ziemlich – gesetzt aus. Kann ich Sie zurückrufen?«

»Angenommen, er ist nicht zu gesetzt zum Reisen, würde ich gern einen Termin Ende August ausmachen, ehe alle Urlauber Alice verlassen. Dann verkauft er mehr Bücher.«

Die Pressefrau ruft zwei Tage später zurück und teilt mit, dass Leon Friedman noch nicht tot ist und im August für Island Books zur Verfügung steht.

A.J. hat seit Jahren keinen Autor mehr zu Gast gehabt – er hat einfach kein Händchen für solche Veranstaltungen. Zum letzten Mal gab es auf Alice eine Autorenlesung, als Nic noch lebte, und sie hatte immer alles organisiert. Er versucht sich zu erinnern, was sie gemacht hat.

Er bestellt Bücher, hängt im Geschäft Poster mit Leon Friedmans greisem Gesicht auf, verschickt Mitteilungen und bittet seine Bekannten und Mitarbeiterinnen, die frohe Kunde zu verbreiten. Trotzdem hat er das Gefühl, dass das nicht reicht. Nics Buchpartys hatten immer einen Aufhänger. Leon Friedman ist uralt, und das Buch war ein Flop. Beides ist als Aufhänger nicht ideal. Das Buch ist romantisch, aber unglaublich deprimierend. A.J. ruft Lambiase an. Der schlägt Tiefkühlgarnelen von Costco vor, Lambiases Standardlösung für Partys. »Hey, wenn du jetzt Autorenlesungen machst«, sagt Lambiase, »würde ich wahnsinnig gern Jeffery Deaver kennenlernen. Die Kollegen in Alice sind alle große Fans von ihm.«

Danach ruft A.J. bei Daniel an. »Eine gute Buchparty braucht vor allem jede Menge Alkohol«, sagt der.

»Gib mir mal Ismay«, bittet A.J.

»Das ist nicht besonders literarisch oder genial, aber wie wäre es mit einer Gartenparty?«, fragt Ismay. »*Späte Blüte* ... Du verstehst?«

»Ja, doch.«

»Alle tragen Blumenhüte, der Autor muss bei einem Hutwettbewerb die Siegerin küren oder so was. Das hebt die Stimmung, und wahrscheinlich kommen alle Mütter, mit denen du befreundet bist, und wenn auch nur, um sich gegenseitig mit albernen Hüten fotografieren zu können.«

A.J. überlegt. »Klingt grauenvoll.«

»Es war ja nur ein Vorschlag.«

»Aber wahrscheinlich ist es auf genau die richtige Art grauenvoll.«

»Vielen Dank für das Kompliment. Kommt Amelia?«

»Das will ich schwer hoffen«, sagt A.J. »Ich mache die verdammte Party schließlich für sie.«

Im Juli gehen A.J. und Maya zu dem einzigen guten Juwelier auf Alice Island. A.J. deutet auf einen Ring im Retrolook mit einfacher Fassung und quadratischem Stein.

»Zu schlicht«, sagt Maya. Sie entscheidet sich für einen gelben Diamanten, so groß wie das Ritz, der etwa so viel kostet wie eine Erstausgabe von *Tamerlane* in Bestzustand.

Sie einigen sich auf einen Ring aus den 1960er-Jahren mit einem Brillanten in der Mitte und einer Fassung aus emaillierten Blütenblättern.

»Wie ein Gänseblümchen«, sagt Maya. »Amy mag Blumen und fröhliche Sachen.«

A.J. findet den Ring ein bisschen kitschig, aber Maya hat recht – diesen würde Amelia sich aussuchen, er wird sie glücklich machen. Zumindest passt er zu ihren Flipflops.

Auf dem Weg zurück zur Buchhandlung sagt A.J. vorbeugend zu Maya, dass Amelia womöglich Nein sagen könnte. »Sie würde trotzdem unsere Freundin bleiben«, sagt A.J., »auch wenn sie Nein sagen sollte.«

Maya nickt, einmal und noch einmal. »Warum sollte sie Nein sagen?«

»Na ja, da gibt es viele Gründe. Dein Daddy ist nicht gerade eine gute Partie.«

Maya lacht. »Du bist albern.«

»Und der Ort, an dem wir wohnen, ist schlecht zu erreichen, und Amy muss für ihren Job viel reisen.«

»Fragst du sie bei der Buchparty?«, will Maya wissen.

A.J. schüttelt den Kopf. »Nein. Ich mag sie nicht in Verlegenheit bringen.«

»Warum würdest du sie in Verlegenheit bringen?«

»Ja, weißt du, ich möchte nicht, dass sie sich in die Enge getrieben fühlt und meint, sie müsse Ja sagen, weil viele Leute dabei sind.« Als er neun war, hatte sein Vater ihn zu einem Spiel der Giants mitgenommen. Sie saßen neben einer Frau, die in der Halbzeit über den Großbildschirm einen Heiratsantrag bekam. Als die Kamera sie im Visier hatte, sagte sie Ja, aber kaum fing das dritte Quarter an, begann sie hemmungslos zu weinen. Danach hatte sich A.J. nie mehr so recht für Football begeistern können.

»Und vielleicht möchte ich auch mich nicht in Verlegenheit bringen.«

»Nach der Party?«, fragt Maya.

»Ja, vielleicht, wenn ich den Mut dazu finde.« Er sieht Maya an. »Sag mal, ist das für dich okay?«

»Ja«, sagt sie und wischt die Brille an ihrem T-Shirt ab. »Daddy, ich hab ihr von unserem Ausflug damals erzählt.«

»Was denn genau?«

»Ich hab ihr erzählt, dass ich mir gar nichts aus Formschnitt-Gärten mache und ziemlich sicher bin, dass du damals nach Rhode Island gefahren bist, um sie zu besuchen.«

»Und warum hast du ihr das erzählt?«

»Weil sie vor ein paar Monaten gesagt hat, dass du manchmal schwer zu deuten bist.«

»Ich fürchte, das ist nur zu wahr.«

Autorinnen und Autoren sehen nie genau so aus wie auf ihren Porträtfotos, aber als A.J. Leon Friedman zum ersten Mal sieht, ist sein erster Gedanke, dass er *ganz und gar nicht* so aussieht wie auf seinem Foto. Der Leon Friedman auf dem Foto ist schmaler, seine Nase wirkt länger, und er ist glatt rasiert. Der wirkliche Leon Friedman sieht aus wie eine Kreuzung aus dem alten Ernest Hemingway und einem Kaufhaus-Weihnachtsmann: rote Knollennase, dicker Bauch, buschiger weißer Bart, Zwinkeräuglein. Der wirkliche Leon Friedman wirkt zehn Jahre jünger als auf seinem Autorenfoto. Vielleicht, denkt A.J., machen das nur sein Übergewicht und der Bart. »Leon Friedman, Romancier der Extraklasse«, stellt Friedman sich vor. Er zieht A.J. in eine ungestüme Umarmung. »Freut mich sehr. Sie müssen A.J. sein. Das Mädel bei Knightley sagt, dass Sie meinen Roman lieben. Guter Geschmack, auch wenn ich's selber sage.«

»Interessant, dass Sie das Buch einen Roman nennen«, sagt A.J. »Sehen Sie es eher als Roman denn als Memoir?«

»Ach, wissen Sie, darüber könnten wir bis zum Sankt-Nimmerleins-Tag diskutieren. Sie haben nicht zufällig einen Schluck zu trinken für mich? Mit einem Weinchen laufen diese Events für mich immer besser.«

Ismay hat für Tee und Fingerfood gesorgt, aber nicht für Alkohol. Die Lesung findet an einem Sonntag um zwei Uhr nachmittags statt, und Ismay fand, dass Alkohol weder erforderlich war noch zur Atmosphäre passte.

A.J. geht nach oben, um eine Flasche Wein zu holen. Als er wiederkommt, sitzt Maya auf Leon Friedmans Schoß.

»Ich mag *Späte Blüte*«, sagt Maya, »aber ich bin nicht sicher, ob ich zur eigentlichen Zielgruppe gehöre.«

»Hohoho, das ist eine sehr interessante Feststellung, mein Kleines«, erwidert Leon Friedman.

»Der einzige andere Schriftsteller, den ich kenne, ist Daniel Parish. Kennen Sie den?«

»Nicht, dass ich wüsste.«

Maya seufzt. »Mit Ihnen zu sprechen ist mühsamer als mit Daniel Parish. Welches ist Ihr Lieblingsbuch?«

»Hab keins, glaube ich. Erzähl mir lieber, was du dir zu Weihnachten wünschst.«

»Zu Weihnachten?«, fragt Maya. »Das ist erst in fünf Monaten.«

A.J. holt seine Tochter von Friedmans Schoß und gibt ihm stattdessen ein Glas Wein. »Vielen lieben Dank«, sagt Friedman.

»Würde es Ihnen etwas ausmachen, vor der Lesung ein paar Bücher zu signieren?« A.J. geht mit Friedman nach hinten, wo er ihn mit einem Kugelschreiber vor einen Stapel Taschenbücher setzt. Friedman will seinen Namen auf den Buchdeckel schreiben, und A.J. bremst ihn gerade noch rechtzeitig. »Normalerweise signieren die Autoren auf der Titelseite, wenn das in Ordnung für Sie ist.«

»Entschuldigung«, sagt Friedman, »ich bin neu in dem Geschäft.«

»Macht ja nichts«, sagt A.J.

»Könnten Sie mir wohl sagen, was für eine Show ich da draußen abziehen soll?«

»Zuerst«, sagt A.J., »werde ich ein paar Worte über Sie sagen, und dann habe ich mir gedacht, dass Sie das Buch vorstellen, erzählen, was Sie dazu angeregt hat, es zu schreiben, und so weiter, danach könnten Sie vielleicht ein paar Seiten lesen und Fragen aus dem Publikum beantworten, wenn noch Zeit ist. Außerdem machen wir zu Ehren des Buches einen Hutwettbewerb, und es wäre ganz toll, wenn Sie den ersten Preis vergeben könnten.«

»Hört sich fantastisch an«, sagt Friedman. »Friedman … F-R-I-E-D-M-A-N …«, spricht er beim Schreiben vor sich hin. »Das I vergisst man so leicht.«

»Ach ja?«, meint A.J.

»Eigentlich sollten es zwei E sein, oder nicht?«

Schriftsteller sind exzentrische Menschen, deshalb sagt A.J. nichts dazu. »Sie scheinen gut mit Kindern zu können«, stellt er fest.

»Yeah. Ich spiele Weihnachten bei Macy's oft den Santa Claus.«

»Wirklich? Das ist ungewöhnlich.«

»Hab wohl ein Händchen dafür.«

»Ich meine nur …« A.J. unterbricht sich, weil er überlegt, ob das, was er sagen will, Friedman vielleicht kränken könnte. »Ich meine nur, weil Sie Jude sind.«

»Yep.«

»In Ihrem Buch spielt das eine große Rolle. Vom Glauben abgefallener Jude – ist das korrekt so?«

»Nennen Sie's, wie Sie wollen«, sagt Friedman. »Sagen Sie mal, gibt's hier vielleicht was Stärkeres als Wein?«

Friedman hat schon etliche Drinks intus, als die Lesung beginnt, und A.J. vermutet, dass er deshalb mit einigen der längeren Eigennamen und Fremdspracheneinsprengseln nicht zurechtkommt: Chappaqua, *Après moi le déluge*, Hadassah, *L'chaim*, Challah und so weiter. Manche Schriftsteller sind eben keine guten Vorleser. Bei der Fragerunde gibt Friedman kurze Antworten.

Frage: Wie war das, als Ihre Frau starb?

Antwort: Traurig, verdammt traurig.

Frage: Welches ist Ihr Lieblingsbuch?

Antwort: Die Bibel. Oder *Dienstags bei Morrie*. Aber wahrscheinlich doch die Bibel.

Frage: Sie sehen jünger aus als auf Ihrem Foto.

Antwort: Ach ja? Besten Dank.

Frage: Wie war es, bei einer Zeitung zu arbeiten?

Antwort: Ich hatte ständig schmutzige Hände.

Besser läuft es beim Hutwettbewerb und beim Signieren. Die Veranstaltung ist gut besucht, und die Schlange reicht bis zur Tür hinaus. »Sie hätten Absperrungen aufstellen sollen, wie wir das bei Macy's machen«, meint Friedman.

»Absperrungen sind in meiner Branche nur selten nötig«, sagt A.J.

Amelia und ihre Mutter sind die Letzten, die ihre Bücher signieren lassen.

»Ich freue mich so sehr, Sie kennenzulernen«, sagt Amelia.

»Mein Freund und ich wären ohne Ihr Buch wahrscheinlich nie zusammengekommen.«

A.J. tastet nach dem Verlobungsring in seiner Tasche. Ist es jetzt so weit?

»Umarmen Sie mich«, sagt Friedman zu Amelia. Sie beugt sich über den Tisch, und A.J. ist sich ziemlich sicher, dass der Alte in Amelias Bluse starrt.

»Das ist die Macht der Dichtung«, sagt Friedman.

Amelia sieht ihn an. »Stimmt.« Sie macht eine Pause. »Nur ist es ja keine Dichtung, es ist ja wirklich passiert.«

»Na klar, Schätzchen«, sagt Friedman.

A.J. geht dazwischen. »Vielleicht wollte Mr. Friedman sagen, dass es die Macht des Erzählens ist.«

Amelias Mutter, die so groß ist wie ein Grashüpfer und so gefährlich wie eine Gottesanbeterin, sagt: »Vielleicht will Mr. Friedman sagen, dass eine Beziehung, die auf der Liebe zu einem Buch basiert, nicht gerade die idealste Beziehung ist.« Sie streckt Mr. Friedman die Hand hin. »Margaret Loman. Mein Gatte ist vor ein paar Jahren auch gestorben. Amelia, meine Tochter, hat mich gezwungen, Ihr Buch für meinen Widows-of-Charleston-Buchklub zu lesen. Alle fanden es wundervoll.«

»Wie nett. Wie …« Friedman lächelt Mrs. Loman strahlend an. »Wie …«

»Ja?«, fragt Mrs. Loman.

Friedman räuspert sich, dann wischt er sich den Schweiß von Stirn und Nase. Rot im Gesicht sieht er dem Weihnachtsmann ähnlicher denn je. Er macht den Mund auf, als wolle er etwas sagen, dann kotzt er über den Stapel signierter Bücher und die beigefarbenen Ferragamo-Pumps von Amelias Mutter. »Hab offenbar zu viel getankt«, sagt er und rülpst.

»Offensichtlich«, sagt Mrs. Loman.

»A.J.s Wohnung ist gleich hier oben, Mom«, sagt Amelia und deutet auf die Treppe.

»Er wohnt über dem Geschäft?«, fragt Mrs. Loman. »Das ist ja sehr interessant. Ich …« In diesem Moment rutscht Mrs. Loman in der rasch größer werdenden Pfütze von Erbrochenem aus. Sie fängt sich wieder, aber ihr Hut, der beim Wettbewerb einen der vorderen Plätze ergattert hatte, ist nicht zu retten.

Friedman wendet sich an A.J. »Bitte vielmals um Verzeihung, Sir. War wohl ein Tick zu viel Alkohol. Eine Zigarette und frische Luft beruhigen manchmal meinen Magen. Wenn jemand mich nach draußen bringen könnte …« A.J. führt Friedman zur Hintertür.

»Was ist denn passiert?«, fragt Maya. Weil sie sich für die Friedman-Lesung nicht begeistern konnte, hatte sie sich wieder in *Diebe im Olymp* vertieft. Sie geht zum Signiertisch, und als sie das Erbrochene sieht, übergibt sie sich ebenfalls.

Amelia stürzt auf Maya zu. »Alles in Ordnung?«

»Das hab ich hier nicht erwartet«, sagt Maya. Inzwischen übergibt sich Leon Friedman in der Gasse neben dem Laden abermals.

»Vielleicht eine Lebensmittelvergiftung?«, vermutet A.J.

Friedman antwortet nicht.

»Vielleicht die Überfahrt? Oder die Aufregung? Die Hitze?« A.J. weiß nicht, warum er das Gefühl hat, so viel reden zu müssen. »Kann ich Ihnen etwas zu essen bringen, Mr. Friedman?«

»Haben Sie ein Feuerzeug?«, fragt Friedman heiser. »Ich hab meins drinnen in meiner Tasche gelassen.«

A.J. läuft zurück ins Geschäft. Er findet Friedmans Tasche nicht. »Ich brauche ein Feuerzeug!«, schreit er. Es kommt selten vor, dass er laut wird. »Ist hier niemand, der mir ein Feuerzeug besorgen kann?«

Aber alle sind weg, bis auf eine Angestellte, die mit der Kasse beschäftigt ist, und ein, zwei Nachzügler aus der Signierstunde. Eine elegant gekleidete Frau in Amelias Alter öffnet ihre geräumige Lederhandtasche.

»Kann sein, dass ich eins habe.«

A.J. steht da und schäumt, während die Frau des Längeren und vergeblich in der Tasche herumkramt, die mehr nach Reisegepäck aussieht. Deshalb, denkt er, sollte man Schriftsteller nie ins Geschäft lassen. »Tut mir leid«, sagt sie. »Ich habe mit dem Rauchen aufgehört, nachdem mein Vater an einem Emphysem gestorben ist, aber ich dachte, dass ich vielleicht noch ein Feuerzeug hätte.«

»Schon in Ordnung. Oben habe ich eins.«

»Ist dem Autor etwas zugestoßen?«, fragt die Frau.

»Das Übliche«, sagt A.J. und läuft zur Treppe.

In seiner Wohnung findet er Maya allein vor. Sie hat Tränen in den Augen. »Ich hab mich übergeben, Daddy.«

»Das tut mir leid.« A.J. ortet das Feuerzeug in seiner Schublade. Er knallt die Schublade zu. »Wo ist Amelia?«

»Machst du ihr jetzt einen Antrag?«, fragt Maya.

»Nein, Schätzchen, nicht gerade jetzt. Ich muss einem Alkoholiker ein Feuerzeug bringen.«

Sie überlegt kurz. »Kann ich mitkommen?«

Er nimmt Maya hoch, die eigentlich zu groß ist, um noch getragen zu werden.

Sie gehen die Treppe hinunter und durch die Buchhandlung nach draußen zu Friedman. Um Friedmans Kopf wabert Rauch, und ein merkwürdig gurgelndes Geräusch ist zu hören.

»Ich habe Ihre Tasche nicht gefunden«, sagt A.J.

»Hatte sie die ganze Zeit bei mir«, sagt Friedman.

»Was ist denn das für eine Pfeife?«, fragt Maya. »So eine hab ich noch nie gesehen.«

Spontan will A.J. Maya die Augen zuhalten, aber dann lacht er. Ist Friedman tatsächlich mit einer kompletten Kifferausrüstung an Bord eines Flugzeugs gegangen? Er sieht seine Tochter an. »Maya, weißt du noch, wie wir letztes Jahr *Alice im Wunderland* gelesen haben?«

»Wo ist Friedman?«, fragt Amelia.

»Ist auf dem Rücksitz von Ismays SUV umgekippt«, sagt A.J.

»Arme Ismay.«

»Die ist daran gewöhnt. Sie begleitet Daniel seit Jahren zu seinen Medienevents.« A.J. verzieht das Gesicht. »Anständigerweise müsste ich wohl mitfahren.« Eigentlich hatte Ismay Friedman allein zur Fähre und dann zum Flughafen fahren sollen, aber das kann A.J. seiner Schwägerin nicht antun.

Amelia gibt ihm einen Kuss. »Brav. Ich passe auf Maya auf und mache hier sauber«, sagt sie.

»Danke dir. Aber es ärgert mich«, sagt A.J. »Dein letzter Tag hier.«

»Zumindest war er denkwürdig. Lieb, dass du Leon Friedman hergelockt hast, auch wenn er nicht ganz so ist, wie ich ihn mir vorgestellt hatte.«

»Nicht ganz so.« Er küsst Amelia, dann runzelt er die Stirn. »Ich hab es mir romantischer vorgestellt.«

»Es war doch romantisch, sehr sogar. Was ist romantischer als ein geiler alter Säufer, der einem fast in den Ausschnitt kotzt?«

»Er ist mehr als nur ein Säufer.« A.J. tut, als ob er an einem Joint zieht.

»Vielleicht hat er Krebs oder so was«, sagt Amelia.

»Vielleicht.«

»Immerhin hat er gewartet, bis die Veranstaltung zu Ende war«, sagt sie.

»Das war ja das Schlimme«, sagt A.J.

Ismay hupt.

»Damit bin ich gemeint«, sagt A.J. »Musst du wirklich mit deiner Mutter zurück ins Hotel?«

»Von Müssen kann keine Rede sein. Ich bin erwachsen, A.J.«, sagt Amelia. »Aber morgen müssen wir sehr früh los.«

»Ich habe wohl keinen sehr guten Eindruck gemacht«, sagt A.J.

»Das macht niemand. Mach dir deswegen keine Gedanken.«

»Warte auf mich, wenn du kannst.« Ismay hupt wieder, und A.J. rennt los.

Amelia fängt an, Ordnung im Laden zu machen. Sie putzt erst das Erbrochene weg und lässt Maya weniger ekligen Müll wie Blütenblätter und Plastikbecher wegräumen. In der hintersten Reihe sitzt die Frau, die zuvor erfolglos nach dem Feuerzeug gesucht hat. Sie trägt einen weichen grauen Filzhut und ein seidenes Maxikleid. Beides sieht aus, als könnte es aus einem Secondhandladen sein, aber Amelia sieht, dass es teure Sachen sind. »Haben Sie sich die Lesung angehört?«, fragt Amelia.

»Ja«, sagt die Frau.

»Wie fanden Sie ihn?«

»Sehr lebendig«, sagt die Frau.

»Ja, das stimmt.« Amelia drückt einen Schwamm in einen Eimer aus. »Ich muss gestehen, dass er nicht ganz das war, was ich erwartet hatte.«

»Was hatten Sie denn erwartet?«, fragt die Frau.

»Ich hatte ihn mir intellektueller vorgestellt, glaube ich. Klingt versnobt, es ist vielleicht nicht das richtige Wort. Weiser vielleicht.«

Die Frau nickt. »Ich verstehe.«

»Meine Erwartungen waren wohl zu hochgesteckt. Ich arbeite für seinen Verleger. Von allen Büchern, die ich verkauft habe, war mir seines das liebste.«

»Und warum?«, fragt die Frau.

»Ich …« Amelia sieht die Frau an. Sie hat gütige Augen. Amelia hat sich oft von gütigen Augen zum Narren halten lassen. »Ich hatte kurz davor meinen Vater verloren, und etwas in seinem Tonfall hat mich wohl an ihn erinnert. Außerdem enthielt es so viele Wahrheiten.« Amelia macht sich ans Ausfegen.

»Bin ich Ihnen im Weg?«, fragt die Frau.

»Nein, bleiben Sie nur.«

»Ich habe ein schlechtes Gewissen, weil ich Ihnen nur zusehe«, sagt die Frau.

»Ich fege gern, und so fein, wie Sie angezogen sind, können Sie nicht helfen.« Amelia fegt mit langen, rhythmischen Bewegungen.

»Verlangt man von den Verlagsangestellten, dass sie nach den Lesungen aufräumen?«, fragt die Frau.

Amelia lacht. »Nein. Ich bin die Freundin des Buchhändlers und helfe heute nur aus.«

Die Frau nickt. »Er muss ein großer Fan des Buches gewesen sein, dass er Leon Friedman nach so vielen Jahren hierhergebracht hat.«

»Ja.« Amelia senkt die Stimme zu einem Flüstern. »Er hat es eigentlich für mich getan. Es war das erste Buch, das wir gemeinsam geliebt haben.«

»Wie schön. Wie mit dem ersten Restaurant, in das man zusammen geht, oder mit dem ersten Lied, zu dem man gemeinsam tanzt.«

»Ganz genau.«

»Vielleicht will er Ihnen einen Antrag machen?«, sagt die Frau.

»Das habe ich mir auch schon überlegt.«

Amelia leert die Kehrschaufel in den Mülleimer.

»Warum hat sich Ihrer Meinung nach das Buch nicht verkauft?«, fragt die Frau nach einer kleinen Pause.

»*Späte Blüte?* Na ja, die Konkurrenz ist groß. Und selbst bei einem wirklich guten Buch klappt es eben manchmal nicht.«

»Das muss hart sein«, sagt die Frau.

»Schreiben Sie vielleicht an einem Buch?«

»Ich habe es versucht, ja.«

Amelia hält inne und sieht die Frau an. Sie hat lange braune Haare, gut geschnitten und ganz glatt. Ihre Handtasche kostet schätzungsweise so viel wie Amelias Auto. Amelia streckt der Frau die Hand hin und stellt sich vor.

»Amelia Loman.«

»Leonora Ferris.«

»Leonora. Wie Leon«, meldet Maya sich zu Wort. Sie hat einen Milkshake getrunken und ist komplett wiederhergestellt. »Ich bin Maya Fikry.«

»Sind Sie aus Alice?«, fragt Amelia.

»Nein, ich bin nur heute hier. Zu der Lesung.« Leonora steht auf, und Amelia klappt ihren Stuhl zusammen und stellt ihn an die Wand.

»Sie müssen auch ein großer Fan des Buches sein«, sagt sie. »Da mein Freund wie gesagt hier wohnt, weiß ich aus Erfahrung, dass es nicht so einfach ist, nach Alice zu kommen.«

»Das stimmt.« Leonora greift nach ihrer Handtasche. Plötzlich kommt Amelia ein Gedanke. Sie dreht sich um und sagt: »Niemand reist ohne Ziel. Wer sich verlaufen hat, will sich verlaufen.«

»Sie zitieren *Späte Blüte*«, sagt Leonora nach einer langen Pause. »Es war wirklich Ihr Lieblingsbuch.«

»Ja«, sagt Amelia. »Als ich jung war, fühlte ich mich nie jung. Irgendwie so. Können Sie sich noch erinnern, wie das Zitat weiterging?«

»Nein«, sagt Leonora.

»Schriftsteller erinnern sich nicht immer an alles, was sie schreiben«, sagt Amelia. »Das wäre ja unmöglich.«

»Es war nett, mit Ihnen zu sprechen.« Leonora geht zur Tür.

Amelia legt ihr eine Hand auf die Schulter.

»Sie sind er, nicht? Sie sind Leon Friedman.«

Leonora schüttelt den Kopf. »Nicht direkt.«

»Was soll das heißen?«

»Vor langer Zeit hat eine junge Frau einen Roman geschrieben und versucht, ihn zu verkaufen, aber niemand wollte ihn haben. Es ging um einen alten Mann, der seine Frau verloren hatte, und es kamen weder übernatürliche Wesen vor, noch gab es eine besonders ausgeklügelte Handlung, und da sagte sie sich, am einfachsten wäre es, dem Buch einen neuen Titel zu verpassen und es als Biografie auszugeben.«

»Das … Das ist unrecht«, stottert Amelia.

»Nein. Alles, was in dem Buch steht, ist emotional wahr, auch wenn es nicht buchstäblich die Wahrheit ist.«

»Und wer war dieser Mann?«

»Ich habe ihn von einer Casting-Agentur. Gewöhnlich spielt er den Weihnachtsmann.«

Amelia schüttelt den Kopf. »Das verstehe ich nicht. Warum

die Lesung? Warum die Kosten und die Mühe? Warum das Risiko?«

»Das Buch war ein Flop. Und manchmal möchtest du einfach nur wissen … möchtest du erleben, dass deine Arbeit für jemanden etwas bedeutet hat.«

Amelia sieht Leonora an. »Ich komme mir ein bisschen reingelegt vor«, sagt sie schließlich. »Aber Sie sind eine wirklich gute Schriftstellerin, wissen Sie das?«

»Ich weiß«, sagt Leonora.

Sie verschwindet die Straße hinunter, und Amelia geht zurück in den Buchladen.

»Das war ein komischer Tag«, sagt Maya.

»Finde ich auch.«

»Wer war die Frau, Amy?«

»Das ist eine lange Geschichte«, sagt Amelia.

Maya verzieht das Gesicht.

»Sie war entfernt mit Mr. Friedman verwandt«, erklärt ihr Amelia.

Sie bringt Maya ins Bett, dann gönnt sie sich einen Drink und überlegt, ob sie A.J. von Leonora Ferris erzählen soll oder nicht. Sie will ihn nicht davon abbringen, Autorenlesungen zu veranstalten. Sie will auch nicht in seinen Augen dumm dastehen oder sich beruflich schaden: Sie hat ihm ein Buch verkauft, das sich als Schwindel herausgestellt hat. Und vielleicht hat Leonora Ferris recht. Vielleicht spielt es keine Rolle, ob die Handlung des Buchs streng genommen wahr ist. Sie erinnert sich an ein Seminar über Literaturtheorie in ihrem ersten Semester. *Was ist wahr?*, fragte der Dozent. *Sind nicht alle Biografien auch nur Konstrukte?* Sie war bei dieser Veranstaltung regelmäßig eingeschlafen – eine sehr peinliche Angelegenheit, weil sie nur neun Teilnehmer waren. Doch auch noch nach so vielen Jahren merkt Amelia, dass sie müde wird, wenn sie nur daran denkt.

Um kurz nach zehn kommt A.J. zurück.

»Wie war die Fahrt?«, fragt Amelia.

»Ich war nur froh, dass Friedman die meiste Zeit außer Gefecht war. Gerade habe ich zwanzig Minuten damit verbracht, die Sitze von Ismays Auto sauber zu machen«, berichtet A.J.

»Nun, ich freue mich jedenfalls schon sehr auf Ihr nächstes Buchevent, Mr. Fikry«, sagt Amelia.

»War es so katastrophal?«

»Nein. Ich glaube, dass alle sich gut unterhalten haben. Und du hast viele Bücher verkauft.« Amelia steht auf. Wenn sie jetzt nicht geht, wird sie der Versuchung nicht widerstehen können, A.J. von Leonora Ferris zu erzählen. »Ich muss ins Hotel, wir müssen früh raus morgen.«

»Nein, warte. Bleib noch ein bisschen.« A.J. tastet nach dem Schmuckkästchen in seiner Tasche. Der Sommer soll nicht zu Ende gehen, ohne dass er sie gefragt hat, komme, was da wolle. Er wird noch den Augenblick verpassen. Er fingert das Kästchen aus der Tasche.

»Entscheide dich schnell«, sagt er und wirft es in ihre Richtung.

»Was?«, fragt sie und dreht sich um. Das Schmuckkästchen trifft sie mitten auf der Stirn. »Au! Was soll der Scheiß, A.J.?«

»Ich wollte nur, dass du nicht gehst, und hab gedacht, du fängst es. Entschuldige bitte.« Er geht zu ihr und küsst sie auf die Stirn.

»Du hast ein bisschen zu hoch gezielt.«

»Du bist größer als ich, manchmal verschätze ich mich.«

Sie hebt das Kästchen auf und öffnet es.

»Für dich«, sagt A.J. »Es …« Er lässt sich auf ein Knie nieder, nimmt ihre Hand und kommt sich merkwürdig vor, wie ein Schauspieler auf der Bühne. »Lass uns heiraten«, bittet er fast gequält. »Ich weiß, dass ich auf dieser Insel festsitze, dass ich arm und ein alleinerziehender Vater bin und ein Geschäft mit sinkenden Umsatzzahlen habe. Ich weiß, dass deine Mutter mich hasst, dass ich als Gastgeber für Autorenlesungen eine Niete bin …«

»Das ist ein kurioser Heiratsantrag«, sagt sie. »Überzeug mich lieber mit deinen Stärken, A.J.«

»Ich kann nur sagen … Ich kann nur sagen, dass wir es irgendwie hinbekommen werden. Wenn ich ein Buch lese, möchte ich, dass du es zur gleichen Zeit liest. Ich will wissen, was Amelia darüber denkt. Ich will, dass du zu mir gehörst. Ich kann dir Bücher und Gespräche bieten und mein ganzes Herz, Amy.«

Sie weiß, dass das alles stimmt. Er ist aus den genannten Gründen wohl nicht das, was man eine gute Partie nennt – weder für sie noch für irgendeine andere Frau. Das Hin- und Herreisen wird eine Quälerei für sie werden. Dieser Mann, dieser A.J., ist kratzbürstig und streitlustig. Er glaubt, dass er sich nie irrt. Vielleicht stimmt das sogar.

Aber er hat sich geirrt. Der unfehlbare A.J. hat nicht gewittert, dass Leon Friedman ein Schwindler ist. Warum das in diesem Augenblick wichtig ist, weiß sie nicht recht – aber so ist es. Vielleicht ist das ein Beweis für einen jungenhaften, irrationalen Teil in ihm? Sie legt den Kopf schief. *Ich werde das Geheimnis bewahren, weil ich dich liebe.* Wie Leon Friedman (Leonora Ferris) einmal schrieb: »Eine gute Ehe ist zumindest teilweise auch eine Verschwörung.«

Sie runzelt die Stirn, und A.J. denkt, dass sie Nein sagen wird. »Ein guter Mensch ist schwer zu finden«, sagt sie schließlich.

»Meinst du die Geschichte von O'Connor? Das Buch auf deinem Schreibtisch? Ein ganz schön düsterer Gedanke ausgerechnet jetzt.«

»Nein, ich meine dich. Ich suche schon eine halbe Ewigkeit. Dabei war das, was ich gesucht habe, nur zwei Züge und eine Fähre weit entfernt.«

»Wenn du statt mit der Bahn mit dem Auto fährst, tust du dich leichter.«

»Und was weißt du schon vom Autofahren?«

Im Herbst, gleich nachdem das Laub begonnen hat, sich zu färben, heiraten Amelia und A.J.

Lambiases Mutter, die ihn als sein Date begleitet, sagt: »Ich finde Hochzeiten immer gut, aber ist es nicht besonders schön, wenn zwei wirklich erwachsene Menschen sich entschließen zu heiraten?« Lambiases Mutter würde sich freuen, wenn ihr Sohn noch mal heiraten würde.

»Ich weiß, was du meinst, Ma. Sieht nicht aus, als ob sie blindlings in die Sache reinstolpern«, sagt Lambiase.

»Er weiß, dass sie nicht vollkommen ist. Sie weiß es von ihm erst recht. Sie wissen, dass es so was wie Vollkommenheit nicht gibt.«

Maya will Ringträgerin sein, weil die Aufgabe größere Verantwortung mit sich bringt als die des Blumenkinds. »Wenn du eine Blume verlierst, holst du dir eine neue«, argumentiert Maya. »Wenn du den Ring verlierst, sind alle für immer traurig. Der Ringträger hat viel mehr Macht.«

»Du redest wie Gollum«, sagt A.J.

»Wer ist Gollum?«, will Maya wissen.

»Ein großer Nerd, den dein Vater mag«, antwortet Amelia.

Vor der Trauung bekommt Maya von Amelia ein Geschenk –

ein Kästchen mit Exlibris-Aufklebern, auf denen steht: »Dieses Buch gehört Maya *Tamerlane* Fikry.« In diesem Alter mag Maya Sachen, auf denen ihr Name steht.

»Ich freue mich, dass wir jetzt miteinander verwandt sind«, sagt Amelia. »Ich mag dich sehr, Maya.«

Maya klebt eifrig ihr erstes Exlibris in das Buch, das sie gerade liest. »Ich mag dich auch. Warte mal.« Sie holt eine Flasche orangefarbenen Nagellack aus ihrer Tasche.

»Da ist was für dich.«

»Danke dir. In Orange habe ich keinen«, sagt Amy.

»Ich weiß. Deshalb hab ich ihn ausgesucht.«

Amy dreht die Flasche um und liest: Ein guter Mann liebt Mandarinen.

A.J. hatte vorgeschlagen, Leon Friedman zur Hochzeit einzuladen, aber Amelia war dagegen. Sie einigen sich darauf, dass bei der Trauung eine von Amelias Collegefreundinnen einen Absatz aus *Späte Blüte* vorlesen soll.

»Es ist die heimliche Angst, dass wir nicht liebenswert sind, die uns isoliert«, heißt es in dem Text, »aber nur weil wir isoliert sind, glauben wir, dass wir nicht liebenswert sind. Irgendwann, du weißt nicht, wann, wirst du eine Straße entlangfahren. Und irgendwann, du weißt nicht, wann, wird er oder wird sie da sein. Du wirst geliebt werden, weil du zum ersten Mal im Leben wahrhaft nicht allein sein wirst. Du wirst dich dafür entschieden haben, nicht allein zu sein.«

Keine von Amelias anderen Collegefreundinnen kennt die Frau, die den Absatz liest, aber keine findet das besonders erstaunlich. Vassar ist ein kleines College, aber trotzdem kennt auch dort nicht jeder jeden, und Amelia hatte schon immer ein Talent dafür, sich mit Menschen aus den verschiedensten gesellschaftlichen Kreisen anzufreunden.

Mädchen in Sommerkleidern

1939 von Irwin Shaw

Verheirateter Mann interessiert sich auch für andere Frauen. Seine Frau ist damit nicht einverstanden. Zum Schluss wunderschöner Dreh, eher eine Kehrtwende. Als erfahrene Leserin wirst du sie kommen sehen. (Ist eine überraschende Wendung weniger zufriedenstellend, wenn man sie kommen sieht? Ist ein Dreh, den man nicht voraussagen kann, ein Zeichen schlechter Konstruktion? Das sind Dinge, die es beim Schreiben zu beachten gilt.)

Nicht unbedingt aufs Schreiben bezogen, aber ... Eines Tages wirst du ans Heiraten denken. Suche nach einem Menschen, für den du die einzige Person im Raum bist.

A. J. F.

Ismay wartet zu Hause in der Diele. Die Beine hat sie so gekreuzt, dass ein Fuß sich um die Wade des anderen Beins schmiegt. Sie hat mal eine Moderatorin so sitzen sehen, und das hat ihr imponiert. Eine Frau braucht dazu dünne Beine und flexible Knie. Ob das Kleid, für das sie sich entschieden hat, zu leicht ist? Es ist aus Seide, und der Sommer ist vorbei.

Sie schaut auf ihr Handy. Es ist elf, die Feier hat schon angefangen. Soll sie ohne ihn gehen?

Sie ist sowieso zu spät dran, da hat es keinen Sinn, allein loszufahren, findet sie. Falls sie wartet, kann sie ihn anschreien, wenn er kommt. Sie sucht sich ihren Spaß, wo sie kann.

Um elf Uhr sechsundzwanzig kommt Daniel. »Tut mir leid. Ein paar Kids aus meinem Kurs wollten gestern Abend noch was trinken gehen, eins kam zum anderen, du weißt ja, wie das ist.«

»Ja«, sagt sie. Inzwischen hat sie keine Lust mehr, ihn anzuschreien. Schweigen ist wirkungsvoller.

»Ich hab dann im Büro gepennt – mein Rücken bringt mich um.« Er küsst sie auf die Wange und pfeift. »Du siehst fantastisch aus. Deine Beine sind immer noch toll, Izzy.«

»Zieh dich um«, sagt sie. »Du riechst wie ein Schnapsladen. Bist du selber gefahren?«

»Ich bin nicht betrunken. Ich hab nur einen Kater. Das ist ein Unterschied, Ismay.«

»Ein Wunder, dass du noch lebst«, stellt sie fest.

»Da magst du recht haben«, sagt er, während er die Treppe hochgeht.

»Kannst du mir meine Stola mitbringen, wenn du wieder runterkommst?«, sagt sie, aber sie weiß nicht, ob er es gehört hat.

Die Hochzeit ist so, wie Hochzeiten sind und immer sein werden, denkt Ismay. A.J. wirkt zu salopp in seinem blauen Seersucker-Anzug. Hätte er sich nicht einen Smoking leihen können? Wir sind hier auf Alice Island und nicht in der Fernsehserie *Jersey Shore*. Und wo hat Amelia dieses grauenvolle pseudo-mittelalterliche Kleid her? Es ist mehr gelb als weiß, und sie sieht darin aus wie ein Hippie. Sie trägt immer diese Vintage-Outfits und hat nicht die richtige Figur dafür. Wem will sie mit diesen riesigen Gerberas im Haar was vormachen? Sie ist nun mal nicht mehr zwanzig. Und wenn sie lächelt, sieht man nur Zahnfleisch.

Seit wann bin ich so negativ?, denkt Ismay. Ihr Glück ist nicht mein Unglück. Oder vielleicht doch? Kann es sein, dass Glück und Unglück in der Welt sich immer die Waage halten? Sie sollte netter sein. Bekanntlich hinterlassen Hassgefühle ihre Spuren im Gesicht, wenn man erst mal vierzig ist. Außerdem ist Amelia attraktiv, wenn auch keine Schönheit wie Nic. Wie Maya lächelt! Sie hat noch einen Zahn verloren. Und wie A.J. strahlt! Man schaue sich diesen Glückspilz an, wie er sich Mühe gibt, keine Tränen zu verdrücken.

Ismay freut sich für A.J., aber die Hochzeit selbst ist eine harte Prüfung für sie. Der Tag macht den Tod ihrer jüngeren Schwester noch endgültiger und führt zu unerwünschten Betrachtungen über Ismays diverse Enttäuschungen. Sie ist vierundvierzig. Sie ist mit einem zu gut aussehenden Mann verheiratet, den sie nicht mehr liebt. Sie hatte in den letzten zwölf

Jahren sieben Fehlgeburten. Sie befindet sich laut ihrem Frauenarzt in der Perimenopause. So viel dazu.

Sie sieht über die anderen Gäste hinweg zu Maya hinüber. Wie hübsch sie ist – und wie schlau. Sie winkt ihr zu, aber Maya hat die Nase in einem Buch und scheint sie nicht zu bemerken. Die Kleine hat sich nie recht für Ismay erwärmen können, was alle erstaunlich finden, denn Maya ist an sich lieber mit Erwachsenen zusammen, und Ismay steht in dem Ruf, gut mit Kindern zurechtzukommen, die sie schließlich seit zwanzig Jahren unterrichtet. *Zwanzig Jahre. O mein Gott.* Unbemerkt hat sie sich von der flotten neuen Lehrerin, auf deren Beine die Jungs starren, zu der braven Mrs. Parish mit ihren faden Theaterstücken gewandelt. Alle finden es albern, wie wichtig sie diese Aufführungen nimmt. Natürlich überschätzen sie ihr Engagement. Wie viele Jahre erwartet man noch von ihr, so weiterzumachen, von einem mittelprächtigen Stück zum nächsten? Immer wieder andere Gesichter, gewiss, aber eine Meryl Streep wird keins dieser Mädchen werden.

Ismay zieht die Stola fester um die Schultern und beschließt, sich kurz die Füße zu vertreten. Sie geht den Pier hinunter, zieht die Pumps aus und läuft über den leeren Strand. Es ist Ende September, und Herbst liegt in der Luft. Wie hieß noch mal das Buch, in dem die Frau ins Meer hinausschwimmt und sich schließlich umbringt?

Es wäre so einfach, denkt Ismay. Du watest raus. Du schwimmst ein Stück. Du schwimmst zu weit. Du schwimmst nicht wieder zurück. Deine Lungen laufen voll Wasser. Es tut ein bisschen weh, aber dann ist alles vorbei. Nichts tut mehr weh, und dein Gewissen ist rein. Dieses Ende hat nichts Unappetitliches. Vielleicht wird dein Körper irgendwann angespült, vielleicht auch nicht. Daniel würde nicht mal nach ihr suchen. Oder vielleicht doch, aber nicht sehr intensiv.

Jetzt fällt es ihr ein: *Das Erwachen* von Kate Chopin. Wie sie diesen Roman (diese Novelle?) mit siebzehn geliebt hat!

Mayas Mutter hat ihrem Leben auf die gleiche Weise ein Ende gesetzt. Ismay überlegt – nicht zum ersten Mal –, ob Marian Wallace *Das Erwachen* gelesen hat. Im Lauf der Jahre hat sie viel über Marian Wallace nachgedacht.

Ismay watet ins Wasser, das noch kälter ist, als sie gedacht hat. *So ginge es,* denkt sie. Einfach nur weiterlaufen.

Vielleicht mache ich es.

»Ismay!«

Unwillkürlich dreht Ismay sich um. Es ist Lambiase, A.J.s nerviger Polizistenfreund. Er hat ihre Schuhe in der Hand.

»Bisschen kalt zum Schwimmen, oder?«

»Ein bisschen schon«, sagt sie. »Aber gut, um einen klaren Kopf zu bekommen.«

Lambiase kommt näher. »Stimmt.«

Ismay klappert mit den Zähnen, und Lambiase zieht sein Jackett aus und legt es ihr um die Schultern. »Muss hart sein«, sagt er, »dass A.J. jetzt mit einer anderen Frau verheiratet ist.«

»Ja. Aber Amelia scheint ja wirklich sehr nett zu sein.« Ismay kommen die Tränen, aber die Sonne ist fast untergegangen, und sie ist sich nicht sicher, ob Lambiase es sieht.

»Bei Hochzeiten kann man sich manchmal verdammt einsam fühlen«, sagt er.

»Ja.«

»Ich will Ihnen ja nicht zu nahe treten, und so gut kennen wir uns schließlich nicht – aber Ihr Mann ist ein Trottel. Wenn ich eine hübsche, gebildete Frau wie Sie hätte …«

»So gut kennen wir uns wirklich nicht.«

»Tut mir leid«, sagt Lambiase. »Ich bin ein ungehobelter Klotz.«

»Das nun auch wieder nicht. Sie haben mir Ihr Jackett geliehen. Danke dafür.«

»Der Herbst kommt früh in Alice«, sagt Lambiase. »Wir gehen am besten wieder rein.«

An der Bar des Pequod's, direkt unter dem Wal, den zur Feier des Tages eine Lichterkette schmückt, plaudert Daniel mit Amelias Trauzeugin. Janine, eine Hitchcock-Blondine mit Brille, ist mit Amelia zusammen im Verlag aufgestiegen und soll – was Daniel nicht weiß – dafür sorgen, dass der große Schriftsteller sich nicht danebenbenimmt.

Zur Hochzeit trägt Janine ein gelbes Vichy-Kleid, das Amelia ausgesucht und bezahlt hat. »Dass du das nie wieder anziehen wirst, ist mir klar«, hatte Amelia gesagt.

»Heikle Farbe«, sagt Daniel. »Aber du siehst toll darin aus. Janine, nicht?«

Sie nickt.

»Trauzeugin Janine«, sagt Daniel, »darf ich fragen, was du beruflich machst? Oder fällt das unter langweiliges Partygelaber?«

»Ich bin Lektorin«, sagt Janine.

»Sexy und smart. Was genau betreust du?«

»Ein Bilderbuch über Harriet Tubman, das ich lektoriert habe, wurde vor ein, zwei Jahren mit dem Caldecott-Honor-Award ausgezeichnet.«

»Beachtlich«, sagt Daniel, aber eigentlich ist er enttäuscht. Er ist auf der Suche nach einem neuen verlegerischen Zuhause. Seine Bücher laufen nicht mehr so gut wie früher, und er hat den Eindruck, dass sein derzeitiger Verleger nicht genug für ihn tut. Er würde gern dort weggehen, ehe er gegangen wird. »Das ist der wichtigste Preis, oder?«

»Es war nicht die Hauptauszeichnung, der Honor-Award fällt wohl nur unter ›ferner liefen‹.«

»Ich wette, dass du eine gute Lektorin bist.«

»Wie kommst du darauf?«

»Du hast mich nicht in dem Glauben gelassen, dass dein Buch gewonnen hat, obwohl es nur zweiter Sieger war.«

Janine sieht auf die Uhr.

»Janine sieht auf die Uhr«, sagt Daniel. »Der alte Autor langweilt sie.«

Janine lächelt. »Streich den zweiten Satz. Die Leser wissen Bescheid. Zeigen, nicht beschreiben.«

»Wenn du von so was anfängst, brauch ich einen Drink.« Daniel winkt dem Barkeeper. »Wodka. Grey Goose, wenn Sie haben. Und einen Schuss Soda. Und für dich?«, fragt er Janine.

»Ein Glas Weißwein.«

»Dieses ganze ›Show, don't tell‹ ist ein Haufen Scheiße, Trauzeugin Janine«, doziert Daniel. »Steht in Syd Fields Lehrbüchern übers Drehbuchschreiben, hat aber mit dem Schreiben von Romanen nicht das Mindeste zu tun. Romane sind Beschreibung pur. Die besten zumindest.«

»Ich habe Ihr Buch gelesen, als ich in der Highschool war«, sagt Janine.

»Wenn ich das höre, komme ich mir uralt vor.«

»Es war das Lieblingsbuch meiner Mom.«

Daniel tut, als hätte ihm jemand durchs Herz geschossen. Ismay tippt ihm auf die Schulter. »Ich fahre nach Hause«, flüstert sie ihm ins Ohr.

»Warte auf mich«, sagt Daniel und folgt ihr zum Wagen.

Ismay setzt sich ans Steuer, weil Daniel zu betrunken ist, um zu fahren. Sie wohnen in The Cliffs, der teuersten Gegend von Alice Island, wo alle Häuser Meerblick haben. Die Straße dorthin schlängelt sich schlecht beleuchtet bergauf, mit vielen toten Winkeln und mit gelben Schildern gesäumt, die dringend zur Vorsicht mahnen.

»Die Kurve hast du ein bisschen zu schnell genommen, Schatz«, sagt Daniel.

Sie überlegt, ob sie den Wagen über die Klippen fahren soll, und der Gedanke macht sie glücklich, glücklicher, als sie gewesen wäre, wenn sie nur sich allein hätte umbringen wollen. In diesem Augenblick begreift sie, dass sie nicht tot sein will. Sie will nur, dass Daniel tot oder zumindest weg ist. Ja, weg. Damit würde sie sich schon zufriedengeben.

»Ich liebe dich nicht mehr.«

»Sei nicht albern, Ismay. Bei Hochzeiten bist du immer so.«

»Du bist kein guter Mensch«, sagt Ismay.

»Ich bin kompliziert. Und vielleicht bin ich nicht gut, aber bestimmt auch nicht der Schlechteste. Das ist kein Grund, eine ganz normale Ehe zu beenden, Ismay.«

»Du bist die Grille, und ich bin die Ameise, wie in der Fabel. Und ich habe es satt, die Ameise zu sein, Daniel.«

»Das ist eine ziemlich kindische Bemerkung, Ismay. Fällt dir nichts Besseres ein?«

Ismay fährt rechts ran. Ihre Hände zittern.

»Du bist schlecht«, sagt sie. »Und was schlimmer ist, du hast auch mich zu einem schlechten Menschen gemacht.«

»Ich weiß nicht, wovon du redest.« Ein Auto fährt so dicht an ihnen vorbei, dass die Karosserie des SUV scheppert. »Hier zu parken ist Wahnsinn, Ismay. Wenn du streiten willst, lass uns das in aller Ruhe zu Hause tun.«

»Jedes Mal, wenn ich sie mit A.J. und Amelia sehe, wird mir übel. Sie sollte unser Kind sein.«

»Was?«

»Maya«, sagt Ismay. »Wenn du dich richtig verhalten hättest, würde sie uns gehören. Aber nein, wenn's schwierig wird, versagst du. Und ich habe dich machen lassen.«

Sie sieht Daniel ruhig an. »Ich weiß, dass du ein Verhältnis mit Marian Wallace hattest.«

»Das ist nicht wahr.«

»Lüg nicht. Ich weiß, dass sie hergekommen ist, um sich in deiner Nähe umzubringen. Ich weiß, dass sie dir Maya dagelassen hat, aber du warst zu faul oder zu feige, um dich zu ihr zu bekennen.«

»Wenn du das wirklich glaubtest, warum hast du nichts unternommen?«

»Weil es mich nichts anging. Ich war schwanger, und es war nicht meine Sache, deine Fehler auszubügeln.«

Wieder rast ein Wagen vorbei, der sie fast streift.

»Aber wenn du den Mut gehabt hättest, zu mir zu kommen, hätte ich sie adoptiert, Daniel. Ich hätte dir verziehen und hätte sie aufgenommen. Ich habe darauf gewartet, dass du etwas sagst, aber es ist nichts passiert. Ich habe tagelang gewartet, dann wochen- und jahrelang.«

»Glaub, was du willst, Ismay, aber ich hatte kein Verhältnis mit Marian Wallace. Sie war ein Fan von mir, eine Frau, die zu einer Lesung gekommen war.«

»Für wie blöd hältst du mich eigentlich?«

Daniel seufzt. »Eine Frau, die zu einer Lesung gekommen ist und mit der ich einmal geschlafen habe. Wie hätte ich sicher sein können, dass das Kind von mir war?« Daniel will nach Ismays Hand greifen, aber sie zuckt zurück.

»Du widerst mich an«, sagt sie. »Der letzte Rest Liebe für dich ist verschwunden.«

»Ich liebe dich immer noch«, sagt Daniel.

Plötzlich treffen Scheinwerfer den Rückspiegel. Der Aufprall kommt von hinten und schleudert den Wagen in die Straßenmitte.

»Mir ist nichts passiert, glaube ich«, sagt Daniel. »Bist du okay?«

»Mein Bein tut ziemlich weh«, sagt sie. »Könnte gebrochen sein.«

Wieder Scheinwerfer, diesmal von der anderen Straßenseite. »Du musst sofort hier wegfahren, Ismay.« Als er sich umdreht, sieht er den Laster. *Eine Wendung*, denkt er.

Im ersten Kapitel von Daniels berühmtem Debütroman gerät die Hauptfigur in einen furchtbaren Verkehrsunfall. Daniel hatte mit dieser Stelle seine Mühe gehabt, weil er alles, was er über grausige Verkehrsunfälle wusste, nur aus Büchern und aus Filmen kannte. Die Beschreibung, bei der er nach fünfzig Anläufen geblieben ist, hat ihn nie ganz befriedigt: eine Reihung von Bruchstücken im Stil von Apollinaire oder Breton vielleicht, aber bei Weitem nicht so gut.

Lichter, so grell, dass sich ihre Augen weiten. Hupen, kraftlos und zu spät.

Metall, zerknittert wie Papiertaschentücher.

Der Körper hatte keine Schmerzen, aber nur, weil der Körper fort war, anderswo.

Ja, genau so, denkt Daniel unmittelbar nach dem Aufprall, aber vor dem Tod. Die Stelle war doch nicht so übel gewesen.

TEIL II

Gespräch mit meinem Vater

1972 von Grace Paley

Sterbender Vater diskutiert mit Tochter über die »beste« Art, eine Geschichte zu schreiben. Wird dir bestimmt gefallen, Maya. Vielleicht gehe ich gleich mal nach unten und drücke dir das Buch in die Hand.

A. J. F.

In Mayas Kurs für Kreatives Schreiben lautet die Aufgabe, eine Geschichte über eine Person zu schreiben, die man gern besser kennenlernen würde. Sie schreibt: »Mein biologischer Vater ist für mich ein Phantom.« Der erste Satz ist gut, denkt sie, aber wie weiter? Nach 250 Wörtern und einem verplemperten Vormittag gibt sie auf. Es wird keine Geschichte daraus, weil sie nichts über den Mann weiß. Das Konzept war falsch.

A.J. bringt ihr ein gegrilltes Käsesandwich. »Wie läuft es, Hemingway?«

»Kannst du nicht anklopfen?« Maya nimmt das Sandwich und macht die Tür zu. Sie hat immer gern über dem Laden gewohnt, aber jetzt, wo sie vierzehn und Amelia dazugekommen ist, findet sie die Wohnung zu klein. Und zu laut. Den ganzen Tag hört sie unten die Kunden. Wie soll man unter diesen Bedingungen schreiben?

In ihrer Verzweiflung schreibt Maya über Amelias Katze.

Puddleglum hätte sich nie träumen lassen, dass er aus Providence nach Alice Island umziehen würde.

Sie ändert das zu: *Puddleglum hätte sich nie träumen lassen, dass er mal in einer Buchhandlung wohnen würde.* Effekthascherei, wird Mr. Balboni, der Dozent für Kreatives Schreiben, sagen. Sie hat schon eine Geschichte aus der Perspektive des Regens und aus der eines sehr alten Bibliotheksbuchs geschrieben. »Interessante Ideen«, hatte Mr. Balboni die Story über das Bibliotheksbuch kommentiert, »aber vielleicht versuchen Sie beim nächsten Mal über einen Menschen zu schreiben. Wollen Sie Anthropomorphisierung wirklich zu Ihrem Ding machen?«

Maya hat das Wort nachschlagen müssen und findet, dass Anthropomorphisierung nicht ihr *Ding* ist, dabei könnte man ihr daraus nicht einmal einen Vorwurf machen. Ihre Kindheit hatte sie damit verbracht, Bücher zu lesen und sich Leben für Kunden und manchmal für unbelebte Gegenstände wie die Teekanne oder den Lesezeichen-Drehständer auszudenken. Es war keine einsame Kindheit gewesen, auch wenn viele ihrer Gefährten nicht aus Fleisch und Blut gewesen waren.

Etwas später klopft Amelia. »Arbeitest du? Kannst du eine Pause machen?«

»Komm rein«, sagt Maya.

Amelia lässt sich aufs Bett fallen. »Was schreibst du?«

»Genau das ist mein Problem. Ich hatte eine Idee, aber die funktioniert nicht.«

»Erzähl.«

Maya erläutert die Aufgabe. »Es soll um einen Menschen gehen, der dir wichtig ist. Um jemanden, der schon tot ist oder den du gern besser kennenlernen würdest.«

»Du könntest über deine Mutter schreiben.«

Maya schüttelt den Kopf. Sie will Amelia nicht kränken, aber eins ist ja wohl klar: »Über sie weiß ich so wenig wie über meinen biologischen Vater.«

»Du hast zwei Jahre mit ihr zusammengelebt. Du weißt, wie sie heißt, und kennst einiges von ihrer Vorgeschichte. Das wäre ein Ausgangspunkt.«

»Was ich über sie weiß, reicht mir. Sie hatte Chancen. Sie hat alles verbockt.«

»Das ist nicht wahr«, sagt Amelia.

»Sie hat einfach aufgegeben.«

»Sie wird Gründe gehabt haben. Sie hat getan, was sie konnte.« Amelias Mutter ist vor zwei Jahren gestorben, und Amelia vermisst sie zu ihrer eigenen Überraschung sehr, auch wenn die Beziehung manchmal anstrengend war. So hatte ihre Mutter ihr bis zu ihrem Tod jeden Monat mit der Post neue Unterwäsche geschickt, Amelia hatte sich zeitlebens keine Unterwäsche zu kaufen brauchen. Neulich war sie in der Wäscheabteilung von TK Maxx, und als sie in dem Korb mit den Höschen kramte, musste sie weinen: *Nie mehr wird mich jemand so sehr lieben.*

»Über jemanden, der schon tot ist?«, fragt A. J. beim Abendessen. »Wie wäre es mit Daniel? Mit dem hast du dich doch so gut verstanden.«

»Als Kind«, sagt Maya.

»Hast du nicht seinetwegen beschlossen, Schriftstellerin zu werden?«, fragt A. J.

Maya verdreht die Augen. »Nein.«

»Sie hat für ihn geschwärmt, als sie klein war«, sagt A. J. zu Amelia.

»Dad! Das ist nicht wahr.«

»Der erste literarische Schwarm ist etwas ganz Großes«, sagt Amelia. »Bei mir war es John Irving.«

»Das ist gelogen«, sagt A. J. »Es war Ann M. Martin, die Kinderbuchautorin.«

Amelia lacht und schenkt sich noch ein Glas Wein ein. »Wahrscheinlich hast du recht.«

»Wie schön, dass ihr beide das so lustig findet«, sagt Maya. »Wahrscheinlich falle ich durch, und dann ende ich wie meine Mutter.« Sie steht auf und läuft in ihr Zimmer. Die Wohnung ist nicht für dramatische Abgänge gemacht, und sie stößt sich das Knie an einem Bücherregal. »Diese Bude ist zu klein«, faucht sie, verschwindet in ihrem Zimmer und knallt die Tür zu.

»Soll ich ihr nachgehen?«, flüstert A.J.

»Nein. Sie braucht Ellbogenfreiheit. Sie ist ein Teenager. Lass sie ein bisschen schmoren.«

»Vielleicht hat sie recht«, sagt A.J. »Die Wohnung ist zu klein.«

Seit sie verheiratet sind, suchen sie im Internet nach Häusern. Die Dachwohnung mit ihrem einen Badezimmer ist auf mysteriöse Weise geschrumpft, seitdem sie einen Teenager im Haus haben. A.J. ertappt sich dabei, dass er die Kundentoilette im Geschäft benutzt, um nicht Maya und Amelia in die Quere zu kommen. Kunden sind zivilisierter als diese beiden. Außerdem laufen die Geschäfte gut (oder sind zumindest stabil), und falls sie umziehen, könnte er die Kinderabteilung um einen Vorlesebereich erweitern oder vielleicht Geschenke und Glückwunschkarten dazunehmen.

In ihrer Preisklasse gibt es auf Alice Island nur wenige Häuser, und die sind entweder sehr klein oder sehr renovierungsbedürftig – »Einsteigermodelle« nennt A.J. sie. Allerdings findet er, dass er in seinem Alter über diese Phase der Improvisation hinaus ist. Vor Beginn der Haussuche hatte A.J. nur selten bedauernd an *Tamerlane* gedacht, das hatte sich nun geändert.

Später an diesem Abend findet Maya einen Zettel unter ihrer Tür:

Maya,
wenn du nicht weiterkommst, hilft Lesen:
»Zwei Schönheiten« von Anton Tschechow, »Das Puppenhaus« von Katherine Mansfield, »Ein herrlicher Tag für Bananenfisch« von J. D. Salinger, »Brownies« oder »Kaffee trinken anderswo« von ZZ Packer, »Auf demselben Fried-

hof wie Al Jolson« von Amy Hempel, »Dick« von Raymond Carver, »Indianerlager« von Ernest Hemingway.
Ich denke, wir haben sie alle unten. Wenn du etwas nicht findest, frag nur, allerdings kennst du dich ja besser aus als ich.
Liebe Grüße
Dad

Sie steckt die Liste in die Tasche und geht nach unten. Der Laden ist geschlossen. Sie dreht das Lesezeichen-Karussell – *Hallo, Karussell!* – und biegt dann scharf rechts ab zur Abteilung für Erwachsenenliteratur.

Maya ist nervös und ein bisschen aufgeregt, als sie Mr. Balboni die Geschichte übergibt.

Er liest den Titel. »Ein Tag am Strand.«

»Aus der Perspektive des Sandes«, sagt Maya. »Es ist Winter in Alice, und der Sand sehnt sich nach den Touristen.«

Mr. Balboni ändert seine Sitzposition, und man hört die enge schwarze Lederhose knarren. Er ermuntert seine Schüler immer, das Positive zu betonen und gleichzeitig mit kritischem und möglichst sachkundigem Blick zu lesen. »Das klingt zumindest nach einem Stimmungsbild.«

»War nur Spaß, Mr. Balboni. Ich will weg von der Anthropomorphisierung.«

»Ich freue mich auf die Lektüre.«

In der nächsten Woche verkündet Mr. Balboni, dass er eine der Geschichten vorlesen wird, und alle setzen sich ein wenig aufrechter hin. Es ist spannend, wenn man ausgewählt wird, auch wenn es dabei Kritik hagelt. Es ist spannend, kritisiert zu werden.

»Wie ist eure Meinung?«, fragt er, als er fertig ist.

»Also nichts für ungut«, sagt Sarah Pipp, »aber der Dialog ist ziemlich mies. Mir ist schon klar, worauf die Person hinauswill, aber warum arbeitet sie nicht mehr mit Kontraktionen?« Sarah Pipp rezensiert Bücher für ihren Blog namens *Paisley Unicorn Book Review*. Sie gibt immer mit den Freiexemplaren an, die sie von den Verlagen bekommt. »Und warum in der dritten Person? Warum Gegenwart? Dadurch wirkt das Ganze kindisch, finde ich.«

Billy Lieberman, der über ungerecht behandelte junge Helden schreibt, die übernatürliche und elterliche Hindernisse überwinden, sagt: »Ich kapiere überhaupt nicht, was am Schluss passiert. Sehr verwirrend.«

»Ich denke, der Schluss ist ambivalent«, sagt Mr. Balboni. »Ihr wisst ja, wir haben letzte Woche über Ambivalenz gesprochen.«

Maggie Markakis, die dieses Wahlfach nur genommen hat, weil sie Mathe und Rhetorik stundenplanmäßig nicht unter einen Hut bekommt, sagt, dass ihr die Geschichte gefällt, allerdings beanstandet sie die angeblich unstimmigen finanziellen Komponenten darin.

Abner Shochet hat mehrere Einwände: Er hat etwas gegen Geschichten, in denen die Protagonisten lügen (»Ich bin so gelangweilt von diesen unzuverlässigen Erzählern« – ein Begriff, den sie vor zwei Wochen kennengelernt haben), und er findet, was schlimmer ist, dass nichts passiert. Das stört Maya nicht, weil Abners Geschichten alle mit der gleichen Pointe aufhören: dass alles ein Traum war.

»Gefällt euch etwas an der Geschichte?«, fragt Mr. Balboni.

»Die Grammatik«, sagt Sarah Pipp.

»Mir hat gefallen, dass sie so traurig ist«, sagt John Furness. John hat lange braune Wimpern und eine Popstar-Tolle. Er hat eine Geschichte über die Hände seiner Großmutter geschrieben, die selbst die abgebrühte Sarah Pipp zu Tränen gerührt hat.

»Mir auch«, sagt Mr. Balboni. »Als Leser spricht mich vieles von dem an, was ihr ablehnt. Mir gefallen der formelle Stil und die Ambivalenz. Die Bemerkung über ›unzuverlässige Erzähler‹ lasse ich nicht gelten – wir werden den Begriff noch einmal durchnehmen müssen. Ich finde auch nicht, dass der finanzielle Aspekt schlecht weggekommen ist. Meiner Meinung nach sind diese Story und Johns ›Die Hände meiner Großmutter‹ die besten in diesem Semester, ich werde sie als Beiträge der Alicetown High School für den Kurzgeschichtenwettbewerb des Countys einreichen.«

Abner stöhnt. »Sie haben nicht gesagt, von wem die zweite Geschichte ist.«

»Ach so, ja ... Sie ist von Maya. Eine Runde Beifall für John und Maya.«

Maya versucht, nicht zu selbstzufrieden auszusehen.

»Toll, dass Mr. Balboni uns ausgesucht hat«, sagt John nach der Stunde. Er geht Maya aus ihr unerfindlichen Gründen zu ihrem Spind nach.

»Ja«, sagt Maya. »Mir hat deine Geschichte gefallen.« Sie hat ihr tatsächlich gefallen, aber eigentlich will sie selbst gewinnen. Als ersten Preis gibt es einen 150-Dollar-Gutschein für Amazon und einen Pokal.

»Was würdest du dir kaufen, wenn du gewinnen würdest?«, fragt John.

»Keine Bücher, die bekomme ich von meinem Vater.«

»Da hast du Glück«, sagt John. »Stelle ich mir super vor, in einer Buchhandlung zu wohnen.«

»Ich wohne darüber, nicht darin, und so toll ist das nicht.«

Er streicht sich das braune Haar aus den Augen. »Meine Mom lässt fragen, ob wir dich zu der Feier mitnehmen können.«

»Aber wir haben es doch heute erst erfahren«, sagt Maya.

»Ich kenne meine Mom. Sie findet Fahrgemeinschaften gut. Frag deinen Dad.«

»Es ist nur so: Mein Dad wird hinwollen, und er kann nicht Auto fahren. Deshalb wird er wahrscheinlich meine Patin oder meinen Paten bitten, uns zu fahren, und deine Mom wird ja auch hinwollen, das mit dem Mitnehmen ergibt deshalb nicht viel Sinn, glaube ich.« Es kommt ihr vor, als hätte sie eine halbe Stunde geredet.

Er lächelt sie an, und seine Tolle wippt ein bisschen.

»Kein Problem. Vielleicht können wir dich ja irgendwann woanders hinfahren?«

Die Preisverleihung findet in einer Highschool in Hyannis statt. Auch wenn es nur eine Turnhalle ist (der Geruch nach Schweiß und Tränen ist noch deutlich wahrnehmbar) und die Feier noch nicht angefangen hat, sprechen alle gedämpft, wie in der Kirche. Etwas Wichtiges und Schöngeistiges ist hier im Gange.

Von den vierzig eingereichten Geschichten der zwanzig Highschools werden nur die besten drei vorgelesen. Maya hat das Lesen ihrer Geschichte mit John Furness geübt. Sie müsse mehr atmen und langsamer lesen, hat er gesagt. Sie hat geübt, beim Lesen zu atmen, was nicht so leicht ist, wie es klingt. Sie hat sich auch seinen Vortrag angehört und ihm geraten, in seinem normalen Tonfall zu lesen statt mit dieser künstlichen Nachrichtensprecherstimme. »Ich weiß, dass du sie magst«, hat er gesagt. Jetzt spricht er ständig so mit ihr. Es nervt.

Maya sieht, dass Mr. Balboni mit einer Frau redet, die nur eine Lehrerin aus einer anderen Schule sein kann. Sie ist angezogen wie eine Lehrerin – Blümchenkleid und beigefarbene Strickjacke mit aufgestickten Schneeflocken – und nickt entschieden zu allem, was Mr. Balboni sagt. Der trägt natürlich seine Lederhose und wie immer außer Haus eine Lederjacke, also im Grunde einen Lederanzug. Maya möchte ihn mit ihrem Vater bekannt machen, weil A.J. hören soll, wie Mr. Balboni sie lobt. Sie möchte andererseits aber nicht, dass A.J. sie in Verlegenheit bringt. Letzten Monat hat Maya ihn in der Buchhandlung ihrer Englischlehrerin, Mrs. Smythe, vorgestellt, und A.J. hat der Lehrerin ein Buch in die Hand gedrückt mit der Bemerkung: »Davon werden Sie begeistert sein. Es ist hocherotisch.« Maya wäre am liebsten gestorben.

A.J. hat eine Krawatte umgebunden, und Maya trägt Jeans. Sie hatte vorher ein Kleid an, das Amelia für sie ausgesucht hatte, fand aber dann, dass sie darin aussah, als nähme sie die Sache zu wichtig. Amelia, die diese Woche in Providence ist, will sich hier mit ihnen treffen, aber wahrscheinlich wird sie sich verspäten. Maya weiß, dass sie wegen des Kleids traurig sein wird.

Die Lehrerin mit der Schneeflocken-Strickjacke klopft mit einem Stab aufs Podium und begrüßt sie zum Kurzgeschichtenwettbewerb der Island County High School. Sie lobt alle Geschichten, die diesmal besonders vielseitig und berührend gewesen seien. Sie liebt ihren Job, sagt sie und wünscht sich, alle könnten gewinnen, und dann gibt sie den ersten Finalisten bekannt.

Dass einer der Finalisten John Furness sein würde, war klar. Maya lehnt sich zurück und hört zu. Die Story ist etwas besser, als Maya sie in Erinnerung hatte. Der Vergleich der Großmutterhände mit knittrigem Seidenpapier gefällt ihr. Sie schaut A.J. an, weil sie sehen will, wie die Story auf ihn wirkt. Er macht einen abwesenden Eindruck, und Maya ist klar, dass er sich langweilt.

Die zweite Geschichte ist von Virginia Kim von der Blackheart High. »Die Reise« handelt von einem adoptierten Kind aus China. A.J. nickt ein paarmal, sie merkt, dass ihm die Story besser gefällt als »Die Hände meiner Großmutter«.

Maya fürchtet allmählich, dass sie nicht zum Zuge kommt. Gut, dass sie die Jeans angezogen hat. Als sie sich suchend nach dem schnellsten Weg zum Ausgang umsieht, steht Amelia an der Tür zur Aula. Sie reckt die Daumen hoch. »Das Kleid. Wo ist das Kleid?«, liest Maya ihr von den Lippen ab.

Maya zuckt die Schultern und wendet sich wieder der »Reise« zu. Virginia Kim trägt ein schwarzes Samtkleid mit weißem Peter-Pan-Kragen. Sie liest sehr leise, an manchen Stellen fast flüsternd, als wolle sie erreichen, dass die Zuhörer sich vorbeugen, um alles mitzubekommen.

Leider ist »Die Reise« endlos, fünfmal so lang wie »Die Hände meiner Großmutter«, und nach einer Weile hört Maya nicht mehr hin. Nach China zu fliegen dürfte schneller gehen, schätzt sie.

Wenn »Ein Tag am Strand« nicht unter die ersten drei kommt, warten bei dem anschließenden Empfang T-Shirts und Kekse. Aber wer wollte zum Empfang bleiben, wenn man nicht wenigstens unter die ersten drei kommt?

Wenn sie den zweiten oder dritten Platz erreicht, wird sie sich nicht ärgern, dass sie nicht gewonnen hat.

Wenn John Furness gewinnt, wird sie versuchen, ihn nicht zu hassen.

Wenn sie gewinnt, spendet sie vielleicht den Gutschein für einen guten Zweck. Für benachteiligte Kinder oder Waisenhäuser zum Beispiel.

Wenn sie verliert, ist das in Ordnung. Sie hat die Geschichte nicht geschrieben, um einen Preis zu bekommen oder auch nur, um eine gestellte Aufgabe zu erledigen. Wäre es nur um die Aufgabe gegangen, hätte sie über Puddleglum schreiben können. Der Kurs Kreatives Schreiben wird nur mit »bestanden« oder »nicht bestanden« benotet.

Die dritte Story wird angekündigt, und Maya greift nach A.J.s Hand.

Ein herrlicher Tag für Bananenfisch

1948 von J. D. Salinger

Ist etwas gut und wird allgemein als gut anerkannt, ist das kein hinreichender Grund dafür, es abzulehnen. (Randbemerkung: Ich habe den ganzen Nachmittag für diesen Satz gebraucht. Mein Gehirn ist immer wieder an der Formulierung »wird allgemein als gut anerkannt« gescheitert.)

»Ein Tag am Strand«, dein Beitrag für den Kurzgeschichtenwettbewerb, erinnert mich ein bisschen an die Geschichte von Salinger. Ich erwähne das, weil du meiner Meinung nach den ersten Preis hättest bekommen müssen. Die Geschichte »Die Hände meiner Großmutter« war formal, narrativ und auf jeden Fall emotional viel schlichter gestrickt. Nur Mut, Maya. Als Buchhändler kann ich dir versichern, dass Preise wichtig für den Umsatz sein können, aber für die Qualität selten entscheidend sind.

A. J. F.

PS: Besonders vielversprechend an deiner Short Story finde ich, dass sie Empathie zeigt. Warum tun Menschen das, was sie tun? Dies ist das Gütesiegel großer Literatur.

PPS: Wenn ich eine kritische Bemerkung machen darf: Du hättest vielleicht den Verweis aufs Schwimmen früher anbringen können.

PPPS: Auch dürfte den Lesern der Sinn eines Bankautomaten bekannt sein.

Ein Tag am Strand

von Maya Tamerlane Fikry
Kursleiter: Edward Balboni, Alicetown High School
Neunte Klasse

Mary ist spät dran. Sie hat ein eigenes Zimmer, teilt sich aber das Bad mit sechs anderen und hat den Eindruck, dass es ständig besetzt ist. Als sie aus dem Bad kommt, sitzt die Babysitterin auf ihrem Bett. »Ich warte seit fünf Minuten auf dich, Mary.«

»Entschuldige«, sagt Mary. »Ich wollte duschen, aber es war jemand drin.«

»Es ist schon elf«, sagt die Babysitterin. »Du hast mich bis zwölf bezahlt, und ich muss um Viertel nach zwölf woanders sein. Sieh also zu, dass du nicht zu spät zurückkommst.«

Mary bedankt sich bei der Babysitterin. Sie küsst das Köpfchen der Kleinen. »Sei brav«, sagt sie.

Mary läuft über den Campus zum Fachbereich Englisch. Sie rennt die Treppe hoch. Ihre Dozentin ist schon im Aufbruch.

»Gerade wollte ich los, Mary, ich habe nicht mehr mit dir gerechnet. Bitte, komm herein.«

Mary betritt das Büro. Die Dozentin holt Marys Hausarbeit heraus und legt sie auf den Schreibtisch. »Du hattest immer glatte Einser, Mary«, sagt sie, »und jetzt versagst du in allen Fächern.«

»Tut mir leid«, sagt Mary. »Ich will versuchen, mich zu bessern.«

»Ist irgendetwas passiert?«, fragt die Dozentin. »Du warst eine unserer besten Studentinnen.«

»Nein«, sagt Mary. Sie beißt sich auf die Lippen.

»Du hast ein Stipendium für dieses College. Schon jetzt hast du Probleme, weil deine Noten seit einer Weile schlecht sind, und wenn ich das weitergebe, wird man dir wahrscheinlich das Stipendium streichen oder dich bitten, eine Weile zu pausieren.«

»Nur das nicht«, bettelt Mary. »Ich weiß doch nicht wohin und habe kein Geld außer dem Stipendium.«

»Es ist zu deinem eigenen Besten, Mary. Du solltest nach Hause gehen und versuchen, mit dir ins Reine zu kommen. In ein paar Wochen ist Weihnachten. Deine Eltern haben bestimmt Verständnis dafür.«

Mary kommt eine Viertelstunde zu spät zurück ins Wohnheim. Die Babysitterin schaut sie genervt an. »Du bist schon wieder zu spät dran! Wenn du zu spät kommst, komme ich zu spät zu meinen Terminen. Tut mir leid, ich habe die Kleine wirklich gern, aber ich glaube nicht, dass ich weiter für dich babysitten kann.«

Mary nimmt ihr das Kind ab. »Okay«, sagt sie.

»Außerdem«, fährt die Babysitterin fort, »hast du mich für die letzten drei Male noch nicht bezahlt. Es sind zehn Dollar die Stunde, das macht also dreißig Dollar.«

»Kann ich dir die beim nächsten Mal geben?«, fragt Mary. »Ich wollte auf dem Rückweg zum Bankautomaten gehen, um dort Geld abzuheben, aber die Zeit hat nicht gereicht.«

Die Babysitterin verzieht das Gesicht. »Steck das Geld in einen Umschlag mit meinem Namen drauf und gib es in meinem Schlafsaal ab. Ich hätte es gern vor Weihnachten, ich muss noch Geschenke kaufen.«

Mary verspricht es.

»Tschüss, meine Kleine«, sagt die Babysitterin. »Fröhliche Weihnachten.«

Das Baby gurrt.

»Habt ihr zwei über die Feiertage was Besonderes vor?«, fragt die Babysitterin.

»Wahrscheinlich fahre ich mit ihr zu meiner Mom. Sie wohnt

in Greenwich, Connecticut. Sie hat immer einen riesigen Weihnachtsbaum und macht ein tolles Essen, und ich und Myra kriegen jede Menge Geschenke.«

»Klingt ja nett«, sagt die Babysitterin.

Mary steckt die Kleine in das Babytragetuch und geht zur Bank. Sie schiebt ihre Kreditkarte in den Automaten und sieht nach ihrem Kontostand. Auf dem Girokonto sind 75 Dollar und 17 Cent. Sie zieht vierzig Dollar aus dem Automaten und geht hinein, um die Scheine wechseln zu lassen.

Sie steckt dreißig Dollar in einen Umschlag für die Babysitterin. Sie kauft eine Fahrkarte für die U-Bahn und fährt bis zur Endstation. Es ist keine so schöne Gegend wie die, in der Marys College ist.

Mary geht die Straße hinunter bis zu einem verwahrlosten Haus mit Maschendraht davor. Im Vorgarten ist ein Hund an einem Pfosten angebunden. Er bellt das Kind an, und es fängt an zu weinen.

»Du musst dich nicht fürchten, Baby«, sagt Mary. »Der Hund kann dir nichts tun.«

Sie gehen ins Haus. Es ist sehr schmutzig, und überall sind Kinder. Die Kinder sind auch schmutzig. Sie sind laut und alle unterschiedlich alt. Manche sitzen in Rollstühlen oder sind anderweitig behindert.

»Hi, Mary«, sagt ein behindertes Mädchen. »Was machst du hier?«

»Ich will Mama besuchen«, sagt Mary.

»Sie ist oben. Sie fühlt sich nicht wohl.«

»Danke.«

»Ist das dein Baby, Mary?«, fragt das behinderte Mädchen Mary.

»Nein«, sagt Mary. Sie beißt sich auf die Lippen. »Ich hüte es für eine Freundin.«

»Wie ist Harvard?«, fragt das behinderte Mädchen.

»Toll«, sagt Mary.

»Wetten, dass du nur Einser hast.« Mary zuckt mit den Schultern.

»Du bist so bescheiden, Mary. Bist du noch im Schwimmkader?«

Mary zuckt wieder mit den Schultern. Sie geht die Treppe hoch, um Mama zu besuchen.

Mama ist eine krankhaft korpulente weiße Frau. Mary ist ein mageres Schwarzes Mädchen. Mama kann nicht Marys biologische Mutter sein.

»Hi, Mama«, sagt Mary. »Fröhliche Weihnachten.« Mary gibt der dicken Frau einen Kuss auf die Wange.

»Hi, Mary. Miss Ivy League. Hab nicht damit gerechnet, dass du dich hier in deiner Pflegefamilie noch mal sehen lässt.«

»Nein.«

»Ist das dein Kind?«, fragt Mama.

Mary seufzt. »Ja.«

»So eine Schande«, sagt Mama. »So intelligent – und dann ruinierst du dein ganzes Leben. Habe ich dir nicht gesagt, du sollst nie Sex haben? Habe ich dir nicht gesagt, du sollst immer verhüten?«

»Ja, Mama.« Mary beißt sich auf die Lippe. »Mama, könnte ich wohl mit der Kleinen ein bisschen hierbleiben? Ich will eine Weile Pause vom College machen, um mein Leben wieder in den Griff zu kriegen.«

»Ich würde dir ja gern helfen, Mary, aber das Haus ist voll. Ich habe kein Zimmer für dich. Du bist zu alt, ich krieg keine staatliche Hilfe für dich.«

»Ich weiß sonst nicht, wohin, Mama.«

»Also jetzt sag ich dir mal, wie ich das sehe. Du solltest dich mit dem Vater des Kindes in Verbindung setzen.«

Mary schüttelt den Kopf. »So gut kenne ich ihn nicht.«

»Dann solltest du die Kleine zur Adoption freigeben.«

Mary schüttelt erneut den Kopf. »Das kann ich nicht.«

Sie fährt zurück in ihr Wohnheim. Sie packt eine Tasche für das Kind. Sie steckt einen Plüsch-Elmo hinein. Ein Mädchen vom gleichen Flur kommt in Marys Zimmer.

»Hey, Mary, wo willst du hin?«

Mary lächelt munter. »Ich mach mit der Kleinen einen Ausflug an den Strand«, sagt sie. »Sie liebt den Strand.«

»Ist es nicht ein bisschen kalt dafür?«, fragt das Mädchen.

»Nicht wirklich«, sagt Mary. »Wir ziehen uns warm an. Außerdem ist es dort im Winter richtig schön.«

Das Mädchen zuckt mit den Schultern. »Wenn du meinst ...«

»Als ich klein war, ist mein Dad ständig mit mir am Strand gewesen.«

Mary gibt den Umschlag im Wohnheim der Babysitterin ab und kauft dann mit ihrer Kreditkarte Tickets für den Zug und die Fähre nach Alice Island.

»Für die Kleine brauchen Sie keine Fahrkarte«, sagt die Kontrolleurin zu Mary.

»Gut«, sagt Mary.

Das Erste, was Mary auf Alice Island sieht, ist eine Buchhandlung. Sie geht hinein, um sich und das Kind aufzuwärmen.

Ein Mann steht am Tresen. Er wirkt griesgrämig und trägt Laufschuhe. Im Laden läuft Weihnachtsmusik – »Have Yourself a Merry Little Christmas«.

»Dieses Lied macht mich wahnsinnig traurig«, sagt ein Kunde. »Es ist das traurigste Lied, das ich je gehört habe. Wie kommt jemand bloß auf die Idee, ein so trauriges Weihnachtslied zu schreiben?«

»Ich suche etwas zum Lesen«, sagt Mary.

Der Mann ist jetzt etwas weniger griesgrämig. »Was für Bücher lesen Sie gern?«

»Ach, eigentlich alle, aber am liebsten welche, in denen jemand große Probleme hat, sie aber schließlich überwindet. Ich weiß, dass das Leben nicht so ist. Vielleicht lese ich so was deshalb am liebsten.«

Der Buchhändler sagt, dass er genau das Richtige für sie hat, aber als er wiederkommt, ist Mary verschwunden. »Miss?«

Er lässt das Buch auf dem Ladentisch liegen für den Fall, dass sie noch mal wiederkommt.

Mary ist am Strand, aber das Kind hat sie nicht dabei.

Sie war in einem Schwimmkader. Sie war so gut, dass sie in der Highschool Landesmeisterschaften gewonnen hat. Heute sind die Wellen kabbelig, und das Wasser ist kalt, und Mary ist außer Übung.

Sie schwimmt hinaus, am Leuchtturm vorbei, und sie schwimmt nicht zurück.

ENDE

Herzlichen Glückwunsch«, sagt Maya auf dem Empfang zu John Furness. Sie hat ihr zusammengerolltes T-Shirt in der Hand, Amelia hat Mayas Urkunde: dritter Platz.

John zuckt die Schultern, und sein Haar wippt. »Ich finde, du hättest den ersten Platz verdient gehabt, aber dass zwei Geschichten aus Alicetown ins Finale gekommen sind, ist echt cool.«

»Vielleicht ist Mr. Balboni ein guter Lehrer.«

»Wir können uns den Gutschein teilen, wenn du willst«, sagt John.

Maya schüttelt den Kopf. Das möchte sie nicht.

»Was hättest du gekauft?«

»Ich hatte vor, das Geld zu spenden. Für benachteiligte Kinder.«

»Im Ernst?«, fragt er mit seiner Nachrichtensprecherstimme.

»Mein Dad hat es nicht gern, wenn wir im Internet einkaufen.«

»Du bist mir doch nicht böse?«, fragt John.

»Nein, ich freue mich für dich!« Sie gibt ihm einen kräftigen Knuff auf die Schulter.

»Au«, sagt John.

»Bis später dann. Wir müssen die Autofähre nach Alice erwischen.«

»Nehmt doch eine spätere«, sagt John. »Es ist noch reichlich Zeit, bis die letzte fährt.«

»Mein Dad hat im Geschäft zu tun.«

»Wir sehen uns in der Schule«, sagt John – wieder mit seiner Nachrichtensprecherstimme.

Auf der Heimfahrt gratuliert Amelia Maya zum dritten Platz und zu ihrer wundervollen Geschichte, und A.J. sagt nichts.

Maya denkt, dass A.J. wohl enttäuscht von ihr ist, aber als sie gerade aussteigen wollen, sagt er: »So etwas ist nie fair. Die Leute mögen, was sie mögen, das ist das Große und das Schreckliche daran. Es geht um persönlichen Geschmack und ein Zusammentreffen bestimmter Menschen an einem bestimmten Tag. Zum Beispiel waren zwei der drei Finalisten Mädchen, und deshalb könnte die Entscheidung auf den Jungen hinausgelaufen sein. Oder einer aus der Jury hat letzte Woche seine Großmutter verloren, und deshalb hat ihn die Geschichte besonders stark beeindruckt. Man weiß das nie. Aber eins weiß ich. ›Ein Tag am Strand‹ von Maya Tamerlane Fikry ist das Werk einer Schriftstellerin.«

Sie denkt, dass er sie jetzt umarmen wird, aber stattdessen schüttelt er ihr die Hand, so wie er einen Kollegen begrüßen würde – einen Autor vielleicht, der die Buchhandlung besucht.

Ihr fällt ein guter Satz ein: *An dem Tag, als mein Vater mir die Hand schüttelte, wusste ich, dass ich eine Schriftstellerin war.*

Kurz vor Ende des Schuljahrs leisten A.J. und Amelia eine Anzahlung für ein Haus. Es ist etwa zehn Minuten vom Geschäft entfernt und liegt weiter landeinwärts. Es hat zwar vier Schlafzimmer, zwei Badezimmer und die ruhige Lage, die eine junge Schriftstellerin nach A.J.s Meinung zum Arbeiten braucht, ist aber keineswegs ein Traumhaus. Die letzte Besitzerin ist dort gestorben – sie wollte nicht ausziehen, hat aber in den letzten fünfzig Jahren nicht viel für die Erhaltung des Hauses getan. Die Decken sind niedrig, etliche Tapetenschichten müssen abgetragen werden, das Fundament ist wacklig. A.J. nennt es das »In-zehn-Jahren-Haus« und meint damit, dass es in zehn Jahren gerade mal bewohnbar sein dürfte. Amelia nennt es ein »Projekt« und nimmt es sofort in Angriff. Maya, die sich gerade durch *Der Herr der Ringe* gearbeitet hat, nennt es Beutelsend. »Weil es aussieht, als ob hier ein Hobbit wohnen könnte.«

A.J. gibt seiner Tochter einen Kuss auf die Stirn. Er freut sich sehr, dass er einen so fantastischen Nerd aufgezogen hat.

Das verräterische Herz

1843 von E. A. Poe

Wie wahr, das Herz ist verräterisch!

Vielleicht weißt du nicht, Maya, dass ich vor Amelia schon einmal eine Ehefrau und schon einen Beruf hatte, ehe ich Buchhändler wurde. Ich war mit einer Frau verheiratet, die Nicole Evans hieß. Ich habe sie sehr geliebt. Sie starb bei einem Autounfall, und ein großer Teil von mir war lange danach, vermutlich bis ich dir begegnet bin, auch tot.

Nicole lernte ich im Graduiertenstudium kennen. Sie wollte Dichterin werden, arbeitete aber inzwischen glücklos an einer Dissertation über Lyrikerinnen des zwanzigsten Jahrhunderts (Adrienne Rich, Marianne Moore, Elizabeth Bishop; wie sie Sylvia Plath gehasst hat!). Ich war mit meiner Doktorarbeit über amerikanische Literatur schon ziemlich weit gediehen, in der die Darstellung des Phänomens Krankheit in den Werken von E. A. Poe untersucht werden sollte, ein Thema, das mir von Anfang an nicht sonderlich gefallen hatte, das ich aber inzwischen geradezu verabscheute. Nic meinte, es gebe bestimmt bessere, befriedigendere Möglichkeiten, ein Leben mit der Literatur zu führen.

Ich sagte: »Welche denn zum Beispiel?«

Und sie sagte: »Als Besitzer einer Buchhandlung.«

»Da bin ich aber mal neugierig ...«, sagte ich.

»Wusstest du, dass es in meiner Heimatstadt keine Buchhandlung gibt?«

»Tatsächlich? Ein Ort wie Alice sollte aber eine haben.«

»Eben«, sagte sie. »Ein Ort ist kein richtiger Ort ohne eine Buchhandlung.«

Also ließen wir das Studium sausen, nahmen das Geld aus ihrem Erbe, zogen nach Alice und machten das Geschäft auf, aus dem Island Books wurde.

Muss ich eigens erwähnen, dass wir nicht wussten, worauf wir uns da einließen?

In den Jahren nach Nicoles Unfall habe ich mir oft ausgemalt, wie mein Leben womöglich verlaufen wäre, wenn ich diese Doktorarbeit abgeschlossen hätte. Aber ich schweife ab.

Dies ist wohl die bekannteste Kurzgeschichte von E. A. Poe. In einer Schachtel, auf der Ephemera steht, findest du meine Notizen und fünfundzwanzig Seiten meiner Dissertation (von denen die meisten »Das verräterische Herz« behandeln) für den Fall, dass es dich irgendwann interessieren sollte, mehr über die Dinge zu erfahren, die dein Dad in einem anderen Leben getrieben hat.

A. J. F.

Am meisten ärgern mich an einem Buch …«, sagt Deputy Doug Lippman und nimmt sich vier Miniquiches von der Platte, die Lambiase bereitgestellt hat, »offen bleibende Fragen.« Nach vielen Jahren als Gastgeber des Chief's Choice Book Club weiß Lambiase, dass das Wichtigste, noch wichtiger als das gerade besprochene Buch, Essen und Trinken sind.

»Drei Quiches pro Person, Deputy«, sagt Lambiase, »sonst bleibt für die anderen nichts mehr.«

Der Deputy legt eine Quiche auf die Platte zurück. »Nur ein Beispiel: Was zum Kuckuck ist aus der Geige geworden? Hab ich was übersehen? Eine unbezahlbare Stradivari löst sich doch nicht in Luft auf.«

»Da ist was dran«, meint Lambiase. »Weitere Kommentare?«

»Wisst ihr, was ich auf den Tod nicht leiden kann?«, fragt Kathy vom Morddezernat. »Schlampige Ermittlungsarbeit. Wenn die zum Beispiel alle keine Handschuhe tragen, möchte ich schreien: *Hört auf, ihr kontaminiert den Tatort!*«

»Bei Deaver findet ihr so was nicht«, sagt Sylvio, der Dispatcher.

»Wenn sie nur alle wie Deaver wären«, sagt Lambiase.

»Aber noch mehr als schlechte Polizeiarbeit hasse ich zu schnelle Lösungen«, sagt Kathy vom Morddezernat.

»Die bringt nämlich sogar Deaver. Es braucht Zeit, Antworten zu finden. Manchmal Jahre. Man muss lange mit einem Fall leben.«

»Gutes Argument, Kathy.«

»Diese Miniquiches sind übrigens große Klasse.«

»Costco«, sagt Lambiase.

»Die weiblichen Figuren sind mir meistens zu blöd«, sagt Rosie, die Feuerwehrfrau. »Bei der Polizei sind das immer Ex-Models aus Familien von Cops, die alle eine Macke haben.«

»Abgeknabberte Nägel«, sagt Kathy. »Störrisches Haar. Großer Mund.«

Rosie, die Feuerwehrfrau, lacht. »Das Wunschbild einer Frau im Polizeidienst.«

»Also, ich hab nichts gegen solche Wunschbilder«, sagt Deputy Dave.

»Vielleicht will der Autor damit sagen, dass es nicht um die Geige geht?«, meint Lambiase.

»Klar geht es um die Geige«, sagt Deputy Dave.

»Vielleicht geht es darum, wie die Geige unser aller Leben bestimmt?«, fährt Lambiase fort.

»Buh«, sagt Rosie, die Feuerwehrfrau, und zeigt mit den Daumen nach unten. »Buuuh!«

A.J. steht hinter dem Tresen und hört sich die Diskussion an. Von den zehn oder zwölf Buchklubs, die bei Island Books tagen, ist ihm Chief's Choice bei Weitem der liebste.

»Gib mir Rückendeckung, A.J.«, ruft Lambiase ihm zu. »Man muss nicht immer wissen, wer die Geige gestohlen hat.«

»Nach meiner Erfahrung befriedigt den Leser ein Buch mehr, wenn er es weiß«, sagt A.J. »Allerdings habe ich auch nichts gegen Ambivalenzen.«

Der Beifall der Gruppe übertönt den nachgeschobenen Satz.

»Verräter!«, schreit Lambiase.

A.J. zuckt mit den Schultern. In diesem Augenblick kommt Ismay herein. Die Gruppe diskutiert weiter über das Buch, aber

Lambiase muss ständig Ismay ansehen. Sie trägt ein weißes Sommerkleid mit weitem Rock, der ihre superschmale Taille betont. Das rote Haar ist wieder lang und macht ihr Gesicht weicher. Er muss an die Orchideen denken, die seine Ex-Frau am Wohnzimmerfenster gezogen hat.

Ismay geht zu A.J. und legt ihm einen Zettel auf den Tresen. »Ich habe mich endlich für ein Stück entschieden«, sagt sie, »und brauche fünfzig Exemplare von *Unsere kleine Stadt*.«

»Ein Klassiker«, sagt A.J.

Viele Jahre nach Daniel Parishs Tod und eine halbe Stunde nach Chief's Choice findet Lambiase, dass die Zeit reif ist, A.J. ein besonderes Anliegen zu unterbreiten. »Hoffentlich hältst du mich jetzt nicht für zudringlich, aber könntest du versuchen rauszukriegen, ob deine Schwägerin an einem Date mit einem nicht übel aussehenden Polizeibeamten interessiert wäre?«

»Wen meinst du?«

»Mich. Das mit dem nicht übel aussehenden Typen war ein Scherz, ich weiß, dass ich keinen Schönheitswettbewerb gewinnen könnte.«

»Nein, ich wollte wissen, wen ich fragen soll. Amelia ist ein Einzelkind.«

»Nicht Amelia. Ich meine Ismay, deine Ex-Schwägerin.«

»Ach so, Ismay.« Eine Pause. »Ismay? Wirklich?«

»Yeah. Ich hatte schon in der Highschool was für Ismay übrig, nur war ich da Luft für sie. Aber jetzt hab ich mir gesagt, ich riskier's mal, wir werden schließlich alle nicht jünger.«

A.J. ruft Ismay an und gibt die Anfrage weiter.

»Lambiase?«, fragt sie. »Der?«

»Er ist ein guter Kerl«, sagt A.J.

»Ja, schon, aber … Ich hatte noch nie ein Date mit einem Polizisten«, sagt Ismay.

»Klingt ganz schön versnobt.«

»So war's nicht gemeint. Nur dass solche Männer eigentlich nicht mein Typ sind.«

Und wie gut das dagegen bei dir und Daniel geklappt hat, sieht man ja, denkt A.J., behält es aber für sich.

»Meine Ehe war allerdings eine Katastrophe«, gibt Ismay zu.

Ein paar Abende später sitzen sie und Lambiase im El Corazon. Sie bestellt Surf and Turf und einen Gin Tonic. Nicht nötig, sich damenhaft zurückzuhalten – sie hat den Verdacht, dass es nicht zu einem zweiten Treffen kommen wird.

»Guten Appetit«, sagt Lambiase. »Ich nehme dasselbe.«

»Was machst du denn so, wenn du nicht arbeitest?«

»Ob du's glaubst oder nicht«, sagt er befangen, »ich lese viel. Wird dir nicht imponieren. Ich weiß, dass du Englisch unterrichtest.«

»Was liest du?«, fragt Ismay.

»Von allem etwas. Angefangen habe ich mit Krimis, liegt ja auch ziemlich nah. Aber dann hat mich A.J. noch auf eine andere Schiene gesetzt. Literarische Prosa nennt man das wohl. Manches hat da für meinen Geschmack nicht genug Action. Auch wenn sich's ein bisschen peinlich anhört – ich mag Bücher für junge Erwachsene, Sachen, wie sie die Kids in deiner Schule wahrscheinlich lesen – Action und Emotionen. Und ich lese auch oft das, was A.J. gerade liest. Er mag Kurzgeschichten …«

»Ich weiß.«

»Und das, was Maya liest. Ich rede gern über Bücher mit ihnen. Sie sind Büchermenschen. Ich habe einen Buchklub für die Kollegen organisiert. Vielleicht hast du mal von Chief's Choice gehört?«

Ismay schüttelt den Kopf.

»Entschuldige, wenn ich zu viel rede. Ich bin ein bisschen nervös.«

»Macht doch nichts.« Ismay trinkt einen Schluck. »Kennst du Daniels Bücher?«

»Ja, eins. Das erste.«

»Hat es dir gefallen?«

»Nicht mein Ding. Aber sehr gut geschrieben.«

Ismay nickt.

»Fehlt dir dein Mann?«, fragt Lambiase.

»Eigentlich nicht«, sagt sie nach einer Pause. »Sein Humor, manchmal. Aber das Beste von ihm steckte in seinen Büchern, die könnte ich wohl lesen, wenn er mir zu sehr fehlen würde. Noch habe ich keins lesen wollen.« Ismay lacht ein bisschen.

»Was liest du dann?«

»Theaterstücke, manchmal Gedichte. Und die Bücher, die ich jedes Jahr im Lehrplan habe: *Tess von den d'Urbervilles, Johnny zieht in den Krieg, In einem andern Land, Owen Meany,* in manchen Jahren *Sturmhöhe, Silas Marner, Und ihre Augen schauten Gott* oder *Mein Sommerschloss*. Diese Bücher sind wie alte Freunde. Wenn es aber was Neues sein soll, etwas nur für mich, ist mir als Heldin am liebsten eine Frau in einem fernen Land. Indien. Oder Thailand. Manchmal verlässt sie ihren Mann. Manchmal hat sie gar keinen, weil sie so klug ist zu begreifen, dass sie nicht für die Ehe gemacht ist. Ich mag es, wenn sie mehrere Liebhaber hat. Wenn sie Hüte trägt, um ihre helle Haut vor der Sonne zu schützen. Ich mag Beschreibungen von Hotels und Koffern mit Aufklebern. Ich mag Beschreibungen von Essen und Kleidern und Schmuck. Ein bisschen Romantik, aber nicht zu viel. Die Geschichte muss in der Vergangenheit spielen. Ohne Handys. Ohne soziale Netzwerke. Kein Internet. Am besten in den 1920er- oder

1940er-Jahren. Vielleicht ist Krieg, aber nur im Hintergrund. Kein Blutvergießen. Ein bisschen Sex, aber nicht zu drastisch. Keine Kinder. Kinder verderben mir oft den Spaß an einem Buch.«

»Ich habe keine«, sagt Lambiase.

»Im wirklichen Leben habe ich nichts gegen sie, ich mag nur nichts über sie lesen. Der Schluss kann ein Happy End oder traurig sein, das ist mir egal, Hauptsache, er ist verdient. Sie kann zur Ruhe kommen, kann ein kleines Geschäft aufmachen oder aber sich im Meer ertränken. Nicht zuletzt ein ansprechendes Cover ist wichtig, da spielt der Inhalt keine Rolle. Ich mag meine Zeit nicht mit Hässlichem verplempern. Ich bin eben oberflächlich.«

»Du bist eine verdammt hübsche Frau«, sagt Lambiase.

»Ich bin nichts Besonderes.«

»Doch, bist du.«

»Hübschsein ist kein guter Grund, jemandem den Hof zu machen, das muss ich ständig meinen Schülern erklären.«

»Und das von einer Frau, die keine Bücher mit hässlichem Cover liest!«

»Ich will dich nur warnen. Ich könnte ein schlechtes Buch mit einem guten Cover sein.«

Er stöhnt. »Davon kenne ich etliche.«

»Zum Beispiel?«

»Meine erste Frau. Hübsch, aber gemein.«

»Und da willst du denselben Fehler zum zweiten Mal machen?«

»Nein. Ich sehe dich seit Jahren im Regal stehen. Ich hab die Inhaltsangabe gelesen und die Zitate auf der Rückseite. Fürsorgliche Lehrerin. Patentante. Setzt sich für das Gemeinwesen ein. Kümmert sich um Mann und Tochter der Schwester.

Unglückliche Ehe, wahrscheinlich zu jung geschlossen, hat aber versucht, das Beste draus zu machen.«

»Dürftig«, sagt sie.

»Aber genug, um mir Lust aufs Weiterlesen zu machen.« Er lächelt sie an. »Sollen wir ein Dessert bestellen?«

»Ich hab ewig lange keinen Sex mehr gehabt«, sagt Ismay im Auto, auf dem Weg zu ihrem Haus.

»Okay«, sagt Lambiase.

Ismay wird deutlicher. »Ich finde, wir sollten Sex haben. Wenn du willst, meine ich.«

»Klar will ich«, sagt Lambiase. »Aber nicht, wenn das heißt, dass du danach kein zweites Date mehr mit mir willst. Ich will kein Warm-up für den Typ sein, der dich dann kriegt.«

Ismay lacht und führt ihn in ihr Schlafzimmer. Sie zieht sich bei Licht aus. Er soll sehen, wie eine fast Fünfzigjährige aussieht.

Lambiase pfeift anerkennend.

»Du bist süß, aber du hättest mich vorher sehen sollen«, sagt sie. »Ohne Narben.«

Ein lang gezogenes Mal reicht von ihrem Knie bis zur Hüfte. Lambiase fährt mit dem Daumen daran entlang. *Wie die Naht an einer Puppe,* denkt er. »Ja, ich seh's, aber es stört nicht.«

Ihr Bein war an fünfzehn Stellen gebrochen, und rechts brauchte sie ein neues Hüftgelenk, aber mehr war ihr nicht passiert. Einmal im Leben hatte es Daniel voll erwischt.

»Tut es sehr weh?«, fragt Lambiase. »Muss ich mich vorsehen?«

Sie schüttelt den Kopf und sagt, er soll sich ausziehen.

Am nächsten Morgen wacht sie vor ihm auf. »Ich mach dir Frühstück«, sagt sie. Er nickt verschlafen, und sie gibt ihm einen Kuss auf den rasierten Schädel.

»Rasierst du dich, weil du eine Glatze kriegst oder weil es dir gefällt?«, fragt sie.

»Von beidem ein bisschen«, sagt Lambiase.

Sie legt ihm ein Handtuch aufs Bett, dann geht sie raus. Lambiase lässt sich Zeit. Er macht ihre Nachttischschublade auf und kramt ein bisschen darin herum. Sie hat Cremes, die teuer aussehen und nach ihr riechen. Er streicht sich etwas davon auf die Hände. Er macht ihren Kleiderschrank auf. Die Sachen, die darin hängen, wirken winzig. Seidenkleider, gebügelte Baumwollblusen, wollene Bleistiftröcke und papierdünne Kaschmirpullover, alles in raffinierten Beige- und Grauschattierungen, alles bestens gepflegt. Auf dem obersten Brett des Kleiderschranks stehen ordentlich aufgereiht ihre Schuhe in den Originalkartons. Darüber fällt ihm ein kleiner Kinderrucksack in Prinzessinnenpink auf.

Sein Polizistenblick registriert, dass der Kinderrucksack irgendwie nicht hierhergehört. Er nimmt ihn herunter, obgleich er weiß, dass er das nicht sollte, und macht den Reißverschluss auf. Im Rucksack befinden sich ein Etui mit Buntstiften und ein paar Malbücher. Er greift nach einem Malbuch. MAYA steht quer über der Vorderseite. Hinter dem Malbuch steckt noch ein Buch. Ein dünnes Ding, eigentlich mehr eine Broschüre. Auf dem Buchdeckel liest er:

TAMERLANE
UND
ANDERE GEDICHTE

VON EINEM BOSTONER

Der Buchdeckel ist voller Buntstiftgekrakel.

Lambiase weiß nicht, was er davon halten soll.

Sein Polizistenhirn klickt und formuliert folgende Fragen: 1. Ist das die gestohlene *Tamerlane*-Ausgabe von A.J.? 2. Wie kommt *Tamerlane* in Ismays Besitz? 3. Wie kommt *Tamerlane* zu dem Buntstiftgekrakel / Wer hat es gemacht? Maya? 4. Warum steckt *Tamerlane* in einem Rucksack, in dem sich ein Malbuch mit Mayas Namen darauf befindet?

Er ist schon drauf und dran, nach unten zu rennen und eine Erklärung von Ismay zu verlangen, besinnt sich dann aber noch einmal.

Er sieht noch ein paar Sekunden auf das alte Buch.

Bis hier oben riecht er die Pfannkuchen, er meint zu sehen, wie Ismay sie unten macht. Wahrscheinlich hat sie eine weiße Schürze und ein seidiges Nachthemd an. Oder vielleicht nur die Schürze und sonst nichts. Das wäre aufregend. Vielleicht können sie noch mal Sex haben. Nicht auf dem Küchentisch, Sex auf dem Küchentisch ist unbequem, und wenn es im Kino auch noch so erotisch aussieht. Vielleicht auf der Couch. Vielleicht wieder hier oben. Ihre Matratze ist so weich und die Bettwäsche spinnwebfein.

Lambiase bildet sich etwas darauf ein, ein guter Cop zu sein, und er weiß, er müsste jetzt nach unten gehen und mit einer Ausrede erklären, dass und warum er geht.

Aber wird da gerade Orangensaft ausgepresst? Macht sie auch Ahornsirup warm?

Das Buch ist ruiniert.

Außerdem ist der Diebstahl so lange her, über zehn Jahre. A.J. ist glücklich verheiratet, Maya geht ihren Weg. Ismay hat gelitten.

Ganz abgesehen davon, dass Lambiase diese Frau wirklich

gernhat. Und dass es ihn überhaupt nichts angeht. Er steckt das Buch wieder in den Rucksack, schließt den Reißverschluss und stellt den Rucksack wieder dahin, wo er ihn gefunden hat.

Lambiase glaubt, dass das Alter einen Cop auf zwei Arten verändern kann: Es macht ihn entweder kritischer oder milder. Lambiase ist nicht mehr so strikt, wie er es als junger Polizeibeamter war. Er weiß inzwischen, wozu die Menschen fähig sind und dass sie meist ihre Gründe dafür haben.

Er geht nach unten und setzt sich an Ismays Küchentisch, der rund ist und auf dem die weißeste Tischdecke liegt, die er je gesehen hat. »Riecht toll«, sagt er.

»Es ist schön, für jemanden zu kochen. Du warst lange da oben«, sagt sie und gießt ihm ein Glas frisch gepressten Orangensaft ein. Sie trägt eine türkisfarbene Schürze und einen schwarzen Jogginganzug.

»Kennst du eigentlich Mayas Kurzgeschichte für den Wettbewerb?«, fragt Lambiase. »Ich finde, sie hätte den ersten Preis verdient.«

»Ich habe sie noch nicht gelesen«, sagt Ismay.

»Es ist Mayas Version vom letzten Tag ihrer Mutter.«

»Sie war seit jeher ein frühreifes Kind«, sagt Ismay.

»Ich habe immer überlegt, wieso Mayas Mutter sich ausgerechnet für Alice entschieden hat.«

Ismay wendet mit Schwung einen Pancake und dann einen zweiten. »Wer weiß schon, warum Menschen tun, was sie tun?«

Eisenkopf

2005 von Aimee Bender

Nur damit das klar ist: Nicht alles Neue ist schlechter als das Alte.

Eltern mit Köpfen aus Kürbis haben ein Kind mit einem Kopf aus Eisen. Aus naheliegenden Gründen habe ich über diese Geschichte in letzter Zeit viel nachgedacht.

A. J. F.

PS: Ich ertappe mich außerdem dabei, dass ich an »Kugel im Kopf« von Tobias Wolff denke. In diese Kurzgeschichte könntest du auch mal hineinschauen.

Zu Weihnachten kommt A.J.s Mutter, die nicht die mindeste Ähnlichkeit mit ihm hat. Paula ist eine sehr kleine weiße Frau mit langem grauen Haar, das nicht mehr geschnitten wurde, seit sie vor zehn Jahren ihren Job in einer Computerfirma aufgegeben hat. Sie genießt ihren Ruhestand in Arizona. Sie macht Schmuck aus Steinen, die sie bemalt. Sie bringt Strafgefangenen das Lesen und Schreiben bei. Sie rettet sibirische Huskys. Sie versucht, jede Woche in einem anderen Restaurant zu essen. Sie hat Beziehungen mit Frauen wie mit Männern, ist in die Bisexualität gerutscht, ohne eine große Sache daraus zu machen. Sie ist siebzig, und wenn man nichts Neues ausprobiert, findet sie, kann man gleich sterben. Sie bringt drei Geschenke für die Familie mit, die gleich eingepackt sind und die gleiche Form haben, und versichert, dass sie nicht aus Gedankenlosigkeit das gleiche Geschenk für alle drei gewählt hat. »Ich hab gedacht, dass ihr euch alle darüber freuen und es benutzen würdet«, sagt sie.

Maya weiß, was es ist, noch ehe sie es ganz aus dem Geschenkpapier geschält hat.

Sie kennt es aus der Schule. Fast alle haben heutzutage einen, aber ihr Dad lehnt sie ab. Sie packt langsamer aus, damit sie Zeit hat, sich die Reaktion zurechtzulegen, die ihre Großmutter und ihren Vater am wenigsten kränkt.

»Ein E-Book-Reader! Den wünsche ich mir schon lange.« Sie sieht rasch zu ihrem Vater hinüber. Er nickt, aber seine Augenbrauen zucken ein wenig. »Danke, Nana.« Maya gibt ihrer Großmutter einen Kuss auf die Wange.

»Danke, Paula«, sagt Amelia. Beruflich nutzt sie schon jetzt einen E-Book-Reader, aber das behält sie für sich.

Sobald er erkannt hatte, was es war, hatte A.J. es nicht weiter ausgepackt. Wenn man das bunte Papier dranlässt, kann man das Ding vielleicht noch weiterverschenken. »Danke, Mutter«, sagt A.J. und beißt sich auf die Zunge.

»Du ziehst einen Flunsch, A.J.«, stellt seine Mutter fest.

»Aber nein«, beteuert er.

»Du musst mit der Zeit gehen«, fährt sie fort.

»Muss ich? Was ist so toll an unserer Zeit?« A.J. hat oft darüber nachgedacht, dass alles, was in der Welt wertvoll ist, nach und nach weggeschnitten wird, wie Fett von einem Stück Fleisch. Erst traf es die Schallplattenläden, dann die Videotheken, dann Zeitungen und Zeitschriften, und jetzt verschwinden selbst die großen Buchhandelsketten. Aus seiner Sicht ist das Einzige, was noch schlimmer ist als eine Welt mit großen Buchhandelsketten, eine Welt *ohne* große Buchhandelsketten. Zumindest verkaufen diese großen Läden Bücher und keine Arzneimittel oder Trödelkram. Zumindest haben von den Menschen, die in diesen Ketten arbeiten, manche einen Abschluss in englischer Literatur und wissen, wie man Bücher für die Kunden auswählt. Zumindest verkaufen die großen Ketten 10.000 Exemplare verlegerischen Schmutz und Schund, damit Island Books hundert literarisch wertvolle Exemplare an den Mann – oder die Frau – bringen kann.

»Am schnellsten altert man, wenn man technisch ins Hintertreffen gerät, A.J.« Nach fünfundzwanzig Jahren bei IBM sind seiner Mutter eine beneidenswerte Pension und dieser eine Spruch geblieben, denkt A.J. gereizt.

Er holt tief Luft, trinkt einen großen Schluck Wasser und holt noch einmal tief Luft. Sein Hirn drückt gegen den Schädel. Seine Mutter besucht ihn nur selten, und er möchte ihr und sich das Zusammensein nicht verleiden.

»Du bist ein bisschen rot im Gesicht«, sagt Maya.

»Alles in Ordnung, A.J.?«, fragt seine Mutter.

Er schlägt mit der Hand auf den Couchtisch. »Begreifst du denn nicht, Mutter, dass dieses teuflische Gerät nicht nur mein Geschäft, sondern – was schlimmer ist – schnell und unsanft Jahrhunderte einer blühenden literarischen Kultur zerstören wird?«, fragt A.J.

»Übertreib nicht so«, sagt Amelia. »Beruhige dich.«

»Warum sollte ich mich beruhigen? Ich mag das Geschenk nicht. Ich mag dieses Ding nicht und schon gar nicht drei davon in meinem Haus. Hättest du meiner Tochter lieber etwas weniger Destruktives gekauft, Mutter, eine Crackpfeife zum Beispiel.«

Maya kichert.

A.J.s Mutter sieht aus, als müsste sie gleich weinen. »Ich wollte bestimmt niemanden kränken.«

»Ist schon gut«, beschwichtigt Amelia. »Es ist ein wunderschönes Geschenk. Wir lesen alle gern und werden viel Spaß daran haben. A.J. dramatisiert eben gern.«

»Es tut mir leid, A.J.«, sagt seine Mutter. »Ich wusste nicht, dass dir das alles so zu Herzen geht.«

»Du hättest fragen können.«

»Sei still, A.J. Und du hör auf, dich zu entschuldigen, Paula«, sagt Amelia. »Es ist das ideale Geschenk für eine Familie, die gern liest. Viele Buchhandlungen überlegen, E-Book-Reader zusammen mit konventionellen gedruckten Büchern anzubieten. A.J. will nur nicht …«

»Absoluter Schwachsinn«, fällt A.J. ihr ins Wort, »wie du ganz genau weißt, Amy!«

»Sei nicht so grob«, sagt Amelia. »Man kann nicht den Kopf in den Sand stecken und so tun, als ob es gewisse Dinge nicht gibt.«

»Riecht ihr auch Rauch?«, fragt Maya.

Eine Sekunde später springt der Brandmelder an.

»Mist, der Braten!« Amelia rennt in die Küche, und A.J. geht ihr nach. »Ich hatte mir das Handy gestellt, aber es hat nicht funktioniert.«

»Ich hab dein Handy stumm gestellt, damit es uns über Weihnachten nicht stört«, sagt A.J.

»Wie bitte? Was fällt dir ein, mein Handy anzurühren!«

»Warum nimmst du nicht die Zeitschaltuhr am Backofen?«

»*Weil ich ihr nicht traue!* Der Backofen ist hundert Jahre alt wie alles in diesem Haus, falls dir das noch nicht aufgefallen ist«, schreit Amelia ihn an, während sie die in Flammen stehende Rinderbrust aus dem Backofen nimmt.

Der Braten ist ungenießbar, deshalb besteht das Weihnachtsessen ausschließlich aus Beilagen.

»Ich mag die Beilagen eigentlich am liebsten«, sagt A.J.s Mutter.

»Ich auch«, meint Maya.

»An denen ist doch nichts dran«, mault A.J. »Da isst man sich ja hungrig.«

Er hat Kopfschmerzen, die durch mehrere Gläser Rotwein nicht gerade besser werden.

»Würde mir wohl jemand den Wein rüberreichen?«, fragt Amelia. »Und A.J. sagen, dass er die Flasche nicht abonniert hat?«

»Sehr witzig«, sagt A.J. Er schenkt ihr noch ein Glas ein.

»Ehrlich, ich kann's kaum erwarten, ihn auszuprobieren, Nana«, flüstert Maya ihrer unglücklichen Großmutter ins Ohr. »Ich muss aber bis zum Schlafengehen warten.« Sie wirft einen vielsagenden Blick auf A.J. »Du weißt schon.«

»Das ist eine sehr gute Idee, finde ich«, flüstert A.J.s Mutter zurück.

Abends im Bett redet A.J. immer noch über den E-Book-Reader. »Weißt du, was das eigentliche Problem an E-Book-Readern ist?«

»Du wirst es mir vermutlich sagen«, meint Amelia, ohne von ihrem Buch aufzusehen.

»Alle Leute bilden sich ein, dass sie einen guten Geschmack haben, aber die meisten haben keinen oder vielmehr einen schauderhaften. Sich selbst überlassen lesen sie Schund und merken es nicht.«

»Weißt du, was das Gute an E-Book-Readern ist?«, fragt Amelia.

»Nein, du unverbesserliche Optimistin«, sagt A.J. »Und ich will es auch nicht wissen.«

»Für die Frauen mit Männern, die weitsichtig werden – und ich will hier keine Namen nennen –, die rapide auf ihre Lebensmitte zusteuern und deshalb ihre Sehkraft verlieren, diese kläglichen Ehemannswichte …«

»Zur Sache, Amy.«

»Mit einem E-Book-Reader können diese geplagten Wesen den Text nach Lust und Laune vergrößern.«

A.J. schweigt.

Amelia legt das Buch weg, um ihren Mann zufrieden anzulächeln, dann aber sieht sie, dass er wie erstarrt ist.

A.J. hat eine seiner Absencen. Die Absencen beunruhigen Amelia, auch wenn sie versucht, sich deswegen keine Gedanken zu machen.

Eineinhalb Minuten später kommt A.J. wieder zu sich.

»Ich war schon immer ein bisschen weitsichtig«, sagt er. »Das hat nichts mit dem Alter zu tun.«

Sie wischt ihm mit einem Kleenex den Speichel aus den Mundwinkeln.

»Ach je, war ich gerade wieder weg?«, fragt A.J.

»Allerdings.«

Er nimmt Amelia das Kleenex aus der Hand. Ein Mann wie er lässt sich nicht gern auf diese Art bemuttern. »Wie lange?«

»Neunzig Sekunden, schätze ich.« Amelia zögert. »Ist das lange oder Durchschnitt?«

»Ein bisschen lang, aber im Grunde noch Durchschnitt.«

»Vielleicht solltest du mal wieder zu einem Check-up gehen?«

»Nein«, sagt A.J. »Du weißt ja, dass ich das habe, seit ich ein Kinn bin.«

»Ein Kinn?«

»Ein Kind. Habe ich Kinn gesagt?« A.J. steigt aus dem Bett und geht ins Badezimmer. Amelia folgt ihm.

»Bitte lass mir meinen Freiraum, Amy.«

»Freiraum hin oder her – ich möchte, dass du zum Arzt gehst«, sagt sie. »Das ist schon das dritte Mal seit Thanksgiving.«

A.J. schüttelt den Kopf. »Denk an meine miese Krankenversicherung, Amy. Und Frau Dr. Rosen wird sowieso nur sagen, dass es dasselbe ist wie seit Jahren. Ich gehe im März zu meiner jährlichen Untersuchung, und damit hat sich's.«

Amelia kommt ins Badezimmer. »Vielleicht kann Dr. Rosen dir neue Medikamente geben?« Sie quetscht sich zwischen ihn und den Badezimmerspiegel und lehnt sich mit dem Po auf das neue Zweierwaschbecken, das sie erst letzten Monat eingebaut haben.

»Du bist ein sehr wichtiger Mensch, A.J.«

»Ich bin nicht der Präsident.«

»Du bist Mayas Vater. Und die Liebe meines Lebens. Und ein Kulturbringer für unseren Ort.«

A.J. verdreht die Augen, dann küsst er die unverbesserliche Optimistin Amelia auf den Mund.

Weihnachten und Neujahr sind vorbei, seine Mutter ist glücklich wieder in Arizona, Maya in die Schule und Amelia zu ihrem Job zurückgekehrt. Der wahre Segen der Feiertage, denkt A.J., liegt darin, dass sie irgendwann zu Ende gehen. Er mag den täglichen Trott, er macht gern morgens das Frühstück, er joggt gern zur Arbeit.

Er zieht seine Joggingsachen an, macht ein paar halbherzige Dehnübungen, zieht sich ein Stirnband über die Ohren, schnallt den Rucksack um und macht sich auf den Weg ins Geschäft. Seit er nicht mehr über dem Laden wohnt, ist es nicht mehr die Strecke von damals, als Nic noch lebte, als Maya ein Baby war, als er Amelia geheiratet hatte, er läuft jetzt in die genaue Gegenrichtung.

Er kommt an Ismays Haus vorbei, in dem sie einmal mit Daniel gewohnt hat und in dem sie jetzt unglaublicherweise mit Lambiase zusammenlebt. Er läuft auch an der Stelle vorbei, an der Daniel gestorben ist. Und an dem ehemaligen Tanzstudio. Wie hieß doch gleich die Tanzlehrerin? Er weiß, dass sie vor nicht allzu langer Zeit nach Kalifornien gezogen ist, das Studio steht leer. Wer wird wohl jetzt den kleinen Mädchen von Alice Island das Tanzen beibringen? Er läuft an Mayas Grundschule vorbei, ihrer

Mittelschule und ihrer Highschool. Sie hat einen Freund. Dieser Furness-Junge schreibt auch. Er hört die beiden ständig diskutieren. Er nimmt eine Abkürzung über ein Feld und ist fast an der Captain Wiggins Street, als er das Bewusstsein verliert.

Es sind minus fünf Grad, und als er zu sich kommt, ist seine Hand an der Stelle, wo sie auf dem Eis gelegen hat, blau.

Er steht auf und wärmt die Hände in seiner Jacke auf.

Er ist noch nie beim Joggen ohnmächtig geworden.

»Madame Olenska«, sagt er.

Frau Dr. Rosen untersucht ihn gründlich. A.J. ist für sein Alter bei guter Gesundheit, aber etwas an seinen Augen gibt ihr zu denken.

»Hatten Sie sonst noch Probleme?«, fragt sie.

»Tja, also … Vielleicht ist es nur das Alter, aber hin und wieder habe ich neuerdings einen verbalen Ausrutscher.«

»Ausrutscher?«

»Ich merke es meistens selber, allzu schlimm ist es also nicht. Aber manchmal vertausche ich ein Wort mit einem anderen. Kinn statt Kind, zum Beispiel. Oder letzte Woche habe ich den Roman *Früchte des Zorns* anscheinend *Früchte oder Korn* genannt. Natürlich ist das in meiner Branche ein Problem. Ich war überzeugt davon, dass ich das Richtige gesagt hatte. Meine Frau meint, es gäbe vielleicht Medikamente dagegen.«

»Sprachstörungen«, sagt sie. »Das gefällt mir nicht.« Wegen seiner Absencen beschließt die Ärztin, A.J. an einen Hirnspezialisten in Boston zu überweisen.

»Was macht Molly?«, fragt A.J., um das Thema zu wechseln. Seine lustlose Gehilfin arbeitet seit sechs oder sieben Jahren nicht mehr bei ihm.

»Sie hat gerade die Aufnahmeprüfung für …« Die Ärztin

nennt einen Studiengang für Kreatives Schreiben, aber A.J. hört nicht hin. Ihn beschäftigt der Gedanke an sein Gehirn. Eigenartig, überlegt er, dass man ein Ding, das womöglich nicht funktioniert, zu Hilfe nehmen muss, um ebenjenes Ding zu untersuchen, das nicht funktioniert.

»… bildet sich ein, dass sie die nächste *Great American Novel* schreiben wird. Ich glaube, daran sind Sie und Nicole schuld«, sagt die Ärztin.

»Ich nehme alles auf mich«, sagt A.J.

»Würden Sie mir das bitte buchstabieren?«, sagt A.J. Er ist allein zu seinem Termin gekommen. Niemand soll etwas erfahren, bis er Gewissheit hat. »Ich möchte es später gern googeln. Klingt ziemlich exotisch.«

»Nein, es ist die häufigste Form von Hirnkrebs«, sagt der Onkologe im Massachusetts General Hospital. Wie zum Beweis überreicht er A.J. eine Broschüre, auf der der Name der Krebsform steht.

»*Häufig*«, wiederholt A.J. abfällig. „Heißt das, es gibt eine gute Überlebenschance?«

»Sie sind noch jung, und mit einer aggressiven Behandlung …« Der Onkologe reinigt mit dem Ende seiner Krawatte das Zifferblatt seiner protzigen Platinuhr. »Entschuldigung. Nervöse Angewohnheit. Sie soll wasserdicht sein, aber ich habe sie beim Schwimmen getragen, und jetzt ist Kondenswasser auf der anderen Seite des Glases.«

»Ich würde es fast vorziehen, eine seltene Form von Gehirnkrebs zu haben«, sagt A.J. »Es kommt mir jetzt alles so wenig besonders vor.«

»Kopf hoch«, sagt der Onkologe, »Sie sind immer noch etwas Besonderes. Gehirnkrebs an sich ist schon selten.«

»Und die Form, die ich habe, ist beeindruckend schwer zu buchstabieren.«

»Ja, daran können Sie sich festhalten, wenn es hart auf hart kommt.« Der Onkologe studiert A.J. »Gut. Sie verstehen Spaß. Ein Sinn für Humor ist wichtig.«

»Meine Frau und meine Tochter schauen eine Sendung mit Ärzten darin. *Grey's Anatomy.* Vielleicht kennen Sie sie?«

»Ich habe davon gehört, aber ich kann fiktive Ärzte nicht ausstehen«, sagt der Onkologe. »Die Autoren nehmen sich so viele Freiheiten.«

»Ich schaue es auch nur, wenn meine beiden Mädchen gucken«, erklärt A.J. »Um ehrlich zu sein, ich bin eher ein Büchermensch. Aber ich erinnere mich, dass es in einer Folge um einen Mann ging, der diese Art von Krebs oder etwas Ähnliches hatte. Er hat nur etwa drei Folgen überlebt.«

»Ich denke, wir sollten auf der Basis von irgendwelchen Seifenopern keine Prognosen stellen, Mr. Fikry.«

Der Onkologe will sofort einen Operationstermin festsetzen. »Ihre Absencen haben die Symptome überdeckt, Mr. Fikry. Und die Scans zeigen, dass der Tumor weit fortgeschritten ist. An Ihrer Stelle würde ich nicht warten.«

Die Operation kostet fast so viel wie die Anzahlung für ihr Haus. Was die kleine Versicherung für Selbstständige davon übernehmen wird, ist unklar. »Wenn ich mich operieren lasse, wie viel Zeit erkaufe ich mir damit?«

»Kommt darauf an, wie viel wir rausschneiden können. Zehn Jahre, wenn wir saubere Ränder hinkriegen, ansonsten vielleicht zwei. Der Tumor, den Sie haben, hat die lästige Eigenschaft, dass er wiederkommt.«

»Und wenn es Ihnen gelingt, das Ding zu entfernen, bin ich dann ein tumbes Wrack?«

»Wir versuchen solche Begriffe zu vermeiden, Mr. Fikry. Der Tumor sitzt in Ihrem linken Stirnlappen, da müssen Sie mit gewissen verbalen Defiziten rechnen. Zunehmende Aphasie und so weiter. Aber wir nehmen nicht so viel heraus, dass Sie nicht mehr oder weniger Ihre Persönlichkeit behalten können. Unbehandelt wird der Tumor wachsen, bis die für die Sprache verantwortlichen Areale in Ihrem Gehirn so gut wie weg sind. Ob behandelt oder nicht, kommt es dazu früher oder später wahrscheinlich sowieso.«

Es ist bizarr, aber A.J. muss an Proust denken. Er tut zwar immer so, als hätte er *Auf der Suche nach der verlorenen Zeit* komplett gelesen, in Wirklichkeit aber kennt er nur den ersten Band. Selbst durch den musste er sich durchkämpfen, und nun denkt er: Wenigstens brauche ich mir jetzt den Rest nicht mehr anzutun.

»Ich muss das mit meiner Frau und meiner Tochter besprechen«, sagt er.

»Ja, natürlich«, meint der Onkologe. »Aber schieben Sie es nicht auf die lange Bank.«

Im Zug und dann auf der Fähre nach Alice denkt er an Mayas College und ob Amelia die Hypotheken auf das Haus wird zahlen können, das sie vor weniger als einem Jahr gekauft haben. Als er auf der Captain Wiggins Street angekommen ist, findet er, dass er sich auf so eine Operation nicht einlassen darf, wenn er damit seine Lieben in den Ruin treibt.

Weil A.J. noch nicht nach Hause zu seiner Familie will, ruft er Lambiase an, und die beiden treffen sich in einer Bar.

»Erzähl mir eine gute Polizistengeschichte«, sagt A.J.

»Eine Geschichte über einen guten Cop oder eine interessante Geschichte, in der Cops vorkommen?«

»Überlasse ich dir. Ich will was Lustiges hören, was mich von meinen Problemen ablenkt.«

»Was hast denn du für Probleme? Tolle Frau. Tolle Tochter. Florierendes Geschäft.«

»Erzähl ich dir danach.«

Lambiase nickt. »Okay, mal überlegen. Vor fünfzehn Jahren gab es da einen Jungen, der seit einem Monat die Schule schwänzte. Jeden Tag sagt er zu seinen Eltern, er geht in die Schule, und jeden Tag kommt er da nicht an. Und wenn sie ihn selbst hinbringen, schleicht er sich wieder raus und macht sich davon.«

»Wohin?«

»Ganz genau. Die Eltern wittern Riesenprobleme. Dass er einer von diesen harten Jungs ist und mit solchen Jungs abhängt, die alle schlechte Schüler sind und denen die Hose in der Kniekehle hängt. Seine Eltern haben eine Imbissbude am Strand, Geld ist also nicht viel da. Weil die Eltern mit ihrem Latein am Ende sind, nehme ich mir vor, dem Jungen einen Tag lang zu folgen. Er geht in die Schule, und zwischen der ersten und der zweiten Stunde verschwindet er. Ich trabe hinterher, und wir kommen zu einem Gebäude, in dem ich noch nie war. Ich stehe an der Ecke Main und Parker. Alles klar?«

»Das ist die Bibliothek.«

»Volltreffer! Du weißt, dass ich damals nicht viel gelesen habe. Ich gehe also hinter ihm her, die Treppe hoch und nach hinten in eine Lesenische und denke mir, wahrscheinlich nimmt er da heimlich Drogen oder so. Idealer Platz dafür, abgelegen. Aber weißt du, was er macht?«

»Liest Bücher, schätze ich. Das wäre das Naheliegendste.«

»Ein dickes Buch. *Unendlicher Spaß*. Schon mal davon gehört?«

»Okay, das hast du dir jetzt aber ausgedacht.«

»Er liest *Unendlicher Spaß* von David Foster Wallace. Zu Hause geht das nicht, sagt er, weil er seine fünf Geschwister hüten muss, und in der Schule auch nicht, weil seine Kumpel sich über ihn lustig machen würden. Also schwänzt er, um in Ruhe lesen zu können. Für das Buch braucht man viel Konzentration. ›Hör mal, *hombre*‹, sagt er zu mir, ›die Schule kann mir nichts bieten. Alles steht in diesem Buch.‹«

»Aus dem Wort *hombre* schließe ich, dass er spanische Wurzeln hat. Gibt es viele Hispanics auf Alice Island?«

»Ein paar schon.«

»Und was hast du dann gemacht?«

»Ihn am Kragen gepackt und zur Schule geschleppt. Der Direktor will wissen, wie er ihn bestrafen soll. Ich frage den Jungen, wie lange er wohl noch für das Buch braucht. ›So an die zwei Wochen‹, sagt er. Und ich empfehle zwei Wochen Schulverbot.«

»Das hast du alles erfunden, gib's zu«, sagt A.J. »Der traurige Knabe hat nicht die Schule geschwänzt, um *Unendlicher Spaß* zu lesen.«

»Hat er doch, A.J., großes Ehrenwort.« Aber dann fängt Lambiase an zu lachen. »Du warst so bedrückt, da wollte ich dich ein bisschen aufheitern.«

»Dank dir schön.«

A.J. bestellt noch ein Bier.

»Was wolltest du mir denn erzählen?«, fragt Lambiase.

»Lustig, dass du *Unendlicher Spaß* erwähnt hast. Warum ausgerechnet dieses Buch übrigens?«, fragt A.J.

»Ich sehe es ständig im Geschäft, es braucht viel Platz im Regal.«

A.J. nickt. »Ich hab mal einen Riesenstreit mit einem Freund deswegen gehabt. Er fand es toll. Ich habe es gehasst. Aber das Komischste an diesem Disput will ich dir jetzt gestehen …«

»Nämlich?«

»Ich habe das Buch nie zu Ende gelesen.« A.J. lacht. »Es kommt zusammen mit Proust auf meine Liste unbeendeter Werke, Gott sei Dank. Übrigens, mein Hirn wird zerstört.« Er nimmt das Faltblatt heraus und liest: »Glioblastoma multiforme. Macht dich zu einem körperlichen und geistigen Wrack, und dann stirbst du. Aber wenigstens geht es schnell.«

Lambiase setzt sein Bier ab. »Da muss es doch aber eine Operation oder so was geben«, sagt er.

»Die gibt es, aber sie kostet ein Vermögen. Und schiebt die Sache nur auf. Ich werde Amy und Maya nicht mittellos zurücklassen, nur um ein, zwei Monate für mich rauszuschinden.«

Lambiase leert sein Glas in einem Zug und winkt dem Barkeeper, noch eins zu bringen. »Ich finde, das solltest du die beiden selbst entscheiden lassen«, sagt er.

»Dann werden sie nur sentimental.«

»Lass sie.«

»Das einzig Richtige wäre, mir eine Kugel in meine dumme Denkmaschine zu jagen.«

Lambiase schüttelt den Kopf. »Das würdest du Maya antun?«

»Ist es denn besser für sie, einen hirntoten Vater und kein Geld fürs College zu haben?«

Als sie an dem Abend im Bett liegen und das Licht aus ist, zieht Lambiase Ismay dicht an sich. »Ich liebe dich«, sagt er. »Und ich wollte dir sagen, dass ich dir Sachen, die du vielleicht früher einmal angestellt hast, heute nie vorwerfen würde.«

»Okay«, sagt Ismay. »Aber ich schlafe schon halb und habe keine Ahnung, wovon du redest.«

»Ich weiß von dem Rucksack im Kleiderschrank«, flüstert Lambiase. »Und von dem Buch. Wie es da hineinkam, weiß ich nicht und brauche ich auch nicht zu wissen. Aber es ist nur recht und billig, dass es an den rechtmäßigen Besitzer zurückgeht.«

Nach einer langen Pause sagt Ismay: »Das Buch ist ruiniert.«

»Aber selbst eine beschädigte *Tamerlane*-Ausgabe könnte noch etwas wert sein«, sagt Lambiase. »Ich habe mich bei Christie's informiert, und das letzte angebotene Exemplar ist für 560.000 Dollar weggegangen. Ich schätze, dass ein beschädigtes an die 50.000 Dollar wert sein könnte. Und A.J. und Amy brauchen das Geld.«

»Warum brauchen sie das Geld?«

Er erzählt ihr von A.J.s Krebs, und Ismay schlägt die Hände vors Gesicht.

»Ich bin dafür«, sagt Lambiase, »dass wir die Fingerabdrücke von dem Buch wischen, es in einen Umschlag stecken und zurückgeben. Niemand braucht zu wissen, woher oder von wem es kam.«

Ismay knipst die Nachttischlampe an. »Wie lange weißt du das schon?«

»Seit dem ersten Abend in deinem Haus.«

»Und da hast du nichts unternommen? Warum hast du mich nicht angezeigt?« Sie sieht ihn scharf an.

»Weil es mich nichts anging, Izzie. Ich war nicht als Cop in dein Haus gekommen. Und ich hatte kein Recht, in deinen Sachen herumzuschnüffeln. Und ich habe mir gedacht, dass eine Geschichte dahintersteckt. Du bist ein guter Mensch, Ismay, und du hast es nicht leicht gehabt.«

Ismay setzt sich auf. Sie zittert. Sie geht zum Kleiderschrank und holt den Rucksack heraus. »Ich möchte, dass du erfährst, wie es war«, sagt sie.

»Das ist nicht nötig«, sagt Lambiase.

»Ich möchte es dir aber erzählen. Und unterbrich mich nicht, sonst krieg ich nicht alles zusammen.«

»Okay, Izzie«, sagt er.

»Als Marian Wallace zum ersten Mal zu mir kam, war ich im fünften Monat schwanger. Sie hatte Maya dabei, die Kleine mag anderthalb Jahre gewesen sein. Marian Wallace war sehr jung, sehr hübsch, sehr groß, mit müden, bernsteinfarbenen Augen. ›Maya ist Daniels Tochter‹, sagte sie, und ich sagte – und bilde mir wahrhaftig nichts darauf ein – ›Woher soll ich wissen, dass du nicht lügst?‹ Mir war völlig klar, dass sie nicht log, ich kannte schließlich meinen Mann, kannte seinen Typ. Er hat mich seit der Hochzeit ständig betrogen und wahrscheinlich schon davor. Aber ich liebte seine Bücher oder zumindest dieses erste. Und ich glaubte, dass tief in ihm der Mensch sein müsste, der es geschrieben hatte. Dass man nicht so schöne Dinge schreiben und ein so böses Herz haben kann. Aber so war es. Er war ein wunderbarer Schriftsteller und ein schrecklicher Mensch.

Trotzdem – in dieser Sache mache ich Daniel keinen Vorwurf. Ich schrie Marian Wallace an. Sie kann nicht älter als achtzehn oder neunzehn gewesen sein. ›Glaubst du denn, du bist die erste Schlampe, die hier aufkreuzt und behauptet, ein Kind von Daniel zu haben?‹

Sie entschuldigte sich. Immer wieder. ›Die Kleine soll Daniel Parishs Leben nicht stören‹ – sie nannte ihn immer beim Vor- und Nachnamen, sie war ein Fan. Sie verehrte ihn.

›Wir werden Sie nie mehr belästigen, das schwöre ich. Wir brauchen nur ein bisschen Geld für den Anfang, als Starthilfe. Er hat gesagt, dass er mir helfen will, und jetzt kann ich ihn nicht mehr erreichen.‹ Das klang glaubhaft. Daniel war viel unterwegs – Gastautor in einer Schweizer Schule, Reisen nach Los Angeles, bei denen nie etwas herauskam.

›Okay‹, sagte ich. ›Ich will versuchen, ihn zu erreichen. Falls er deine Geschichte bestätigt …‹ – aber ich wusste ja, dass sie stimmte, Lambiase! – ›… falls er deine Geschichte bestätigt, können wir vielleicht etwas tun.‹ Marian wollte wissen, wie sie mich am besten erreichen könnte. Ich würde mich melden, habe ich gesagt.

An dem Abend habe ich mit Daniel telefoniert. Es war ein gutes Gespräch, und von Marian Wallace war nicht die Rede. Er war fürsorglich, machte Pläne für die Geburt unseres Kindes. ›Ismay‹, sagte er, ›wenn das Baby da ist, werde ich ein anderer Mensch.‹ Das hörte ich nicht zum ersten Mal. ›Nein, im Ernst‹, beteuerte er. ›Ich werde weniger reisen. Ich werde zu Hause bleiben, mehr schreiben, mich um dich und das Kind kümmern.‹ Reden konnte er immer gut. Ich wollte glauben, dass dieser Abend meine Ehe verändern würde, und beschloss auf der Stelle, das Problem Marian Wallace zu lösen. Ich würde eine Möglichkeit finden, mich loszukaufen.

Die Leute hier dachten immer, dass meine Familie gut betucht war. Nic und ich hatten ein bisschen was geerbt, aber keine Riesensummen. Davon hat sie die Buchhandlung gekauft und ich mir das Haus. Was bei mir übrig blieb, hat Daniel schnell verschleudert. Sein erstes Buch verkaufte sich gut, die Bücher danach immer weniger, und er hatte kostspielige Neigungen und ein unregelmäßiges Einkommen. Ich bin nur Lehrerin. Daniel und ich wirkten wie reiche Leute, aber wir waren arm.

Inzwischen war Nic gestorben, und A.J. trank sich stetig zu Tode. Aus Pflichtgefühl sah ich abends manchmal nach ihm, wischte ihm das Erbrochene aus dem Gesicht und schleppte ihn ins Bett. An einem Abend komme ich herein, A.J. ist hinüber, wie gewöhnlich, und auf dem Tisch liegt *Tamerlane*. Ich muss dazusagen, dass ich an dem Tag, als er *Tamerlane* gefunden hat, dabei war. Im Übrigen hat er mir nie angeboten, das Geld mit mir zu teilen, was nicht mehr als recht und billig gewesen wäre. Ohne mich wäre der Mistkerl nie zu dieser Haushaltsauflösung gegangen. Also bringe ich A.J. ins Bett und gehe ins Wohnzimmer, um zu putzen und aufzuräumen, und als Letztes, ohne groß nachzudenken, stecke ich das Buch in meine Tasche.

Am nächsten Tag sucht alles nach *Tamerlane*, aber ich bin nicht da, ich bin einen Tag nach Cambridge gefahren. Dort gehe ich in das Wohnheim von Marian Wallace und werfe das Buch auf ihr Bett. ›Das kannst du verkaufen. Es ist viel Geld wert.‹ Sie guckt das Buch skeptisch an und fragt: ›Ist es heiße Ware?‹ ›Nein‹, sage ich, ›es gehört Daniel, er möchte, dass du es bekommst, aber du darfst nie sagen, woher du es hast. Geh damit zu einem Auktionshaus oder einem Händler für seltene Bücher. Sag, dass du es in einer Kiste mit gebrauchten Büchern gefunden hast.‹ Eine Weile höre ich nichts mehr von Marian Wallace und denke, dass die Sache damit vielleicht erledigt ist.« Ismay versagt die Stimme.

»War sie aber nicht?«, fragt Lambiase.

»Nein. Kurz vor Weihnachten kreuzt sie mit Maya und dem Buch hier auf. Sie hat sämtliche Auktionshäuser und Händler in und um Boston abgeklappert, sagt sie, und keiner will etwas mit dem Buch zu tun haben, weil es keine Provenienz hat und die Cops wegen eines gestohlenen Exemplars schon überall herumgefragt haben. Sie nimmt das Buch aus der Tasche und gibt es mir. Ich stoße ihre Hand weg. ›Was soll ich damit?‹ Marian Wallace schüttelt nur den Kopf. Das Buch landet auf dem Fußboden, und die Kleine hebt es auf und blättert darin herum, aber niemand achtet auf sie. Die großen Bernsteinaugen von Marian Wallace füllen sich mit Tränen, und sie sagt: ›Haben Sie *Tamerlane* gelesen, Mrs. Parish? Es ist so traurig.‹ Ich schüttele den Kopf. ›Es geht um diesen türkischen Eroberer, der die Liebe seines Lebens, ein armes Bauernmädchen, gegen die Macht eintauscht.‹

Ich verdrehe die Augen und sage: ›Und du bildest dir ein, so was Ähnliches läuft hier? Siehst du dich als das arme Bauernmädchen und mich als die böse Ehefrau, die dich von der Liebe deines Lebens fernhält?‹

›Nein‹, sagt sie.

Die Kleine hat inzwischen angefangen zu weinen. Das Schlimmste sei gewesen, sagt Marian, dass sie gewusst habe, was sie tat. Daniel war zu einer Lesung in ihr College gekommen. Sie liebte sein Buch, und als sie mit ihm schlief, hatte sie seine Biografie unzählige Male gelesen und wusste genau, dass er verheiratet war.

›Ich habe so viel falsch gemacht‹, sagt sie.

›Ich kann dir nicht helfen‹, sage ich. Sie schüttelt den Kopf und nimmt die Kleine hoch. ›Wir lassen Sie jetzt in Ruhe‹, sagt sie. ›Frohe Weihnachten.‹

Und damit gehen sie. Weil die Sache mir ziemlich zugesetzt hat, gehe ich in die Küche und mache mir Tee. Als ich wieder ins Wohnzimmer komme, sehe ich, dass die Kleine ihren Rucksack vergessen hat und *Tamerlane* daneben auf dem Fußboden liegt. Ich greife nach dem Buch und nehme mir vor, morgen früh oder am nächsten Abend mal schnell in A.J.s Wohnung zu gehen und es zurückzubringen. Und da sehe ich das Buntstiftgekritzel. Die Kleine hat das Buch ruiniert. Ich stecke es in den Rucksack, mache den Reißverschluss zu und stelle den Rucksack in meinen Kleiderschrank. Ich gebe mir keine große

Mühe, ihn zu verstecken. Vielleicht findet Daniel ihn und fragt mich danach, denke ich, aber er hat nie gefragt, es hat ihn nie gekümmert. Abends ruft mich dann A. J. an und fragt, was man einem Kleinkind zu essen geben kann. Maya ist bei ihm in der Wohnung, und ich sage, ich komme vorbei.«

»Am Tag danach wird die Leiche von Marian Wallace am Leuchtturm angespült«, sagt Lambiase.

»Ja. Ich habe gewartet, ob Daniel etwas sagt, ob er das Mädchen erkennt und sich zu dem Kind bekennt, aber ich wartete vergeblich. Und ich, feige wie ich bin, habe nicht davon angefangen.«

Lambiase nimmt sie in die Arme. »Das ist alles unwichtig«, sagt er nach einer Weile. »Wenn es sich um eine Straftat gehandelt hat …«

»Es war eine Straftat«, beharrt sie.

»Wenn es sich um eine Straftat gehandelt hat«, wiederholt er, »sind alle Beteiligten tot.«

»Bis auf Maya.«

»Maya hat es wunderbar getroffen«, sagt Lambiase.

»Stimmt«, bestätigt Ismay.

»So wie ich es sehe«, sagt Lambiase, »hast du A. J. das Leben gerettet, als du dieses Buch gestohlen hast.«

»Was bist du nur für ein Cop«, fragt Ismay.

»Einer von der altmodischen Sorte«, sagt er.

Am nächsten Abend tagt wie an jedem dritten Mittwoch des Monats der Chief's Choice Book Club in Island Books. Zuerst mussten die Polizisten gewissermaßen dienstverpflichtet werden, aber im Lauf der Jahre ist die Gruppe immer beliebter geworden. Inzwischen ist es der größte Buchklub von Island Books. Noch immer besteht der größte Teil der Mitglieder aus

Polizisten, aber auch ihre Frauen machen mit und manchmal die Kinder, wenn sie alt genug sind. Vor Jahren musste Lambiase ein Waffenverbot erlassen, nachdem ein junger Cop in einer besonders hitzigen Diskussion über *Haus aus Sand und Nebel* einen Kollegen mit einer Schusswaffe bedroht hatte. (Lambiase sollte später A.J. gegenüber einräumen, dass seine Wahl ein Fehler gewesen war. »Der Cop war eine interessante Figur, aber zu ambivalent. Ich werde mich in Zukunft an schlichter gestrickte Charaktere halten.«) Abgesehen von diesem Zwischenfall sind die Treffen gewaltfrei – wenn man vom Inhalt der Bücher absieht.

Wie gewöhnlich kommt Lambiase frühzeitig, um alles für Chief's Choice vorzubereiten und um mit A.J. zu reden. »Das da lehnte an der Tür«, sagt Lambiase, als er hereinkommt. Er drückt seinem Freund einen gepolsterten Umschlag in die Hand, auf dem A.J.s Name steht.

»Wird wohl wieder nur ein Manuskript sein«, meint A.J.

»Sag das nicht. Da könnte das nächste große Ding drinstecken«, witzelt Lambiase.

»Wer's glaubt! Kommt auf meinen Stapel der Dinge, die ich lesen muss, ehe mein Gehirn mir den Dienst aufkündigt.«

A.J. legt den Umschlag auf den Tresen, und Lambiase behält ihn im Auge. »Man kann nie wissen«, sagt er.

»Ich bin wie einer, der schon zu lange in der Datingszene unterwegs ist. Ich hab zu viele Enttäuschungen erlebt, zu oft die Richtige gefunden, die es dann nicht war. Passiert dir das als Cop nicht?«

»Was denn?«

»Dass du zynisch wirst«, sagt A.J. »Kommst du nie an den Punkt, wo du von den Menschen ständig das Schlimmste erwartest?«

Lambiase schüttelt den Kopf. »Nein. Ich treffe ebenso viele gute wie schlechte Menschen.«

»Ach ja? Nenn mir ein paar.«

»Menschen wie dich, mein Freund.« Lambiase räuspert sich, und A.J. fällt keine Antwort ein. »Was gibt's an guten Krimis, die ich noch nicht kenne? Ich brauche neues Material für Chief's Choice.«

A.J. geht in die Krimi-Abteilung hinüber. Er sieht an den Buchrücken entlang, die meist schwarz und rot sind, die Titel in Silber und Weiß. Hier und da unterbrechen Leuchtbuchstaben die Einförmigkeit. Wie ähnlich sich all diese Krimis sehen, überlegt A.J. Worin unterscheidet sich ein Buch von einem anderen? Es gibt diese Unterschiede, befindet A.J. Wir müssen viele dieser Bände aufschlagen. Wir müssen glauben. Wir akzeptieren, manchmal enttäuscht zu werden, um uns hin und wieder beglücken zu lassen.

Er greift ein Buch heraus und hält es seinem Freund hin. »Wie wäre es mit diesem?«

Wovon wir reden, wenn wir von Liebe reden

1980 von Raymond Carver

Zwei Ehepaare diskutieren, während sie sich immer weiter betrinken, darüber, was Liebe ist und was nicht.

Sehr viel nachgedacht habe ich über die Frage, warum es so viel leichter ist, über die Dinge zu schreiben, die wir ablehnen/hassen/als mangelhaft wahrnehmen, als über die Dinge, die wir lieben.* Dies ist meine liebste Short Story, Maya, und doch kann ich dir nicht erklären, warum.

(Und ihr, du und Amelia, seid meine liebsten Menschen.)

A. J. F.

* Das erklärt vieles im Internet.

Losnummer 2200. Last-Minute-Einlieferung zu der Auktion heute Nachmittag und eine seltene Gelegenheit für den Kenner alter Bücher. *Tamerlane and Other Poems* von Edgar Allan Poe. Entstanden, als Poe achtzehn war, und ›einem Bostoner‹ zugeschrieben. Damalige Auflage: nur fünfzig Stück. *Tamerlane* dürfte das Kronjuwel einer jeden seriösen Sammlung seltener Bücher darstellen. Dieses Exemplar ist am Rücken leicht abgenutzt und hat Buntstiftspuren auf dem Buchdeckel. Die Schönheit des Objekts und seine Seltenheit, die nicht genug betont werden kann, werden dadurch in keiner Weise beeinträchtigt. Gebote ab 20.000 Dollar.«

Das Buch geht für 72.000 Dollar weg. Nach Gebühren und Steuern reicht das gerade, um A.J.s Zuzahlung für die Operation und die erste Serie von Bestrahlungen zu decken.

Auch als A.J. den Scheck von Christie's in der Hand hält, ist er noch nicht sicher, ob er sich auf die Behandlung einlassen soll. Er findet nach wie vor, dass das Geld für Mayas College besser angelegt wäre.

»Nein«, sagt Maya. »So gut wie ich bin, geben sie mir ein Stipendium. Ich werde eine todtraurige Bewerbungsstory schreiben, wie ich von meiner alleinerziehenden Mutter in einer Buchhandlung ausgesetzt wurde und mein Adoptivvater einen Gehirntumor bekam und ich trotz allem meine Frau stehe – ein wertvolles Mitglied der Gesellschaft. So was geht den Leuten runter wie Öl, Dad.«

»Ganz schön krass, du kleiner Nerd.« A.J. amüsiert sich über das Monster, das er aufgezogen hat.

»Ich habe auch Geld«, betont seine Frau.

Die Frauen im Leben von A.J. wollen also, dass er lebt, und er macht den Termin für die OP fest.

»Ich kann mir nicht helfen, aber wenn ich mich hier so umsehe, war *Späte Blüte* im Grunde nichts als Humbug«, sagt Amelia bitter. Sie steht auf und geht zum Fenster.

»Soll ich die Rollos hochziehen oder runterlassen? Wenn sie hochgezogen sind, bekommen wir ein bisschen Tageslicht und haben den lieblichen Blick auf das Kinderkrankenhaus gegenüber, wenn ich sie runterziehe, kannst du meine Totenblässe unter den Leuchtstoffröhren bewundern.«

»Zieh sie hoch«, sagt A.J. »Ich will dich von deiner besten Seite in Erinnerung behalten.«

»Weißt du noch, was bei Friedman steht? Dass du ein Krankenhauszimmer nicht wirklich beschreiben kannst, dass es zu schmerzhaft ist, ein Krankenhauszimmer zu schildern, in dem der Mensch liegt, den du liebst. Und das haben wir mal für Poesie gehalten? Schämen sollten wir uns! Inzwischen bin ich auf der Seite all derer, die das Buch von Anfang an nicht haben lesen wollen, auf der Seite des Illustrators, der die Blumen und Füße auf den Buchdeckel gepackt hat. Denn natürlich kannst du ein Krankenhauszimmer beschreiben. Es ist grau. Die Bilder sind superscheußlich, als wären es Drucke, die sie im Holiday Inn ausgemustert haben. Überall riecht es nach einem vergeblichen Versuch, den Pissegestank zu überdecken.«

»Du hattest *Späte Blüte* doch immer so gern, Amy.«

Sie hat ihm immer noch nicht die Wahrheit über Leon

Friedman gesagt. »Aber ich wollte nie mit Anfang vierzig in einer albernen Bühnenfassung des Buches mitspielen.«

»Was meinst du, soll ich mich wirklich operieren lassen?«

Amelia verdreht die Augen. »Ja, das meine ich. Erstens geht es in zwanzig Minuten los, wir würden also wahrscheinlich nicht mal unser Geld zurückbekommen. Und zweitens haben sie dir den Kopf geschoren, und du siehst aus wie ein Terrorist. Ein Rückzieher wäre also ziemlich sinnlos.«

»Ist es das ganze Geld wirklich wert, für zwei weitere, wahrscheinlich beschissene Jahre?«

»Ja.« Sie nimmt seine Hand.

»Ich erinnere mich an eine Frau, die mit mir über die Bedeutung gemeinsamer Empfindungen gesprochen hat. Ich erinnere mich an eine Frau, die sich von einem American Hero getrennt hat, weil sie mit ihm keine guten Gespräche führen konnte. Das könnte uns auch passieren«, sagt A.J.

»Das ist eine völlig andere Situation«, betont Amelia. Dann ruft sie: »Scheiße!«, und A.J. denkt, dass etwas Schlimmes passiert ist, denn Amelia flucht sonst nie.

»Was ist los?«

»Es ist nur so, dass ich dein Gehirn ziemlich gernhabe.«

Er muss lachen, und sie weint ein bisschen.

»Schluss mit den Tränen. Ich will dein Mitleid nicht.«

»Ich weine nicht um dich. Ich weine um mich. Weißt du, wie lange ich gebraucht habe, um dich zu finden? Wie viele grässliche Dates ich hatte? Ich kann …« – sie ist jetzt atemlos – »… ich kann mich nicht noch mal bei Match.com anmelden, ich kann einfach nicht.«

»Bibo, der große Vogel, schaut immer voraus.«

»Bibo? Du kannst nicht an diesem Punkt unserer Beziehung plötzlich einen Spitznamen für mich finden.«

»Du wirst jemanden kennenlernen. Hab ich doch auch erlebt.«

»Verdammt, hör auf! Ich mag dich. Ich habe mich an dich gewöhnt. Du bist der Eine und Einzige, du Vollidiot. Ich kann nicht noch mal neu anfangen.«

Er küsst sie, und dann fasst sie ihm unter dem Krankenhauskittel zwischen die Beine und drückt leicht zu.

»Ich hab so gerne Sex mit dir«, sagt sie. »Wenn du ein tumbes Wrack bist, kann ich dann immer noch Sex mit dir haben?«

»Klar«, sagt A.J.

»Und du wirst deshalb nicht schlechter von mir denken?«

»Nein.« Er hält inne. »Aber so richtig passt mir das nicht, wie das Gespräch jetzt läuft …«

»Du hast mich erst nach vier Jahren zum Essen eingeladen!«

»Stimmt.«

»An dem Tag, als wir uns kennenlernten, warst du echt gemein zu mir.«

»Stimmt auch.«

»Ich bin so verkorkst – wie soll ich je einen anderen finden?«

»Das mit meinem Gehirn scheint dich nicht besonders zu stören.«

»Dein Gehirn ist kaputt, das wissen wir beide. Aber was wird aus mir?«

»Arme Amy.«

»Ja, bisher war ich die Frau eines Buchhändlers. Das war bemitleidenswert genug. Bald werde ich eine Buchhändlerswitwe sein.«

Sie küsst jede Stelle seines versagenden Kopfs. »Ich habe dieses Gehirn gerngehabt. Ich habe dieses Gehirn gern. Es ist ein sehr gutes Gehirn.«

»Finde ich auch«, sagt er.

Der Pfleger kommt, um ihn abzuholen. »Ich liebe dich.« Sie zuckt mutlos mit den Achseln. »Ich würde dir gern etwas Tiefschürfenderes mitgeben. Aber das ist alles, was ich habe.«

Als er aufwacht, stellt er fest, dass die Worte mehr oder weniger präsent sind. Bei manchen dauert es eine Weile, bis er sie gefunden hat, aber sie sind da.

Blut.

Schmerzmittel.

Erbrochenes.

Eimer.

Hämorrhoiden.

Diarrhö.

Wasser.

Blasen.

Windeln.

Eis.

Nach der OP bringen sie ihn in einen entlegenen Flügel der Klinik, wo er einen Monat bestrahlt wird. Sein Immunsystem wird durch die Bestrahlungen so geschwächt, dass er keine Besucher empfangen darf. Er war noch nie so einsam, nicht einmal nach Nics Tod. Er würde sich gern betrinken, aber mit seinem strahlengeschädigten Magen ist das nicht zu machen. So hatte er vor Maya und Amelia gelebt. Aber kein Mensch ist eine Insel – oder jedenfalls im Optimalfall nicht.

Wenn er sich nicht gerade übergeben muss oder unruhig dahindämmert, holt er den E-Book-Reader hervor, den seine Mutter ihm zu Weihnachten geschenkt hat. (Die Schwestern finden den E-Book-Reader hygienischer als ein Buch aus Papier. »Wenn das erst mal bekannt wird«, frotzelt A. J.)

Für einen ganzen Roman kann er nicht lange genug wach bleiben. Short Storys sind besser, die sind ihm ja auch seit jeher lieber. Beim Lesen fällt ihm ein, dass er gern für Maya eine neue Liste von empfehlenswerten Kurzgeschichten zusammenstellen würde. Sie wird einmal Schriftstellerin werden, das weiß er. Er ist kein Schriftsteller, aber er kennt sich ein bisschen in dem Beruf aus und will an sie weitergeben, was er weiß. *Romane haben gewiss ihren Reiz, Maya, aber das Eleganteste im Universum der Prosa ist die Kurzgeschichte. Meistere die Kurzgeschichte, und du wirst die Welt gemeistert haben,* denkt er, ehe er in den Schlaf abgleitet. *Das müsste ich aufschreiben,* denkt er noch und greift nach einem Stift, aber in Reichweite der Kloschüssel, an der er lehnt, ist keiner.

Nach dem Ende der Bestrahlungen stellt sich heraus, dass sein Tumor weder geschrumpft noch gewachsen ist. Der Arzt gibt ihm ein Jahr. »Ihre Sprache und alles andere wird sich voraussichtlich verschlechtern«, sagt er in einem Ton, der A. J. unangemessen munter vorkommt.

Egal – A. J. ist froh, dass er nach Hause darf.

Der Antiquar

1986 von Roald Dahl

Geschichte über einen Buchhändler, der eine ungewöhnliche Methode hat, Kunden Geld aus der Tasche zu ziehen. Von den Figuren her ist es Dahls übliche Sammlung opportunistisch grotesker Gestalten, beim Plot kommt die Pointe sehr spät und reicht nicht aus, die Mängel der Erzählung wettzumachen. »Der Antiquar« gehört eigentlich nicht auf diese Liste, die Story ist keineswegs ein Dahl'sches Meisterstück, mit der »Lammkeule« gar nicht zu vergleichen – und doch steht sie jetzt hier. Wie soll ich das rechtfertigen, da ich doch weiß, dass sie nur Durchschnitt ist? Hier die Antwort: Dein Dad identifiziert sich mit den Figuren. Sie bedeuten mir etwas. Und je länger ich das hier betreibe (das Geschäft mit den Büchern, ja, natürlich, aber auch das Leben, wenn das nicht allzu sentimental klingt), desto mehr glaube ich, dass es allein darum geht: Brücken zueinander zu schlagen, immer die Verbindung zu halten und die Dinge zusammenzufügen, mein geliebter kleiner Nerd.

A. J. F.

E*s ist so einfach*, denkt er. *Maya*, möchte er sagen, *ich habe jetzt alles verstanden.*

Aber sein Hirn hält die Worte fest.

Die Worte, die du nicht findest, leihst du dir.

Wir lesen, um zu wissen, dass wir nicht allein sind. Wir lesen, weil wir allein sind. Wir lesen und sind nicht allein. Wir sind nicht allein.

Mein Leben steckt in diesen Büchern, möchte er ihr sagen. *Lies sie, dann kennst du mein Herz.*

Wir sind keine Romane.

Die Analogie, die er sucht, ist fast da.

Wir sind keine Kurzgeschichten. In seiner momentanen Lage fühlt er sich ihnen jedoch am nächsten.

Letztlich sind wir Gesammelte Werke.

Er hat genug gelesen, um zu wissen, dass es keine Sammlung gibt, in der jede Erzählung perfekt ist. Es gibt sehr gute darunter, und es gibt Fehlschüsse, und wenn du Glück hast, gibt es eine Story, die außergewöhnlich ist. Und letzten Endes behalten die Leser sowieso nur die Glanzleistungen in Erinnerung – und auch die nicht sehr lange.

Nein, nicht sehr lange.

»Dad«, sagt Maya.

Er versucht herauszufinden, was sie sagt. Die Lippen und die Töne. Was mögen sie bedeuten?

Dankbar wiederholt sie: »Dad.«

Ja, Dad. Das bin ich. Das bin ich geworden. Der Vater von Maya. Mayas Dad. Dad. Was für ein Wort. Was für ein großes kleines Wort. Was für ein Wort und was für eine Welt. Er weint. Sein Herz ist zu voll, und er hat keine Worte, um es zu erlösen. Ich weiß, was Worte mit uns machen, denkt er. Sie lassen uns weniger fühlen.

»Nein, Dad. Bitte nicht. Ist ja schon gut.« Sie umarmt ihn.

Das Lesen ist schwierig geworden. Wenn er sich große Mühe gibt, schafft er noch eine Kurzgeschichte. Romane gehen gar nicht mehr. Mit dem Schreiben tut er sich leichter als mit dem Sprechen. Nicht, dass das Schreiben einfach wäre. Er schreibt einen Absatz am Tag. Einen Absatz für Maya. Es ist nicht viel, aber es ist das, was er noch geben kann.

Er will ihr etwas sehr Wichtiges sagen.

»Tut es weh?«, fragt sie.

Nein, denkt er. Das Hirn hat keine Schmerzsensoren und kann deshalb nicht wehtun. Der Verlust der Denkfähigkeit erweist sich als ein erstaunlich schmerzfreier Vorgang. Eigentlich sollte es mehr wehtun, findet er.

»Hast du Angst?«, fragt sie.

Nicht vor dem Sterben, denkt er, *aber ein bisschen vor dem, was ich gerade erlebe. Jeden Tag geht ein Stück mehr von mir verloren. Heute bestehe ich aus Gedanken ohne Worte. Morgen werde ich ein Körper ohne Gedanken sein. Und so geht es weiter. Aber du bist hier, Maya, und deshalb bin ich froh, hier zu sein. Auch ohne Bücher und Worte. Auch ohne meinen Verstand. Wie zum Teufel sagt man das? Ich muss es versuchen.*

Maya sieht ihn groß an, und jetzt weint auch sie.

»Maya«, sagt er. »Es gibt nur ein Wort, das wichtig ist.« Er schaut sie an. Hat sie ihn verstanden? Sie hat die Stirn gerunzelt, nein, er merkt, dass er sich nicht klar genug ausgedrückt hat. Mist. In diesen Tagen gelingt ihm fast nur noch Kauderwelsch. Am besten beschränkt er sich auf Antworten, die aus einem Wort bestehen. Aber manches lässt sich eben nicht mit einem Wort erklären.

Er wird es noch einmal versuchen, er wird nie aufgeben. »Maya, wir sind, was wir lieben. Wir sind das, was wir lieben.«

Maya schüttelt den Kopf. »Tut mir leid, Dad, ich verstehe dich nicht.«

»Wir sind nicht die Dinge, die wir sammeln, erwerben, lesen. Wir sind in der Zeit, die wir hier verbringen, nur Liebe. Sind die Dinge, die wir geliebt haben. Die Menschen, die wir geliebt haben. Das macht uns froh. Und ich glaube, es ist das, was weiterlebt.«

Sie schüttelt immer noch den Kopf. »Ich versteh dich nicht, Dad. Es tut mir so leid. Soll ich Amy holen? Oder vielleicht kannst du versuchen, es zu tippen?«

Er schwitzt. Gespräche machen keinen Spaß mehr. Früher war das so einfach. *Na gut,* denkt er, *wenn es ein Wort sein soll, dann bitte.*

»Liebe?«, fragt er und betet, dass er es richtig herausbringt.

Sie runzelt die Stirn und versucht in seinem Gesicht zu lesen. »Friere?«, fragt sie. »Hast du kalte Hände, Dad?«

Er nickt, und sie nimmt seine Hände. Sie waren kalt, und jetzt sind sie warm, und er findet, dass er für heute genug erreicht hat. Vielleicht kommen ihm die Worte ja morgen.

Bei der Beerdigung des Buchhändlers ist die Frage, die alle umtreibt, was aus Island Books werden soll. Die Menschen hängen an ihren Buchhandlungen, mehr als A. J. es sich je hätte träumen lassen. Es ist wichtig, wer der zwölfjährigen Tochter *Die Zeitfalte* in die schmuddeligen Finger gelegt oder wer dir den Reiseführer für Hawaii verkauft oder wer darauf beharrt hat, dass deine Tante mit dem sehr besonderen Geschmack begeistert von *Der Wolkenatlas* wäre. Außerdem mögen sie Island Books. Und auch wenn sie nicht immer ganz treu geblieben sind, hin und wieder E-Books kaufen und im Internet shoppen, freut es sie, über ihre Stadt zu lesen, dass Island Books der Mittelpunkt der Hauptstraße ist, der zweite oder dritte Anlaufpunkt, wenn man von der Fähre kommt. Bei der Beerdigung treten sie – respektvoll natürlich – an Maya und Amelia heran und flüstern: »A.J. ist natürlich nicht zu ersetzen, aber werden Sie jemanden finden, der die Buchhandlung übernehmen kann?«

Amelia ist hin- und hergerissen. Sie liebt Alice. Sie liebt Island Books. Sie hat keine Erfahrung im Buchhandel. Sie arbeitet seit jeher auf der Verlagsseite und braucht ein regelmäßiges Gehalt und eine Krankenversicherung. Beides ist jetzt, da sie die Verantwortung für Maya hat, noch wichtiger. Sie überlegt, das Geschäft zu behalten und unter der Woche von jemand anderem führen zu lassen, aber der Plan ist nicht haltbar. Ihre Arbeitswege sind zu weit, und am vernünftigsten wäre es, die Insel ganz zu verlassen. Nach einer quälenden Woche voller schlafloser Nächte beschließt sie, das Geschäft zu schließen. Haus und Grundstück sind viel Geld wert. (Nic und A.J. hatten beides damals gegen sofortige Bezahlung gekauft.) Amelia liebt Island Books, und einen Monat lang versucht sie, die Buchhandlung zu verkaufen, ohne dass sich Interessenten melden. Sie übergibt Haus und Grundstück einem Makler. Island Books wird zum Ende des Sommers schließen.

»Das Ende einer Ära«, sagt Lambiase zu Ismay, als sie im Diner vor ihrem Omelette sitzen. Er ist untröstlich, aber er will sowieso bald weg von Alice. Im Frühjahr nächsten Jahres ist er fünfundzwanzig Jahre bei der Polizei und hat sich ein bisschen was angespart. Er könnte sich vorstellen, ein Boot zu kaufen und in den Florida Keys zu leben wie ein pensionierter Cop in einem Roman von Elmore Leonard. Er versucht Ismay zum Mitkommen zu überreden und hat den Eindruck, dass sie allmählich mürbe wird. In letzter Zeit findet sie immer weniger Gründe zu protestieren, obwohl sie eins dieser seltsamen Neuengland-Wesen ist, die den Winter tatsächlich mögen.

»Ich hatte gehofft, dass sie jemanden für die Buchhandlung finden. Aber ohne A.J., Amelia und Maya wäre Island Books sowieso nicht dasselbe«, sagt Lambiase. »Es hätte nicht mehr dasselbe Herz.«

»Genau«, sagt Ismay. »Aber es ist trotzdem gemein. Wahrscheinlich wird jetzt ein Forever 21 einziehen.«

»Was ist ein Forever 21?«

Ismay lacht ihn aus. »Das weißt du nicht? Kommt das in deinen Young-Adult-Romanen nicht vor?«

»Bücher für junge Erwachsene sind nicht so.«

»Es ist eine Bekleidungskette. Und damit wären wir noch gut dran. Wahrscheinlich machen sie eine Bank draus.« Sie nimmt einen Schluck Kaffee. »Oder einen Drugstore.«

»Vielleicht einen Jamba-Juice-Shop. Ich liebe Jamba Juice.«

Ismay fängt an zu weinen.

Die Bedienung bleibt an ihrem Tisch stehen, und Lambiase bedeutet ihr, dass sie abräumen kann. »Ich weiß, wie dir zumute ist«, sagt Lambiase. »Mir gefällt es ja auch nicht, Izzie. Soll ich dir mal was Lustiges über mich verraten? Ehe ich A.J. kennengelernt habe und oft zu Island Books gegangen bin, habe ich nie viel gelesen. Für die Lehrer in der Schule war ich ein Langsamleser, deshalb hab ich nie den Dreh rausgekriegt.«

»Wenn du einem Kind sagst, dass es kein großer Leser ist, glaubt es dir«, sagt Ismay.

»Meist hatte ich in Englisch nur eine Vier. Nachdem A.J.

Maya adoptiert hatte, brauchte ich einen Vorwand, in die Buchhandlung zu kommen und nach den beiden zu sehen, und da habe ich dann gelesen, was er mir gegeben hat. Und Gefallen daran gefunden.«

Ismay weint heftiger.

»Und jetzt mag ich Buchhandlungen – echt. In meinem Beruf lerne ich eine Menge Leute kennen, nach Alice Island kommen viele verschiedene Menschen, besonders im Sommer. Ich sehe Filmleute, die hier Ferien machen, und Musikmenschen und Zeitungsmenschen. Aber an die Büchermenschen kommen die alle nicht heran. Es ist ein Geschäft für Gentlemen. Und Gentlewomen natürlich.«

»So weit würde ich nicht gehen«, sagt Ismay.

»Ich weiß nicht, Izzie ... Buchhandlungen ziehen gute Menschen an. Gute Menschen wie A.J. und Amelia. Und ich rede gern mit Menschen über Bücher. Ich mag Papier. Ich finde es schön, wie es sich anfühlt. Und ich mag das Gefühl, wenn man ein Buch in der Gesäßtasche hat. Und den Geruch von neuen Büchern.«

Ismay gibt ihm einen Kuss. »Du bist mir schon ein komischer Cop!«

»Ich kann mir gar nicht vorstellen, wie Alice ohne Buchhandlung sein wird«, sagt Lambiase, während er seinen Kaffee austrinkt.

»Ich auch nicht.«

Lambiase beugt sich über den Tisch und gibt ihr einen Kuss auf die Wange. »Du, ich hab da eine bescheuerte Idee. Wenn wir nun nicht nach Florida gehen, sondern stattdessen Island Books übernehmen?«

»Bei dieser Wirtschaftslage ist das wirklich eine bescheuerte Idee«, sagt sie.

»Hast schon recht.« Die Bedienung kommt und fragt, ob sie einen Nachtisch wollen. Ismay sagt, dass sie nichts will, aber Lambiase weiß, dass sie immer ein bisschen von seinem nimmt, und bestellt ein Stück Kirschpie und zwei Gabeln.

»Aber nur mal angenommen …«, fährt Lambiase fort. »Ich habe Ersparnisse und eine hübsche Pension in Aussicht, genau wie du. Und A.J. hat gesagt, dass die Sommerleute immer viele Bücher kaufen.«

»Die Sommerleute haben jetzt E-Books«, widerspricht Ismay.

»Stimmt«, sagt Lambiase und beschließt, das Thema auf sich beruhen zu lassen.

Sie haben ihre Pie zur Hälfte aufgegessen, als Ismay sagt: »Wir könnten auch noch ein Café aufmachen, das bringt zusätzliche Einnahmen.«

»Ja, darüber hat A.J. manchmal gesprochen.«

»Und im Keller könnten wir einen Theaterraum einrichten«, sagt Ismay. »Dann brauchen die Autorenlesungen nicht im Geschäft stattzufinden, und die Leute könnten ihn mieten.«

»Deine Theatererfahrungen wären da sehr wertvoll«, sagt Lambiase.

»Traust du dir das denn auch zu? Wir sind nicht mehr so jung«, sagt Ismay. »Und wolltest du nicht dem Winter entfliehen? Was ist mit Florida?«

»Dahin ziehen wir, wenn wir alt sind. Noch sind wir nicht alt«, sagt Lambiase nach einer Pause. »Ich hab mein ganzes Leben in Alice verbracht, ich kenne nichts anderes. Es ist ein schöner Ort, und ich will, dass er so bleibt. Ein Ort ohne Buchhandlung ist kein Ort, Izzie.«

Ein Jahr nachdem sie die Buchhandlung an Ismay und Lambiase verkauft hat, verlässt Amelia Knightley Press. Maya macht bald ihren Abschluss an der Highschool, und Amelia hat das ständige Reisen satt. Sie findet einen Job als Einkäuferin für eine große Sortimentsbuchhandlung in Maine. Ehe sie geht, schreibt Amelia, wie es ihr Vorgänger Harvey Rhodes getan hat, Kommentare zu ihren Kunden. Island Books hebt sie sich bis zuletzt auf.

»Island Books. Besitzer: Ismay Parish (früher Lehrerin) und Nicholas Lambiase (pensionierter Polizeichef). Lambiase bietet den Kunden engagierte Beratung; literarische Krimis und Jugendliteratur liegen ihm besonders. Parish, die an der Highschool den Theaterklub geleitet hat, organisiert äußerst gelungene Autorenlesungen. Die Buchhandlung hat ein Café, eine Bühne und eine bestens gepflegte Website. Entstanden ist das alles auf dem von A.J. Fikry – dem ursprünglichen Besitzer – aufgebauten soliden Fundament. Fikry hatte eher literarische Neigungen. Island Books führt nach wie vor jede Menge gehobene Prosa, aber sie nehmen nur das, was sie auch verkaufen können. Ich liebe Island Books von ganzem Herzen. Ich glaube nicht an Gott, ich bin nicht fromm, aber diese Buchhandlung ist für mich so etwas wie eine Kirche. Sie ist ein heiliger Ort. Mit solchen Buchhandlungen, das kann ich aus voller Überzeugung sagen, wird das Geschäft mit Büchern noch lange Bestand haben. – Amelia Loman«

Die letzten Sätze sind Amelia ein bisschen peinlich, und sie löscht alles nach »sie nehmen nur das, was sie auch verkaufen können«.

»… sie nehmen nur das, was sie auch verkaufen können.« Jacob Gardner liest die Notizen seiner Vorgängerin ein letztes Mal, dann schaltet er sein Handy aus und geht mit langen, zielstrebigen Schritten von Bord. Jacob, siebenundzwanzig Jahre alt und mit einem halb abbezahlten Master-Titel in Literaturwissenschaft ausgestattet, ist bereit. Er kann sein Glück kaum fassen, diesen Job an Land gezogen zu haben. Gewiss, die Bezahlung könnte besser sein, aber er liebt Bücher, hat sie seit jeher geliebt. Er glaubt daran, dass sie sein Leben gerettet haben, und hat sich ein C.S.-Lewis-Zitat aufs Handgelenk tätowieren lassen. Man stelle sich vor, zu den Leuten zu gehören, die tatsächlich dafür bezahlt werden, über Literatur zu reden! Er würde es auch kostenlos machen, was natürlich sein Verleger nicht wissen darf. Er braucht das Geld. Das Leben in Boston ist nicht günstig, und er macht diesen Job nur, um seine Leidenschaft zu finanzieren – die Oral History schwuler Vaudeville-Künstler aufzuzeichnen. Aber das ändert nichts an der Tatsache, dass Jacob Gardner seine Berufung lebt, man sieht es sogar an seinem Gang – man könnte ihn für einen Missionar halten. Tatsächlich ist er als Mormone aufgewachsen, aber das ist eine andere Geschichte.

Island Books ist Jacobs erster Kunde, und er freut sich unbändig auf den Besuch. Er freut sich darauf, von all den tollen Büchern zu erzählen, die er in seiner Knightley-Press-Tragetasche hat. Die Tasche wiegt über zwanzig Kilo, aber Jacob trainiert viel und spürt sie kaum. Knightley hat in diesem Jahr eine besonders starke Liste, und es dürfte nicht allzu schwer werden – die Leser müssen diese Titel lieben. Dass er mit Island Books anfängt, hat die nette Frau vorgeschlagen, die ihn eingestellt hat. Der Besitzer mag literarische Krimis? Jacobs Lieblingstitel aus der Liste ist ein Debütroman über eine junge Amish-Frau, die während der Rumspringa, wie die Amish ihre Jugendzeit nennen, verschwindet – aus Jacobs Sicht Pflichtlektüre für alle ernsthaften Liebhaber literarischer Kriminalromane.

Als Jacob über die Schwelle des viktorianischen Hauses tritt, erklingt ein Windspiel, und eine schroffe, aber nicht unfreundliche Stimme ruft: »Nur herein!«

Jacob geht durch die Abteilung, in der die historischen Werke stehen, und streckt dem nicht mehr ganz jungen Mann auf der Leiter die Hand hin. »Mr. Lambiase, ich habe da ein tolles Buch für Sie!«

Danksagung

Genauso wie es keine Einhörner gibt, existiert auch Alice Island nicht, und A.J. Fikrys Geschmack entspricht nicht immer meinem eigenen.

Lambiase und die erste Mrs. Fikry erwähnen beide den Satz »Eine Stadt ohne Buchhandlung ist keine Stadt«. Ganz bestimmt haben sie *American Gods* von Neil Gaiman gelesen.

Kathy Pories lektorierte diesen Roman auf so großherzige und präzise Weise, dass sie es irgendwie geschafft hat, gleich mein gesamtes Leben besser zu machen. Das ist die Superkraft einer guten Lektorin. Vielen Dank an alle Menschen bei Algonquin, besonders Craig Popelars, Emma Boyer, Anne Winslow, Brunson Hoole, Debra Linn, Lauren Moseley, Elisabeth Scharlatt, Ina Stern und Jude Grant.

Douglas Stewart, mein Agent, ist ein versierter Pokerspieler – und manchmal auch ein Zauberer. Diese Fähigkeiten kamen *A.J. Fikry* sehr zugute. Vielen Dank auch an seine Kolleginnen Madeleine Clark, Kirsten Hartz und besonders Szilvia Molnar. Aus verschiedensten Gründen stehe ich ebenso in der Schuld von Clare Smith, Tamsyn Berryman, Jean Feiwel, Stuart Gelwarg, Angus Killick, Kim Highland, Anjali Singh, Carolyn Mackler und Rich Green.

Mein Dad, Richard Zevin, kaufte mir mein erstes Buch mit Kapiteln, *Unsere kleine Farm,* und als es mir gefiel, schenkte er mir voller Begeisterung meine nächsten tausend oder mehr Bücher. Meine Mom, AeRan Zevin, fuhr mich oft in ihrer Mittagspause zur Buchhandlung, nur damit ich die neuen Bücher meiner Lieblingsautor:innen sofort am Erscheinungstag ergattern konnte. Meine Großeltern, Adele und Meyer Sussman, brachten mir fast jedes Mal, wenn sie mich besuchten, Bücher mit. Meine Englischlehrerin in der elften Klasse, Judith Beiner, führte mich – in einem Alter, in dem man besonders empfänglich ist – an die Gegenwartsliteratur heran. Hans Canosa war mehr als zwei Jahrzehnte lang mein erster und geduldigster Leser. Janine O'Malley, Lauren Wein und Jonathan Burnham lektorierten die sieben Bücher, die ich vor diesem hier schrieb. Zusammengenommen haben all diese Menschen und ihr Tun dazu beigetragen, dass aus mir eine Schriftstellerin wurde.

Der gastfreundliche Mark Gates, Verlagsvertreter von Farrar Straus Giroux, der nicht mehr unter uns weilt, fuhr mich im Jahr 2007 auf meiner Lesetour quer durch Chicagoland. Ich hege den Verdacht, dass ich damals schon damit begann, diesen Roman zu konzipieren. Viele Jahre später beantwortete Vanessa Cronin liebenswürdigerweise meine Fragen zu Verkaufsgesprächen und dem genauen Timing der verschiedenen Verlagsprogramme. Jegliche Fehler sind selbstverständlich allein mir zuzuschreiben.

Ebenfalls danken möchte ich auch den vielen Buchhändler:innen, Bibliothekar:innen, Lehrer:innen, Schriftsteller:innen, Buch-Festival-Veranstalter:innen und all den Verlagsmenschen, die mich in den zehn Jahren seit meinem ersten Roman begleitet haben. Die Gespräche mit ihnen allen bilden das Fundament, auf dem ich Island Books aufbauen konnte.

Zu guter Letzt sei noch zu erwähnen, dass ich mir bei der Darstellung des Green Animals Topiary Garden in Portsmouth, Rhode Island, ein paar Freiheiten genommen habe. Richtig ist, dass der Garten im Winter nicht geöffnet ist – aber im Sommer findet man dort tatsächlich ein Einhorn.